I0891416

A E
&I

La ausencia

Autores Españoles e Iberoamericanos

Mónica Lavín

La ausencia

Planeta

Este libro se escribió con el apoyo del Fondo Nacional para la Cultura y las Artes, a través del Sistema Nacional de Creadores, y con la ayuda de The Hermitage Artists Retreat.

Diseño de portada: Planeta Arte & Diseño / I. Jacqueline Cruz Méndez
Fotografía de portada: © Getty Images

Bajo el sello editorial PLANETA M.R.
Avenida Presidente Masaryk núm. 111,
Piso 2, Polanco V Sección, Miguel Hidalgo
C.P. 11560, Ciudad de México
www.planetadelibros.com.mx

Primera edición en formato epub: septiembre de 2025
ISBN: 978-607-39-3408-4

Primera edición impresa en México: septiembre de 2025
Primera reimpresión en México: noviembre de 2025
ISBN: 978-607-39-3268-4

Impreso en los talleres de Litográfica Ingramex, S.A. de C.V.
Centeno núm. 162-1, colonia Granjas Esmeralda, Ciudad de México
Impreso y hecho en México – *Printed and made in Mexico*

A Jorge
Y al Clavadista

Es necesario saber y recordar quién era, qué sentí y qué sabía entonces, y no confundirlo con lo que ahora sé o creo que sé. Entonces trataré de contar la verdad, pero el resultado será ficción...

KATHERINE ANNE PORTER

Oh Dios, oh Venus, oh Mercurio, patrón de ladrones,
préstenme una tabaquería,
o instálenme en cualquier profesión
pero no esta maldita profesión de la escritura,
que precisa del cerebro todo el tiempo.

EZRA POUND

1

Cuando me lo dijo Truman Capote le creí. Debe haber sido por aquello que escribió del látigo de Dios. Escribir no solo era redactar bien ni saber contar una historia. Si se quería llegar al arte… Y aquí estaba yo, una escritora con mucho andado, desbrujulada. Sin poner rumbo a las palabras en la página. «Escribir y leer es estar en cualquier lugar», me dijo como si esa obviedad lo convirtiera en el genio que ostentó ser en su tiempo. «Soy alcohólico. Soy drogadicto. Soy homosexual. Soy un genio». Siempre desafiaba. Ese manifiesto era en sí una historia.

Con una sonrisa ladeada en su cara de niño crecido, presumió que él me daba la posibilidad de hacer eso. «Escoge el tiempo y el lugar». Desplegaba su arrogancia con la certeza de poder conceder deseos. ¿No es lo que quiere uno?

Solo me puso una restricción, no podía vestirme como mujer de este siglo si quería acceder a otro pedazo del siglo XX, porque habiéndolo convocado a él, con *Música para camaleones* en mi regazo, suponía a qué momento me quería asomar. No podía pasar como una *freak*, usó esa palabra. Un raro, una rara, ni siquiera esa es la definición precisa. Me costaría un guardarropa, cierta investigación e imaginar. «Bueno, eso último no nos cuesta trabajo», añadió.

Escogí el año de 1955. Dijo que no me preocupara por la edad, que yo iría viendo lo que pasaba. ¿No quería yo resolver preguntas? Escribir era una forma de resolver preguntas, o por lo menos de plantearlas. Y qué era eso de que escribir siendo mujer era parte de lo que quería averiguar, ¿acaso importaba para lograr una buena novela?

—Eso es sociología —me dijo reprochando—. Esas preguntas no las hacemos los escritores.

—Ni las escritoras, disculpa.

Se rio. Yo también. No cualquiera lo puede hacer con el Aladino de sus deseos.

2

Los pies de Katherine lanzaban destellos nacarados bajo el agua, dedos redondos y uñas cuidadas, de esmalte discreto porque era una escritora sofisticada pero no le gustaba verse vulgar. Los excesos denotaban banalidad y sin embargo requería ser notada, aun bajo el oleaje tenue del lago. En cambio, los pies de la joven Eudora escondían su timidez de huesos largos, enrollados el uno sobre el otro y hundidos a escasos centímetros de la superficie por la altura que le concedía estar sentada en una roca alta de la orilla sombreada. Carson era la más alejada del grupo porque había escogido una piedra baja y prefería el borde lodoso para sumir los pies, de modo que no revelaran su desproporción: demasiado anchos para su estatura y su cara de niña traviesa. Pero la sombra también era su aliada y las tres parecían distraídas con el cabrilleo del agua. Las palabras contenidas tendían entre las tres una cuerda como las de los escaladores, donde la caída de uno significaba la de todos si es que no lograban detenerlo. Todavía permanecerían unos días más en la residencia artística, pero de alguna manera

era el último de la cordialidad y de las lecturas en voz alta después de la cena, de las persecuciones de Carson a Katherine y del disgusto de esta porque a ella le gustaban los hombres. Eudora había pedido a tiempo el prólogo a su admirada cuentista, y pronto se lo entregaría; eso había dicho. Tal vez volverían pero no al mismo tiempo. Se evitarían después de lo ocurrido con Beth. Por lo menos lo intentarían.

El sol de las once en agosto era brusco y retumbaba en destellos cegadores sobre la superficie líquida, como eco cómplice de lo que acababa de ocurrir. Había sido en el otro extremo del lago, donde aún estaba la toalla amarilla de Beth, extendida sobre lo que llamaron la playa en aquel preludio de verano. Cada una se despojó de la prenda que cubría el traje de baño en el que habían caminado desde sus habitaciones en distintos puntos de las dos mansiones, dispuestas por sus adinerados dueños para cobijar el tiempo de creación de los artistas. «¡Al agua!», gritó Carson, y se adentró intempestivamente. Katherine colgó su sombrero de una rama. Eudora, con su esbeltez atlética, ya cruzaba a nado el embalse. Las tres se alejaban lago adentro. Era fácil llegar a la otra orilla: el cuerpo de agua era pequeño, un adorno más que un paraíso para el nado. Ninguna supo lo que ocurrió en realidad cuando, al voltear desde el otro extremo, experimentaron la sensación victoriosa de haberlo alcanzado y de haberse liberado del calor de la mañana. Después de que reconocieron sus siluetas con el cabello empapado y pegado a sus cabezas, se percataron de que Beth no estaba entre ellas. Era cierto que no siempre aparecía en las tertulias de lectura de la sala con sillones de brocado, en las que Carson se encargaba de llenar los vasos de bourbon de quienes le quisieran seguir el paso, pero cuando lo hacía y leía un fragmento de lo que había escrito desde su impetuosa juventud, deslumbraba. Beth escribía algo parecido a una memoria novelada o un cuento largo, o una hoja de diario, algo inclasificable que perturbaba a quien la escuchara porque no era fácil comentar cuando no había una estructura y dirección clara. Aunque no se entendiera del todo de qué iba la historia, sabía usar las palabras como alfileres que pinchan la curiosidad de lo indescifrable, construyen imágenes como imanes y tienen un sonido tan líquido como el de esa agua en la que no había rastro de ella. Katherine salió del lago para ver si estaba entre los matorrales, tal vez usándolos de parapeto para desaguar el cuerpo, o si caminaba de regreso hacia las casonas por entre los árboles. Beth era tan suya como podría ser. Eudora volvió a nado al lugar de donde salieron como si la orilla del agua le pudiera dar alguna respuesta. Carson inmutable se concentró en la afrenta de la toalla tendida. Nadie dijo nada al principio. Luego ella hizo un mal chiste, que seguro la había asaltado la inspiración y se había ido corriendo a escribir, o había aprovechado la distracción de las tres para ir a la cabaña de Cheever. Eudora se rio nerviosa, como queriendo que esa fuera la respuesta correcta. Todas amaban a Cheever. Tenía esa rara generosidad de comentar sobre los aciertos de los textos que a veces escuchaba, cuando no estaba en Saratoga buscando la vida en algún bar o encerrado leyendo. Leía más de lo que escribía, insistía que esa era la clave. Por eso el cuento era lo suyo.

Katherine las miró severa y fue tajante.

—Si se hubiera ahogado, habríamos escuchado un grito.

La afirmación las alivió. Era verdad, pero todas ignoraban si sabía nadar. Y la soberbia puede ocultar carencias.

—¿Cuánto tarda en salir a flote un cuerpo? —se atrevió Eudora. Como no lo sabían y no se atrevían a regresar por si de verdad no estaba ni con John ni en su cuarto escribiendo, se sentaron a esperar. Al rato sacaron el sándwich de las bolsas de lunch que les preparaban a diario y alborotaron el pasmo de ese mediodía con el tronido de mordidas de manzana.

3

Los guantes no eran como los zapatos. No sabía qué número me correspondía. Había comprado guantes para el frío en algún viaje y no fue necesario memorizar el tamaño. Buscaría la medida en medio de esa montaña de guantes que por primera vez tenían un destino. Eran reliquias del mundo que los usó; habían sido fabricados en el taller de la familia del hombre con quien vivía y aún se podía ver la marca en la bolsita que los protegía. Royale. También el nombre sonaba a otro tiempo.

Él me descubrió sentada en el piso probándome los del siete, los del cinco.

—Creí que estabas preocupada porque no sabías de qué escribir, no que tenías obsesión por ponerte guantes —bromeó—. ¿O te volvió la alergia de las manos?

No le podía explicar por qué veía cuál se ajustaba mejor a mis propósitos. Cómo le podría decir que no era para acompañar el recuerdo de su madre, sino para hablar con Katherine Anne Porter. Busqué una forma de explicarlo a lo Vargas Llosa en *La tía Julia y el escribidor.*

—Te acuerdas del que escribe radionovelas y se pone el traje del personaje para que le salga bien, digamos que se pone en su pellejo. Lo voy a intentar.

Llevaba meses engarrotada por no encontrar una historia para mi escritura, una que valiera la pena esa indagación penumbrosa, palabra tras palabra, aferrada a la imaginación y su luz, a su propósito, aunque el rumbo me fuera incierto. Cuando me preguntaban en las entrevistas a qué le temía, había dicho a perder la memoria o a no saber de qué escribir. Tenía mis libretas por colores y a veces por género: para cuento, para cada novela, para artículos, para talleres. Ahí asentaba las ocurrencias. A veces una línea, un párrafo entero, dos páginas de una letra manuscrita que me costaba descifrar pero que siempre solía disparar ideas fosilizadas o desarrollar embriones de historias. Pero ahora no había cola de cometa a la que me pudiera agarrar. No sabía que a los sesenta y siete años, después de haber atravesado una pandemia que te clasificaba como grupo vulnerable, recibir descuentos en museos, transportes y un pequeño estipendio gubernamental, te colocaba en otra parte de la sociedad; la cronología física no correspondía al ánimo y la mirada con los que estabas en el mundo. Pero este momento me estaba revelando otra cosa. Cuerpo y mente parecían tener un punto de encuentro: las ideas encanecían.

Me había gustado mucho leer a Theodor Kallifatides en aquel libro pequeño que tradujo mi compañera de aula, la asombrosa Selma Ancira. Un libro muy personal del autor griego asentado en Suecia que había elegido el sueco como idioma para su creación literaria y de pronto se encontraba sin faro, sin una idea apasionante con la que sentarse a luchar con las palabras, a darle forma a las mañanas, las lecturas, sin encontrar ese cauce para un lecho seco. El griego pensó que era buena idea viajar a su pueblo natal. Pensó que en el idioma podía estar la idea y encontró las emociones. Solo otro escritor podría compartir ese momento de roca inamovible.

—Puede que haya ideas dentro de los guantes —me propuso frente al enjambre de manos exangües.

Tomé los de color lila que llegaban hasta el codo. Mis dedos estaban cómodos en su armadura de tela. Supe que el siete era mi número. Cuando te pruebas zapatos, caminas frente a un espejo pequeño donde miras y sientes tus pies. Con los guantes no hay ritual aprendido, pero levanté las manos vestidas. Observé la elegancia y el arropo en su forma de cubrirme. Pensé en colocar un anillo por encima de ellos, lo había visto en algunas fotos y me parecía muy *chic*, pero ni tiempo me dio.

Los pies descalzos del hombre se alejaron de mi estudio mientras yo caminaba por Madison rumbo a donde me había quedado de ver con Katherine.

4

Carson había escogido esa roca sobre el lodo porque no soportaba la vista del rectángulo amarillo vacío. Tan pronto camilla, tumba o sábana, como en la que retozó con Beth la tarde anterior. Era una hembra misteriosa. Ingenua y desbocada. Estar con ella había sido mucho mejor que conseguir los favores de la gran escritora. O por lo menos más fácil. Qué se pensaba la Porter con su atildamiento mañanero: el pelo platino ondulado desde el desayuno, el vestido sujeto a la cintura. Parecía más puesta para ir al *brunch* del Plaza que al comedor de la residencia. Su muy cordial «Buenos días», con el tono coral del tubo de labios, enmascaraba el pueblo texano de donde venía, la manera en que recogía los huevos persiguiendo a las gallinas, entre el plumerío y las cacarrutas de las aves. Eso sí, ostentaba el escote como una playa a la que había que acercarse para ver el oleaje de sus senos. La acompañaba una estela de perfume que disimulaba la paja del granero y el desamparo del padre viudo, cómo no iba a huir de aquel estercolero, del desamor y buscar refugio en el aderezo, en el coqueteo y por fortuna en los libros, con la fortuna de su talento, porque no cualquiera lo logra solo con ser aceptablemente bonita y con el arreglo. Pero se había dado por vencida después de pasar un rato tirada frente a la puerta de su habitación. Beth sí había correspondido a la mirada de Carson sobre sus muslos perfectos. Mucho antes que esa tarde cuando jugaban bádminton en el prado del pasto recién cortado. Era el momento en que algunos descansaban de sus escondrijos solitarios y del maquineo constante, o se hartaban de mordisquear el lápiz y pensar que había mejores maneras de pasar la vida que pegando palabras que tal vez abortarían a medio camino. O si complacidos por la pieza, la entregaban a sus editores, a las revistas o a los agentes, para que estos los presionaran contra las cuerdas. «Puedes hacerlo mejor, creo que no va por ahí, esto ya lo dijiste», «¿A dónde quieres llegar?», «Ya hemos conseguido la atención de los lectores con tus cuentos», «¿Y la novela?», «¿Dos capítulos?». O si aun después de publicada —si es que contaban con la anuencia y el entusiasmo de los editores— los lectores y la crítica la despreciaban. Jugar bádminton era estirar los brazos para asestar con el centro de la raqueta en el gallito y verlo volar con la ligereza que escribir no permitía. Era bueno interrumpir aquello que demandaba tanto en la incertidumbre de qué mundo se estaba sembrando, qué lupa para ver a los otros. Era bueno navegar con el favor del viento algunos párrafos, si acaso dos cuartillas o tres, y luego sentir que había que respirar algo del mundo para seguir. Entonces, Carson tocaba en la puerta del estudio de Beth, esa buhardilla que a todos les dio envidia, para que fueran a jugar con las raquetas. Beth no respondía, al principio eso desconcertó a Carson. Beth salía media hora más tarde, la medida del tiempo se repetía cada vez después del toquido.

—Se supone que no debes molestar a los otros mientras trabajan —se quejaba en broma.

Se lo decía del otro lado de la red y con el atuendo adecuado de pantalones cortos y playera a rayas y la raqueta en la mano.

—Pues parece que estabas lista para que te molestara.

—Me hace bien el movimiento —se defendía la chica.

Entonces Carson miraba sus muslos cetrinos: fuertes y largos. Siempre una mejor versión de los suyos, disparejos desde la fiebre amarilla que la atacara de niña, disminuidos después del infarto cerebral en febrero de ese año, enmascarados en pantalones que la hacían parecer un tanto varonil. «Tienes que mover las piernas, eres muy joven», le indicó el doctor.

Después de la lectura de Beth en la tertulia de la noche anterior, Carson dejó que los otros comentaran. Era una chica atrevida que pretendía asombrar con una prosa trenzada de Faulkner y Hemingway; aunque era impensable, ella lo intentaba con oraciones abiertas como un grifo imparable y con remates de oraciones cortas y tajantes. Ásperas. De tal manera que al escucharla dejabas de atender el sentido de lo narrado y te envolvía un ritmo, casi una música de sensualidad lánguida y estrujamientos bruscos. Carson se dejó excitar por el efecto de la prosa y, cuando llegó su turno de hablar, sedujo a Beth con sus halagos. Por eso, cuando tocó a la puerta de su habitación, después del vino barato compartido en la tertulia, la chica no puso reparos y más bien indicó que *quería* ser molestada por una Carson decidida, botella de Bourbon en la mano. La melena oscura tapaba a medias el rostro mediterráneo de la chica, sus espesas cejas y los ojos traviesos café oscuro, pero no los labios afresados que Carson rozó con los suyos. Le gustaban los besos de Reeves, porque olían a tabaco y porque su lengua era un pez dulce metido en su boca, pero la exaltaba ser ella la que abriera con su lengua la boca de una mujer: ese acto que le permitía ser hombre y mujer a la vez, dar y recibir, conocer las dos costas. Beth extendió la toalla amarilla sobre la cama, como si Carson pudiera ensuciarla con su semen imposible, y se tumbó sobre ella para dejar que la escritora la venerara con sus caricias y paladeos, como lo había hecho con las palabras sobre su escritura. Carson no sabía por qué había sido aceptada en la residencia. Se necesitaba alguna prueba de los escritos y recomendaciones. Mientras tocaba el sexo húmedo de Beth, pensaba en posibles enredos con algún hombre poderoso… o un escritor influyente en el consejo de la residencia. Era demasiado hermosa. Después de probar la humedad salada entre sus piernas, con la boca olorosa al sexo joven de la aspirante a escritora, le preguntó si John había probado sus mieles. Beth no contestó, entonces Carson se atrevió a mordisquearle un pezón.

—Te hemos visto ir a su cabaña.

—Es mi maestro.

—También el mío —dijo Carson, maliciosa.

La compañía de los hombres también le era indispensable. Y más la de un hombre mente, un hombre talentoso como Cheever.

—Hazme algo que él te haga —pidió a la chica.

Entonces Beth se zafó del cuerpo menudo de Carson y la volteó boca abajo. A horcajadas sobre sus nalgas escuálidas, sintió el punzar del dedo ensalivado de la chica en el agujero inmaculado entre sus glúteos. Entre el dolor y el placer, entre la súplica por que parara y siguiera, acabó llorando.

Ya no se miraron a la cara cuando Beth se desplomó a su lado. Carson temió mirar el dedo desvirgador. ¿De esa entrega al placer venía el descorche escritural de la chica? ¿Estaban relacionados?

Cuando se vistió, antes de salir del cuarto con la botella de Bourbon que no habían probado en la mano, le susurró cruel:

—¿Entonces a ti también te humilla?

5

Katherine me esperaba en uno de los sillones del bar del Algonquin. Su vestido aqua resaltaba contra el cuero oscuro y un anillo con una turquesa coronaba los guantes de encaje.

—¿Es de México? —le pregunté a modo de presentación mientras señalaba la joya.

Me indicó que me sentara frente a ella y fue cuando reconocí la falla en mi vestuario. Llevaba guantes de tela y el vestido acinturado con aquella falda amplia que me cubría media pantorrilla, pero en lugar de los zapatos de tacón como los que lucía la escritora, los tenis Nike remataban mi atuendo. No podría levantarme al baño, tendría que esperar a que ella partiera para incorporarme. ¿O le diría que era un diseño futurista, algo muy de vanguardia, que en efecto me afeaba pero me daba comodidad?, ¿o incluso que los había personalizado con el nombre alterado de mi hijo Nick? Comprobé que en mi bolso de charol llevaba dinero para comprarme el par necesario, ¿pero mientras?

Fue tal mi nerviosismo que no noté que ya Katherine esperaba impaciente que pidiera algo de beber al mesero. «Mint Julep», recordé alguna lectura o comentario de mi padre, aunque no tenía idea de cómo sabía.

—A mí me gustó el tequila en México, pero nadie lo bebía en la capital. El Dr. Atl tenía sus proveedores de Jalisco. Se encargaba de que no me faltara.

—Solo lo beben en las películas. —Me ajusté al tiempo, como cuando los celulares se entonan con la hora del lugar al que hemos viajado.

Mientras me contaba de sus días viviendo en mi país como periodista o como ayudante en la exposición sobre arte folclórico mexicano que se montaría en Estados Unidos —para la cual realizó la *Guía de Arte Popular Mexicano* en 1922 que se entregaría a los visitantes—, yo me zafaba los tenis con la intención de dejarlos olvidados debajo del sillón, a donde los fui empujando con disimulo.

—Curioso que tengamos casi la misma edad y no sepa de tu trabajo de escritora —se disculpó.

Le iba a contestar que en realidad nadie sabía mucho de los escritores vivos de otros países, de los contemporáneos, porque cada uno estaba en batalla página adentro, con el lenguaje y con los lectores locales que va uno creando mientras se aúpa en la cuerda de la tradición, la local, la universal.

—A veces nadie alza la vista —escupí mis pensamientos.

—Truman me dijo que querías conocerme.

—Tengo preguntas —dije en mi aceptable inglés sofisticado por la menta del trago que me estaba cayendo bien. Solo el cinturón ajustado me robaba el aire.

—Y yo sesenta y siete años. —Se rio.

El piano sonaba cercano, ese jazz tranquilo. No reconocí la pieza. A lo lejos pasó Tennessee Williams luciendo un bigote bajo una nariz elegante.

—A los escritores nos gusta este sitio —me dijo Katherine mientras saludaba al dramaturgo con una inclinación de cabeza.

Lo que había dicho me hizo lanzar aquel comentario inapropiado:

—Precisamente Capote dijo en una entrevista que consideraba que tú —en inglés solo existe el *you*, así que la distancia se acortó de inmediato en el idioma con el que me dirigía a ella— eres una buena escritora pero que Willa Cather, otra sureña, es una artista.

Katherine tomó su copa de champaña en la mano enguantada y dio un trago mientras me taladraba con sus ojos azules.

—¿Cuándo lo dijo? No me he enterado. Un escritor que busca y se arriesga es siempre un artista. ¿Y quién es él para ungirnos? —furiosa, reclamaba lo dicho en una entrevista que aún no realizaba Lawrence Grobel a Capote.

—Yo no soy la que piensa eso... Discúlpame, Katherine. Yo quiero conseguir ese estado del arte, el de tus cuentos. No me gustan los escritores que solo son correctos.

Las notas del piano salpimentaron la incomodidad de un largo silencio. Yo me escondí en el Julep, ella en la turquesa en su dedo.

—Un cuento es una forma de arte, una novela puede no serlo. Es cierto que mi voz logra mejor el cuento. —Luego meneó la cabeza en desaprobación—. Ese cabrón de Capote. Por lo menos me mencionó. La indiferencia es peor, ¿no crees?

No le podía contar de esa indiferencia para conmigo de parte de un crítico muy reconocido. Pero estaba de acuerdo. Ser invisible es peor que ser un mal escritor. Un mal escritor no merece que le dediquen tiempo ni argumentos.

—Te leyó.

—Más le valía si iba a hablar de mí. Tenemos el sur como pretexto de pertenencia. Aunque él es de Luisiana, que nada tiene que ver con Texas.

—Y tienen Nueva York como lugar de adopción.

—¿Hay otro sitio mejor? —Apuró su copa y pidió otra—. Truman dijo que tú invitabas.

Se desahogaba de la tortura a la que la sometía pero aún no me contestaba. Es difícil colocar la vanidad cuando algún editor te rechaza, alguien cercano desdeña el esfuerzo de tu búsqueda y se ofende con tu escritura, no te invitan a un evento de importancia, no ganas un premio que crees que mereces.

—Yo creo que el arte y el misterio están relacionados. Aquello que sucede dentro del texto. Una especie de conmoción —aventuré.

—Si sabes la respuesta, ¿por qué me preguntas? Qué extraño color de barniz de uñas traes, nunca lo había visto. Y ese es mi fuerte —dijo desdeñosa—. ¿Acaso te está costando trabajo envejecer y por eso haces esas preguntas?

Ahora fui yo quien pidió otro Mint Julep y disimulé mis uñas berenjena cerrando el puño.

La afirmación de Capote la había herido de tal manera que era difícil la cordialidad, pues a ella le dedicaban tesis, estudios, sus libros de cuentos eran lecturas obligadas en los bachilleratos. Y yo era una imprudente: como atizar a un alacrán.

—Arte —me dijo al fin— es que tu mirada sobre el mundo signifique… que le importe a alguien.

—¿Que se sostengan de ello como si ofrecieras muletas? —la interrumpí. Sin decírnoslo, las dos pensamos en las escritoras sureñas que necesitaban ayuda para caminar: Flannery O'Connor y Carson McCullers. Ella aún no lo sabía pero las sobreviviría, ni siquiera llegarían a cumplir los años que ella tenía. Pidió la cuenta como si se hubiera acordado de algo que tenía que hacer, o alguien a quien ver, pensé en uno de esos jóvenes que eran amantes o esposos. Había tanto de que hablar y habíamos dicho tan poco. Adelanté las ganas de vernos de nuevo.

—Pero hablemos de México, ¿te conté que estuve tres veces viviendo en tu país?

Deseaba que saliera ella primero para arrastrar mis pies descalzos sin que lo notara. Pero siguió atada a la butaca de piel, con un silencio que obligaba a mi retirada.

—Yo me quedo un rato más —dijo—. Tengo que observar y anotar algunas cosas, propio de una artista, ¿no crees?

Después de darme la puntilla no me quedó más remedio que ponerme de pie y fingir que llevaba calzado mientras me dirigía hacia la puerta y uno de los meseros, un chico negro y fornido, me alcanzaba con aquel par de tenis siglo XXI en sus manos.

—Creo que olvidó esto, señorita.

Con todo fingimiento, y evitando estar en la mira de Katherine, seguí adelante al vestíbulo de salida como si no me hablara a mí, pero insistió.

—Ay, estos zapatos que diseñé me parecen muy incómodos. No los quiero más. Sin ofender, se los regalo.

Pero el hombre que los había tomado de los talones como si fueran un animal indeseable, miró su color apastelado, su textura de plástico reciclado, lo grueso de la suela y dijo que no sabría qué hacer con ellos.

—Colgarlos en un museo del futuro —bromeé.

Yo tampoco quería llevarlos en la mano y causar más asombro que si cubrieran mis pies.

—Tírelos, por favor. Voy de inmediato a una zapatería.

Me miró desconcertado, cuando salió otro caballero, con sombrero de fieltro y porte de actor de película, que preguntó si pasaba algo. Vio al mesero con displicencia como si me estuviera molestando.

—La señora prefiere estar descalza, pero yo creo que no debe caminar así por la calle —aclaró la situación.

Los dos miraron mis pies como si fueran unos recién nacidos. El juanete del izquierdo no les indicó lo mucho que habían andado.

—De ninguna manera.

Y el hombre me cargó como novia rumbo a la casa nueva y esperó a que un taxi se detuviera.

—Llévela a Bergdorf. —Y dirigiéndose a mí—: Ahí encontrará lo que busca.

Lo miré por la ventanilla agradecida, una Holly Golightly encanecida rumbo a la tienda que le hubiera gustado visitar frente a Tiffany's, un posible territorio de acogida, mientras el mesero seguía de pie con los Nike colgados de sus manos oscuras como unos roedores que la fumigación mensual no hubiera exterminado.

Al otro lado de la acera donde me bajé del taxi, no hubo un caballero medieval que me cruzara por el río congestionado de la Quinta Avenida para depositarme al lado del portero de levita que abrió la puerta y dijo: «Welcome, lady».

Sí, urgían los zapatos y hacia allá me encaminé con la falsa confianza de una excéntrica engatusada por cada una de las secciones que atravesaba, las bolsas de boquilla acharoladas, los sombreros pequeños de muchos colores con redecillas a juego, los guantes como manos ansiosas, hasta que llegué al área del calzado.

Cuando quise probarme uno de los pares color vainilla con tacón y punta, la señorita utilizó un paño húmedo para desprender la negrura de mis pies. Fingí altanería.

—Pensé que esta tienda era la más limpia de Manhattan.

—Señora, el piso recibe el calzado que viene de la calle. —Trató de complacerme.

—Qué bien conservada está —exclamé mientras miraba la bóveda que remataba los muros.

—No hace tanto que se remodeló —comentó orgullosa mientras retiraba el paño oscurecido por la mugre.

—Lo siento, pero se me rompió uno de los tacones y no puedo andar.

Me miraba con suspicacia, como si aquel vestido de mascota negra y blanca y las perlas en mi cuello no fueran del todo la moda que ella conocía.

—¿Es extranjera? —preguntó.

No quise darle demasiada información.

—De Nueva Orleans —mentí. Evité que pensara que era una nueva rica, mejor una aristócrata sureña desorientada, porque los zapatos rebasaban el precio que yo había pagado alguna vez por algún par. Sabía que esa sería la situación desde que el hombre amable dio el nombre de la tienda al taxista. Confié en que Capote, que amaba las bufandas de seda, me hubiera provisto del aderezo suficiente para poder confundirme en la escena neoyorquina. Alguna vez en un viaje despiadado, entré con mi hermana y las dos nos compramos un par de botas italianas idénticas que se llevaron nuestro presupuesto de la semana; eso sí, duraron muchos años.

—Tal vez este par dure medio siglo… —murmuré para mí misma cuando al pagar comprobé que Capote se había encargado de que el dinero que llevaba no delatara el tiempo del que venía.

Tenía añoranza de mis tenis roedores que había tratado con desdén y dudaba de cómo libraría mis paseos por la ciudad con aquella armadura femenina que mi época, mi edad y mi confort habían abandonado hace mucho. Armada de pies a cabeza, me detuve frente a los escaparates de Bergdorf Goodman, esos que habían convocado mi deleite en los viajes. Alguien los diseñaba, resultaban piezas de museo. En unos años más podrían ser aplaudidos como instalaciones. No solo serían un soporte efímero de la moda. Mi madre se había dedicado a ello, y una vez le compraron un cuadro que ella pintó para el escaparte que era un homenaje a Botero. Ella admiraba la creatividad y producción en los grandes escaparates neoyorquinos.

Pensé en Katherine y sus palabras en alguna entrevista: «Cuando todo estaba dicho y hecho, después de la religión y la política y el techo doméstico, lo que quedaba era el arte. Soy una artista», afirmó, y en que Truman era un provocador. Bueno, por su culpa estaba ahí frente al arte de los escaparates deleitándome con la belleza de una pirámide invertida de pelotas de playa donde los trajes de baño se refugiaban del sol.

6

Después de un rato, Eudora se puso de pie y echó un último vistazo al agua imperturbable. Katherine hizo lo mismo y echó a andar tras ella por la vereda que habían tomado para llegar a disfrutar el lago aquella mañana del verano. Carson fue la última en despegar los pies del fango lacustre y seguir a sus compañeras. Miró la toalla amarilla que se quedaba ahí como testigo involuntario de la ausencia. Fue quizás la única que pensó, porque el rectángulo amarillo también había soportado su cuerpo lúbrico, que tendrían que dar una explicación. Pero mucho peor era llevársela y esconder la evidencia. Al llegar al punto donde se bifurcaba la vereda hacia una u otra casa, cada una se retiró a su habitación sin despedirse.

Como acostumbraban cada noche, se reunieron en el comedor a la hora de la cena. Pollo a la jardinera, espagueti con salsa de perejil y queso, ensalada de lechugas mixtas y a escoger entre un pudín de fresa, helado de vainilla o un cuenco de cerezas. Se sentaron lejos la una de la otra y ni siquiera permitieron que sus ojos tensaran una cuerda de reconocimiento entre ellas. Porque el dolor no era lo que las perseguía, sino la incertidumbre, la culpa, el silencio.

Eudora eligió conversar con un coreógrafo porque la actividad le parecía lo más distante del trabajo inmóvil de la escritura. Le intrigaba si acaso los pasos diseñados con la música y después anotados en un cuaderno eran una forma de caligrafía. Se lo preguntó, y él tuvo el tino de invitarla a observar su forma de trabajo aquella noche. Eudora había dicho la víspera que leería un trozo del cuento en el que trabajaba. Katherine había rebatido su iniciativa. Un cuento jamás se puede paladear si no es entero. A menos que se trate solo de calar el estado de la prosa. Pero si se trata, como debe suceder en el cuento, de la efectividad de la forma para revelar algo más, es inútil solo compartir un fragmento. La autora admiraba a la escritora veinte años mayor que ella. Le había halagado que le escribiera una carta alabando sus cuentos y diciendo que si alguna vez pedía una beca Guggenheim ella estaría dispuesta a recomendarla, que la hubiese invitado a comer a su casa en Luisiana con Albert Erskine, el guapo y joven editor que era su cuarto marido y que la publicó gustoso en *Southern Review*, autoproclamándose su descubridor. Por eso, en aquella coincidente estancia de 1941, se atrevió a solicitarle el prólogo para la reunión de cuentos que preparaba.

Las palabras de Porter la noche anterior le daban el pretexto perfecto para ni siquiera presentarse en la tertulia de lectura en la casa contigua. Las habitaciones se repartían en dos grandes casas que habían sido de una familia pudiente que intentó emular una vida victoriana. La viuda había perdido a su descendencia y, como amaba el arte, legó sus propiedades para apoyar el trabajo de los artistas. Había planes de construir algunas cabañas en el camino pero, por lo pronto, los seleccionados tenían su dotación de sitio para dormir con espacio de trabajo integrado o, como en el caso de Beth, una habitación y una buhardilla para trabajar. No era raro que alguien no se presentara a la cena porque prefería salir al pueblo, o incluso quedarse a trabajar y saltarse ese momento social. Así es que nadie notó la ausencia de Beth hasta la hora del desayuno del día siguiente.

Eudora pidió un huevo de tres minutos, como siempre le gustaba, y esta vez se sentó junto a Katherine, tenía la necesidad de explicar por qué no había aparecido en la tertulia.

—El cuento no estaba listo —dijo.

—No me enteré porque yo tuve jaqueca. —Katherine agitó la cabeza de rizos canos.

Las dos miraron a Carson cuando entró al comedor y Eudora la llamó a su lado, a pesar de que sabía que a Katherine le desagradaba el descarado flirteo de la joven. No podían seguir fingiendo distancia. Eudora no les contó que la noche anterior la coreografía de aquel joven y las anotaciones en un cuaderno la distrajeron de lo que su cabeza roía, sobre todo porque ninguna había escuchado un grito de auxilio, ni el chapaleo en el agua. Cómo iban a explicar que habían dejado ahogarse a aquella joven escritora. Era cierto que les había presumido que pronto saldría su libro, aunque Eudora dudaba que fuera cierto y le había envidiado la posibilidad de tener una novela publicada a los veinte años. Cuando se los presumió, Carson había aprovechado para decir que ella había nadado de cuerpo entero en ese género desde muy joven, cuando su maestra la animó a desarrollar la novela para la que había presentado un esquema. Eudora recordó que usó las palabras peligroso y nadar. ¿Y si Carson había ayudado a ese propósito? ¿Pero qué razón tendría? Carson pidió la azucarera, Eudora miró a esa otra joven de veinticuatro años apenas, con una primera novela causando furor nacional. Ella siempre había querido escribir una novela, aunque le encantaba el impacto del cuento. Pero era como si uno no fuera totalmente un escritor o escritora hasta que conquistaba el largo aliento. Antes de ir a dormir, o de intentarlo al menos, había pasado por la habitación de Beth en la casa contigua y pegó el oído en la puerta suplicante de una respiración, un movimiento de cobijas. Quería suponer que todo era una ficción. Parecía el argumento de una novela. Pero qué pensaba. No escuchó ruido alguno y no se atrevió a pronunciar su nombre. Durmió inquieta pero al fin y al cabo cayó rendida.

—¿Ustedes cómo durmieron? —preguntó, mientras cuchareaba el huevo de tres minutos.

—Yo no duermo bien desde niña —dijo Katherine—. Primero murió mi madre a mis tres años y con eso se va el sueño, el de mi padre también se fue, pues nunca dejó de extrañarla. Luego murió mi abuela con la que vivíamos cuando cumplí diez años.

Ni Eudora ni Carson esperaban semejante respuesta. Pero la muerte rondaba. Carson fue la que hizo la pregunta clave:

—¿No deberíamos ir a la oficina a contar lo sucedido?

Pero qué había sucedido, Eudora no lo tenía claro.

—¿Qué les pasa, sureñas? Tienen cara de preocupación.

—Nada, nada —disimuló Katherine—, hablamos de nuestros proyectos.

—Les estaba contando lo interesante que es ver el trabajo de un coreógrafo —mintió Eudora.

—¿Y no les gustaría ver el de un pintor? —dijo coqueto aquel pelirrojo que se había sentado cerca de ellas—. La otra joven escritora me visitó en el estudio, no recuerdo su nombre. Parece que el personaje de su novela es un pintor. Hasta puede que sea yo. —Se rio.

Eudora coreó la risa con fingimiento:

—No estés tan seguro. —El sarcasmo fue involuntario.

Entonces irrumpió la administradora, que llevaba la toalla amarilla en sus manos. Solo quedaban algunos de los artistas en el comedor. Eudora disimuló el sobresalto, aunque Carson tosió como si un trozo de pan hubiera errado el camino.

—El jardinero me entregó la toalla que estaba a la orilla del lago. Me dijo que ayer vio a cuatro chicas caminando hacia allá. Una muy alta, otra con sombrero, una bajita de pelo corto y una muy joven cargando la toalla amarilla. A lo mejor ustedes saben algo de Beth.

Cuando entraron las tres a su oficina, como les pidió porque prefirió la privacidad para no hacer de ello un escándalo, la coordinadora espetó alterada:

—Beth no durmió en su cuarto. Está la cama intacta.

Les contó que había ido a preguntar a John, que pasaba una larga temporada en la casa del muelle del lago grande, y comentó que hacía tres días había dado un paseo en lancha con ella pero no la había vuelto a ver. Y luego repitió sus palabras: «Esa muchacha tan parecida a Elizabeth Taylor debe tener un amor en el pueblo».

Eudora hubiera querido que esa mentira fuera cierta. Que Beth hubiera escapado mientras ellas nadaban a lo largo del lago y no advertían que un chico la esperaba en los arbustos para llevársela a pasar una tarde en amores. Eso podía resultar en un cuento, se reprimió por su desvío, por esa manera artera de estar exprimiendo la realidad para la escritura.

Entre las tres describieron la extraña mañana en que parecía que el agua se la había tragado. Carson tomó la batuta mostrando el dolor de la pérdida que no había revelado antes.

—No escuchamos nada, nos sorprendió muchísimo.

Katherine rompió en llanto: que podía ser su hija, que incluso ella adelantaría su partida de la residencia porque estaba muy nerviosa con lo sucedido.

—¿Sabía nadar? —preguntó Helene.

—No sabemos, no dijo que no supiera —añadió Carson—. Yo fui la última en echar a nadar y supuse que venía detrás de mí. Mi residencia termina el sábado. ¿De qué manera podemos ayudar?

—¿Y si se suicidó? —añadió Eudora traicionada por su visión trágica.

—No puede haber un suicidio ni una muerte accidental en la residencia. —Helene fue tajante. Entonces les explicó que no iba a llamar a la policía y les pidió que tuvieran un acuerdo: probablemente se había fugado. No iban a dragar el lago, eso causaría una conmoción y muchas preguntas, un escándalo y entonces los fondos para mantener esa residencia se perderían. Todos los artistas serían perjudicados. ¿Y quién quería eso, verdad, chicas? Se pondrían en duda los cuidados y lo seguro del lugar, incluso el tipo de gente que iba y que permanecía impávida ante quien necesitaba auxilio. Y clavó una mirada incriminadora porque la historia no era convincente. No lo era para ninguna. Eudora pensó entonces en algo que no había advertido cuando llegó al otro extremo del lago, porque fue la primera en tocar la orilla. Escuchó un ruido seco. Como de una rama que cae, o una piedra arrojada. Pero no lo externó, porque no había hecho nada.

Notas para una biografía de Lavinia Melín
El hilo dorado

En ciertas tradiciones literarias, interesan las biografías y en otras no. Lavinia Melín no entiende por qué donde ella vive no. Tampoco los libros de entrevistas. Alguien habrá estudiado las razones. Stefan Zweig escribió relatos, novelas, ensayos, pero vivió de sus biografías. De la trágica vida del autor también se ha hecho una biografía. En las librerías de Estados Unidos hay secciones enteras de biografías, lo mismo de Marilyn Monroe, de John F. Kennedy, de Napoleón, de Hemingway o de Elvis Presley. Para ella es una suerte, porque se ha dedicado a leer las biografías de las escritoras que le interesan en busca de una clave que le devuelva el hilo de Dánae, para salir del laberinto de la imaginación pasmada.

Georges Steiner hizo un libro de los libros que no escribió, y sin embargo escribió. Tal vez por lo que él mismo explica: «Un libro no escrito es algo más que un vacío. Acompaña a la obra que uno ha hecho como una sombra irónica y triste». En *El libro vacío,* el personaje de Josefina Vicens escribe de no poder escribir. Pero a Lavinia le interesa atisbar cómo la vida conecta con el acto creativo. Hurga en las biografías para ver si ese momento *toque de pedernal* puede ofrecerle cierta claridad. Hasta entonces, sus historias surgían como la humedad en la pared. Los cuentos asomaban con más facilidad porque los podía extraer del caleidoscópico de las existencias que la rodeaban o con las que se topaba, pero desde que su piel se hizo delgada, casi papel, enrojecida con cualquier fricción, las ideas habían adelgazado también.

Se preguntaba si haberse despojado de obligaciones y disponer de más tiempo para la escritura, lo que ella había llamado vida de sillón, en realidad la adormecía. Sus ahorros le producían una renta mensual, sus libros anteriores un extra para ciertos caprichos. Se había acabado la adrenalina para la batalla de sobrevivir: televisión, radio, clases, lo que fuera. Piruetas con la palabra. Su hijo vivía en el país del río, a sus nietos los veía cada tanto. Procuraba que fuera dos veces al año en persona y las demás a través de una pantalla que le permitía no perderse de sus cambios y ocurrencias y de ser llamada abuela. El rol de abuela era un regalo que le agradecía a la pareja, aunque las relaciones no eran muy cordiales. La distancia ayudaba a evitar la tensión.

Lavinia lee biografías. Subraya datos interesantes como el de Katherine yendo a la filmación de *¡Qué viva México!* de Eisenstein en la hacienda de Tetlapayac, llevada por su amigo Best Maugard. El ambicioso proyecto del director ruso sería un recorrido del México prehispánico al revolucionario. En la hacienda porfirista se filmó el episodio «Maguey». «Maguey» reproduce aquellos ambientes rurales de hacienda y pueblo, de diferencias sociales, de costumbres y rituales, de hombres pendencieros, sumisión, poder y rebelión campesina, temas que provocaron sus primeros cuentos. Grandes cocinas, sombreros, sarapes. Los mexicanos de Eisenstein, que con dificultad y con dinero de Upton Sinclair había venido a levantar una película. Latas congeladas en Los Ángeles porque dejó de financiarla y no pasaron de regreso a México, el cuñado de Sinclair había sido el administrador amargo de la experiencia, un hombre pequeño y mediocre. Katherine escribía para revistas pero sacaba raja para sus propias historias. Entonces no sabía que sus mejores cuentos se cocinarían en los años veinte de ese México mestizo, saliendo como espuma de la Revolución que intentaba crear una definición de sí mismo. El asombro y su sensibilidad la habían arrobado en un país diverso, apasionado, intrigante. También la influenza de 1918 la había tenido hospitalizada y grave desde muy joven. «Pale horse, pale rider» era el cuento largo producto de esa experiencia. Lavinia pensó con cierto pudor que quizás la biografía podía ser más interesante que la obra en algunos casos. La vida de Katherine Anne Porter era una novela. La curiosidad la convocaba pero no aquel impulso que sale del estómago, que incluso se encaja en el pubis porque escribir es también algo sexual. «Es entrega», ha defendido en las entrevistas a lo largo de su carrera.

Su vida, estaba segura, no podía tener la mitad de interés de la de estas mujeres viviendo en un tiempo a caballo entre las grandes guerras mundiales, en un país de segregación racial y poco espacio para las mujeres. Las blancas tenían más oportunidad, mucho antes que sus coterráneas. Llevaban la delantera jugándosela en la cancha de los mundos ficticios. Le interesaban los retos de la adversidad; si escribir era en sí un escollo y un obstáculo, estas mujeres que escribieron a pesar de su tiempo, de ser mujeres, de sus fragilidades, podían ser una respuesta. El letargo de la imaginación desapasionada la estaba enfermando.

7

Carson iría el sábado porque el tiempo que había pedido en la colonia de artistas terminaba. Y tal vez si no hubieran ido las cuatro aquella mañana a nadar al lago estaría contenta de regresar a Nueva York. Estar rodeada de creativos era estimulante: te exigía conversaciones todas las noches, también te daba compañía, alguien con quien compartir la copa; eso rumiaba mientras caminaba hacia el lago con el lunch que acababa de recoger. Las ramas secas de los pinos chasqueaban bajo sus pasos. El calor del mediodía parecía tener un sonido propio, quemante. Los pájaros silenciosos cedían su momento a los insectos alborozados, escarabajos insolentes. Mucho más grato que tener que ahuyentar murciélagos ciegos, como pasaba en la noche. Capote se molestaba tanto de que no se les podía perturbar, le contó. «Eran criaturas habituales, había que convivir con ellas», le dijeron. ¿Beth conviviría con las algas del lago que le daban ese tono verde espinaca al agua? Su carne se habría blanqueado y esponjado después de tres días en el fondo, ¿los ojos mirarían abiertos y suplicantes como cuando permitió las caricias de Carson? Necesitaba rodear el lago, husmear las huellas del desconcierto. De su propio desconcierto. ¿Suicidio? ¿Acaso enfrentar la exposición de ser escritora te podía orillar a quitarte la vida? De alguna manera la dejabas en los escritos, la vaciabas en las palabras cuya efectividad te vulneraba tanto. ¿Alguien al otro lado? Escribir no solo era buscar un sentido para la mirada que había elegido tal historia ni tampoco las palabras para ello, como un gambuzino, sino ansiar al lector. La orilla. Ahí estaba ahora, en el sitio donde Beth había extendido la toalla, cuidadosa, incluso había cruzado una mirada con Carson, cómplice. Ningún indicio de que la vida no le gustara. ¿El éxito temprano? Se sobrevivía, le había dicho Carson acariciándole ese melena espesa y oscura después del retozo. Bueno, un trago ayudaba para encarar lo que sigue, lo que esperan tus lectores, porque ahora ellos son los ansiosos. Pero Beth no estaba ahí todavía. La estructura despeinada de sus fragmentos o crónicas o estampas indicaba originalidad pero extravío. Aquello no tenía forma de novela. Como si fuera un camino de búsqueda para extender a su persona, pero no un estilo que la distinguiera. Le hubiera dicho eso en la siguiente tertulia en que escuchara su texto. Siempre se necesitaba alguien que echara una cuerda para el comienzo, y para después también. Escribir era dudar. Se sentó en una roca. Una roca grande junto a donde había estado la toalla: recordó que Beth se sentó en ella para descalzarse. Antes de que se desprendiera de los shorts y de la blusa de mascota rosa que la hacía más niña de lo que era, Carson ya miraba el braceo de Eudora y Katherine, y se lanzaba para alcanzarlas.

Se imaginó ser Beth en la roca y cómo vería a aquellas tres sureñas tan distintas; solo estaban la escritura, el ser mujeres y la procedencia como asunto común en la actividad que las convocaba en la residencia. ¿Por qué no la esperó Carson? Llegar al otro lado, no mirar atrás, ya sabemos lo que le pasó a Orfeo. Beth la seguiría, Beth la desearía, Beth le pediría consejo; las separaban solo cuatro años y el éxito brutal en el año anterior de *El corazón es un cazador solitario*, pero Carson era alcanzable. Disminuyó el ritmo, al frente divisó a sus compañeras ya en el otro extremo, asidas a un tronco que, desplomado sobre el agua, hacía de soporte. Pero confió en Eurídice. Ahora se arrepentía. Fue la primera que salió del agua y corrió a la orilla de la toalla, deseando que tal vez la chica estuviera orinando entre los setos, que jugara a esconderse y hacerles una mala pasada. Katherine se unió a la búsqueda en tierra, no sospechaban del agua porque, en la extensión del agua abarcable por su vista, no había burbujeos ni alteraciones más que las que el viento provocaba. Pero luego cada una tomó por un costado del embalse. Gritaron su nombre. Carson lo repitió en ese momento. Fingiendo ser Beth, se despojó de la ropa, toda, pues no llevaba el bañador, y se deslizó por esa roca hacia la superficie como debió hacerlo la chica. Ahí notó que el fondo del lago no tenía el descenso suave del lugar que ella eligió para entrar al agua, al otro lado de la piedra. El fondo era inalcanzable en ese punto. Como un gran pozo. Lo frío del líquido cintura abajo y la desesperación de sus pies por tocar algo le dieron una especie de explicación. Rodeó la piedra a nado y se topó con el banco de lodo que pisó. El agua ablandó sus defensas: imaginó el pelo largo de la chica serpenteando a merced de las corrientes, el cuerpo anclado en el fondo, y se estremeció. Una vida no se podía ir así, a tus espaldas. A espaldas de tres escritoras. Había espacio para todas.

Con la ropa empapada por el agua de su cuerpo, caminó hacia el cobertizo donde se guardaba la lancha. John podía estar ahí o en la cabaña de la isla a donde llevaba a los que quisieran conocer su rocoso sustrato y sus fantasiosas construcciones, esa Venecia que soñaron los dueños de la mansión que los cobijaba y que un incendio mutiló, igual que la enfermedad a sus hijos pequeños. Ahí donde los creadores construían mundos y experimentaban en libertad y sin gastar, la tragedia había ensombrecido la vida de una familia. Contarlo a los visitantes ocasionales debía ser un lastre pesado para John, aunque era una forma de prolongar la estadía, sin costo, y escribir. ¿Y si está con Beth en la isla? La pudo haber secuestrado para su placer privado y no contarle a Helene; no iba a perder sus privilegios por una escuincla deslumbrada. «Yo te guio en tu escritura», un Virgilio. En el *New Yorker* asombraba a sus lectores. Aún no tenía libro, pero sí talento y estilo, y vivía en aislamiento. Beth pudo desear ese aislamiento compartido con el maestro.

Aunque él ya había respondido a Helene que no sabía de Beth. Pero Carson sabía que los escritores mienten con mucha facilidad. Tenía el pretexto. Venía a despedirse. De paso, si es que lo encontraba, tal vez le devolviera alguna explicación.

8

Había visto la foto que tomó Eudora. Una mujer mira un escaparate. El encuadre atrapa su perfil detenido en la acera frente a la tienda, el sombrero que parece de rafia o tela le oculta la mirada y, sin embargo, la postura bajo ese vestido fresco a media pantorrilla en la moda de los treinta, con una mano en la cintura y la otra en la barbilla, revela su interés: el deseo por una prenda. Por eso, esta vez opté por un atuendo similar para nuestra cita del café de Woolworth. Tuve especial precaución en el calzado de tacón grueso con agujetas para atarlo. Supuse que ese tipo de lugares le permitían a Eudora observar gente común, no la sofisticación ni pretensión neoyorquina, sino a la clase trabajadora. Haber sido contratada durante la depresión por la WPA (Works Progress Administration), que había creado el presidente Roosevelt para dar trabajo, le había dado la oportunidad, como agente junior de publicidad, de recorrer su natal Misisipi. Pudo conocer a fondo su estado y, con su cámara, tomar las fotos de su exposición inicial y cosechar ideas para sus cuentos.

Era alta, muy delgada, los pómulos evidentes, los ojos desbordándose, la sonrisa cargada de dientes y, con natural serenidad, se sentó en el gabinete frente a mí. El vinilo era la novedad sobre la que reposaban las asentaderas que alguna vez disfrutaron de la madera, la tela, la piel. Nos sirvieron dos cafés. Me quedé con ganas de probar la Coca-Cola de antaño. ¿Sabría diferente? Supuse que más medicinal y con menos burbujas.

—Te pareces a mi foto de la mujer de Granada —se asombró.

—Me encanta ese trabajo tuyo. Honras la idea de Cortázar de que el cuento es como la fotografía: ya los límites, un solo asunto.

Se disculpó por no tener idea de quién era esa persona y yo no admití que adelantaba un futuro que aún no sucedía en 1955.

—Pero sea quien sea, tiene razón.

Mientras vivió en Nueva York en los años treinta, Eudora había expuesto sus fotografías en las galerías de Lugene Opticians y después en el nuevo negocio de Samuel Robbins: The Camera House. Al dueño del espacio le había fascinado su trabajo.

—Deberías ser tú la primera en escribir sobre la mirada de la cámara y el ángulo del cuento. El mismo año que tuviste una exposición unipersonal de tu trabajo se publicó tu famoso «Muerte de un viajante» en la revista *Manuscript*.

Eudora Welty me sonrió con esa hilera elocuente de grandes dientes blancos, complacida por que supiera esos datos.

—Era 1936 y estaba llena de energía. ¡No había cumplido treinta años! Como parecemos de la misma edad y también eres escritora, me debes comprender. Eso dijo Capote de ti: es una escritora de cuentos y novelas con algún reconocimiento en su país. Aquí sabemos tan poco de México —se disculpó.

Con el regusto de un café quemado que presumen haber servido desde 1879, recordé que publiqué mi primer libro de cuentos al cumplir treinta años. La colección era precisamente para el primer libro de personas menores de esa edad. Estuve justo a tiempo cuando entregué el manuscrito y fue aceptado. Acababa de nacer mi primera hija. Tenía energía para todo, una se las arreglaba, mi marido y yo hacíamos un gran equipo. Y las ideas para la escritura no faltaban.

—¿Publicaste tu primera reunión de cuentos también a los treinta?

—¿Qué quieres decir con también?

La charla no se trataba de mí, pero le conté de mi libro.

—¿Será una edad estándar para publicar cuento en todas las tradiciones? —bromeó.

No se interesó por el título de mi libro ni los temas de los cuentos, ni yo esperaba eso. Nos lee una cofradía. Nos conocen tres gatos… aumentan tal vez con el tiempo pero gracias al empujón de la novela. Pensé en John Cheever, sus novelas ganaron premios y atención cuando las publicó, pero se le reconoce por sus cuentos: la posteridad lee sus cuentos completos, eso es lo que hay de él para todos.

Eudora tampoco es recordada por sus novelas, pero no le voy a quitar la falsa ilusión de que estas abonarán en el futuro para su nombre y reconocimiento. Es fotógrafa, escritora del instante.

—Venimos de Chéjov —le dije y la desconcerté. Tal vez pensó que era el nombre de una población o que soy tan soberbia que me creo con su mismo reconocimiento.

—Y de Joyce —agregó después de un rato. Aunque tengo cuarenta y seis años como ella, y cuatro libros de cuentos y dos novelas publicadas, soy en mi país más invisible que ella en el suyo. La pregunta sobre las ideas para escribir debí hacérsela a Katherine, que es mi contemporánea, pero no sé cuándo la veré, si libraré el haberla ofendido por culpa de Capote. Porque a los cuarenta y seis años no me pasaba esto. Tenía ideas, me faltaba tiempo y no quería perder los embriones de historias.

Fui al grano, no venía a impresionarla con lo que sabía de su vida, porque yo era una tramposa y ella estaba muerta. Eudora había conocido también la sequía.

—¿Qué hiciste cuando no podías escribir durante la guerra?

Se puso seria, como si un velo oscuro cayera sobre ella. Había vuelto a su casa en Jackson, esa gran casa cuyo jardín cuidaba su madre como una de las maneras de aliviar su viudez. La muerte de su padre era una de las razones por las que Eudora había dejado Nueva York y, con los hermanos y amigos en la guerra, el famoso Club Cereus suspendido, la preocupación le taponeó el cerebro.

—Escribir es jugar, a mí me gustaban los juegos de cartas. En mi ciudad hay ocio para ello. No se puede jugar si piensas que los tuyos morirán en el frente.

La preocupación ahoga el desparpajo creativo. Como si uno le faltara al respeto a lo verdaderamente importante. Lo tangible. La vida. A mí se me dormían los dedos cuando administré el negocio del primo de mi padre. Pensé que lo podía combinar con la escritura. Pero el tío, acompañado de su familia, quería pasar temporadas fuera del país. Yo era la responsable principal. Las preocupaciones no tienen horario. Se agazapan en la almohada y contagian insomnio; en el día el brazo derecho pesa y el cosquilleo del meñique y el anular anuncia las extremidades dormidas. No hay dinero para pagar sueldos; si no se pagan los cueros que se necesitan para confeccionar prendas, no hay artículos que vender y los impuestos que hay que pagar mes a mes no se pueden usar para aceitar el negocio. Socorro. Era el peor trabajo para una escritora.

—A mí no me salvó el fin de la guerra, sino renunciar.

Me miró con un falso asombro que contrastó con el que dedicaba a su reloj, una cadena muy delgada en su muñeca. Me dijo que tenía cena con su agente, su puente con el mundo de la publicación. Era casi su editor, porque Russell escuchaba y nutría sus ideas con comentarios. Había logrado que se publicaran sus cuentos en revistas y así adelantar el interés de los lectores para su primer libro y luego el segundo.

—¿No me ibas a entrevistar? —preguntó nerviosa.

—Era mi única forma de conversar —confesé.

—¿Por eso aceptaste este café tan malo? Aunque las malteadas son buenas. —Se rio.

—Tú escogiste el lugar…

—Es más anónimo, tengo cómo escabullirme si el periodista me cae mal. Voy al baño y no vuelvo.

Le prometí ser breve en mi curiosidad de escritora a escritora, le aseguré que de ninguna manera se publicarían sus respuestas.

—¿Qué hacías en esos momentos de no poder escribir, apuntabas algo en libretas para un mejor momento?

Eudora me contó que en una guerra no puedes pensar en un mejor momento. Menos si la persona que amas también se ha ido y luego, cuando acaba la guerra, se va de tu vida.

—Es una forma de muerte.

Sabía que me hablaba del bien parecido John Robinson, su compañero de la preparatoria, parte del círculo cercano y su primer amor.

—Con él tomábamos carretera y recorríamos el Delta del Misisipi, ahí pasaba todo lo contrario. Un torrente de ideas me incendiaba.

—¿Se necesita el amor para tener ideas para escribir?

Sonrió sin aclarar:

—Si ellos no lo necesitan, tampoco nosotras.

Pagó la cuenta antes de que yo abriera la boquilla de mi bolso. Y ya de pie lanzó:

—Tu atuendo está un poco fuera de moda, pero te favorece. Lo que sí necesitamos es ser miradas. De muchas maneras.

9

Mi estudio es una celda. Todas las paredes están forradas de libros, salvo la de la ventana que mira al edificio contiguo. Me molesta no tener horizonte, pero tengo que fingir que el horizonte me lo dan las palabras de los libros. *Bullshit!* o Bullshot, sírvanme uno, aunque no me guste. A ver si lo resisto y caigo parada en el centro de mi estudio con el mundo encuadernado girando a mi alrededor, y las fotos que he recargado contra algunas solapas o las que están en marcos pivoteen también. Como cuadro de Remedios Varo, una verdadera antinaturaleza muerta. A veces miro a los ojos de los que aparecen en las fotos para que me salven con su constancia de la vida real. Este es mi mundo. Me asfixia. Hay dos estantes con lo que yo he escrito, mis propios libros: novelas en distintas ediciones, cuentos, ensayos, libros de niños, libros que he traducido, antologías en las que estoy incluida, antologías que yo he hecho, prólogos a libros de otros, revistas de otros países. Mi propio tiempo está desmenuzado en las lecturas: un mes metido en un libro, unas horas en otro, medio año en alguno. Horas dispersas, yo desleída en esas páginas que no me dejan derribar los muros, sino que me estrujan. Un pobre fiambre de uno sesenta y ocho de estatura sosteniendo ese mundo, apenas de pie, mareada. Tomo una foto: mi hijo y yo. En otra, mis dos nietos conmigo. Mi padre y madre en su boda. Y mi abuela con mi madre joven y yo en medio de ellas, en Cuernavaca, coletas como columpios. Varios muertos como mi padre, que me señala el rumbo, o eso creía; ahora sé que es el gesto que yo hago con alguno de mis nietos sobre las piernas: «Mira a la cámara», y apunto con el dedo. «Mira a la cámara, cuenta del libro tal y del libro cual, cuenta, habla, di por qué, dime abuelita, di por qué has escrito, en qué trabajas». Y tus horas dejadas ahí en las páginas que has escrito, y de todo esto qué quedará. Y mi hijo dice que nunca he renunciado a nada. Y todo para empalizarme entre lomos y cantos, con la sensación de que no alcanza el tiempo ni yo alcanzo nada. Me refiero a dejar una marca, una muesca de la mirada y la palabra. No quiero ser prescindible. Tanta chinga para nada. Las fotos y los libros se han encontrado y bailan una antigua danza cortesana, de parejas, muy propios, se ordenan, no chocan ni sueltan letras, esquinas, papel, palabras. Bailan. Yo giro sobre mi propio eje con los brazos extendidos, como si rozara los estantes abullonados, tanto libro sin leer también... y no me dará tiempo. Me acuerdo del día antes de que me despidiera de mi hijo y mi nuera en su casa de San Luis para volver a mi hotel. Habían ido varios amigos de ellos con sus hijos. La música sonaba y yo me contagié de su alegría. Me puse a dar vueltas en el jardín abriendo los brazos. Mi nieto Stephen se unió. Los dos como reguiletes giramos entre risas. La libertad.

Eso era la continuidad, el legado de la alegría por la vida, del apetito por estar, por gozar la música, y mi nieto lo coreaba. En el jardín no había nada que me oprimiera, ni siquiera la indiferencia o las miradas de los otros... Tal vez escribía para poder dar vueltas en un jardín con mi nieto en su gabardina amarilla. Tal vez daba vueltas con mi nieto en su gabardina amarilla para poder escribir. Las historias de sobremesa, eso que me contaron, que les cuento. Eso que escribo, que leen, que pasa de lector en lector. Más allá de mí, lo que quede. Qué privilegio. Las paredes estallan, los libros se desparraman descolocados hacia las calles, excitados por la oportunidad de hacer de las suyas. Dejar de ser libros tal vez. Dejar de ser escritora tal vez, ahora que no sé qué historia robará mis horas, mis insomnios, mis paseos. ¿Robará? O las aderezará. Necesito una historia, un hilo, un propósito, una búsqueda distinta que no sea yo. Otra vez yo, no, ya hice eso y quedé menos yo, seguramente por eso no puedo proceder hacia las historias que me quitan el peso de mí misma. Girar. Le voy a hablar a mi nieto. Aunque no llueva, que use la gabardina amarilla. Entonces descubro la maleta de cuero beige, sus trabas gastadas. Recuerdo que alquilé una habitación en Soho, que es 1955, que estoy por nacer, que busco una historia. Ando tras el látigo para lo que no sé que quiero escribir. Capote no me puede traicionar. Tomo el asa de la maleta, que se abre como un estómago repleto y vomita zapatos, crinolinas, medias, guantes, lentes oscuros, sombreros aplastados. Me abalanzo sobre el que tiene una redecilla. Que me lleve a donde sea. Abro los brazos y, con el sombrero puesto, doy vueltas.

10

Katherine apresuró el prólogo para el libro de Eudora. Lo ocurrido había hecho que adelantara la conclusión de su estancia en la residencia. Eso estaba penado, quedaba como una marca negra, pues era difícil conseguir un lugar ahí. Pero Helene la entendió, sobre todo porque su edad y su nombre la distinguían. Haría una excepción. «Es que ya no puedo escribir», así lo dijo y era cierto. Pero tenía que entregar aquellas palabras banderazo para una cuentista joven cuyo trabajo le llamaba la atención. Le gustaba tal vez lo que no decía, nunca miraba de frente la emoción que corroía a los personajes pero que sus acciones delataban. Le gustaban especialmente los cuentos nómadas, como «Muerte de un viajante». Ese joven Cheever lo dijo en una de las reuniones nocturnas: el cuento es la literatura del nómada. Katherine bien sabía de vidas nómadas. A sus cincuenta y un años había vivido en muchos lugares distintos. Los personajes de Eudora desfilaban por carreteras de paisajes planos, como los que ella vivió de niña en el sur de Texas; hacía calor, había mosquitos, poco intercambio de palabras. Destinos chatos, existencias difíciles de entender, que eran las de la mayoría. Joyce le susurraba al oído a Eudora sobre sus personajes. Sus personajes estaban sedientos de algo mayor. Estancados por las circunstancias o por su cobardía. Mientras escribía no sabía si se refería a la chica o a ella. No aceptaría más compromisos de ese tipo, se mentía. Porque al fin aquello que había que entregar obligaba a dejar de rumiar pesares, incluso tener un pretexto para pausar la novela, que siempre era una carrera de obstáculos. Tenía el título, *Ship of fools*, y algunos esbozos. Los personajes. Pero no quería que fuera cualquier novela, si es que eso significaba algo. Su fidelidad estaba con la literatura. Eso era lo que tenía más claro en la vida; no con los amores, ni las casas donde quería vivir, ni la familia que añoraba, ni los hijos que no tuvo. Buscaba la habitación propia o acompañada. Le gustaba tener al otro pero enseguida quería la libertad de su espacio y soledad. Cuatro matrimonios no acababan de darle la lección completa. Ella sabía que no siempre se puede estar escribiendo un cuento o pergeñando una novela o leyendo. Y que se necesita el trabajo para vivir. Ganarse los dólares para la habitación propia. Gastárselos también… como a la vida. Hay que gastársela, pero no acabar con ella a los veinte años; pensó otra vez en Beth. Por eso había aceptado el tercer viaje a México, que primero la ilusionó y luego la fue descorazonando. Se trataba de hacer un catálogo de artesanías, de recorrer el país. Lo nómada que ella detestaba de su vida también la llamaba.

Engarzó los dedos de una mano con la otra para estirarlos y alzó la vista de la máquina de escribir. Los altos pinos afuera de la ventana del estudio de la Casa Grande que le asignaron eran una cortina. Encubrían una verdad que no podía solucionar. Un conflicto sin solución que ni siquiera podía aterrizar en su escritura. La muy probable muerte de Beth no apuntaba más que a su descuido y a su incapacidad de estar pendiente de otro. Por eso la urgencia del prólogo, esa era su forma de proteger a una joven como Eudora. Pudo estar más pendiente de esa jovencita que tenía la edad de ser su hija, como Carson, pero le molestaban sus miradas y cierto pegoseamiento, sobre todo en las tertulias. Beth era solo una vocación descarriada. Contó que era huérfana de madre, como ella. Que ni siquiera la había conocido, pues murió un mes después del parto. Que la tenía que inventar en sus historias deshilachadas donde la madre que era amorosa, o insoportable, se fugaba con el vecino o se metía a un convento o se suicidaba. Era asfixiante el tema. «Beth, ¿no puedes explorar otro tema?», se había atrevido sin querer herirla en las tertulias iniciales. La chica había llegado una semana después que ella. Fue cuando contó las circunstancias de su orfandad y la relación con las tres subsecuentes esposas de su padre. Todo era un poco Blancanieves porque el padre la adulaba, ponderaba sus poemas desde niña, sus pasos de ballet, sus ojos, su pelo, la proveía de una buena educación, de ropa. Y ellas procuraban su lejanía, encontrarle defectos y hacerlos evidentes. Una de ellas la encontró en la *pick-up* del jardinero a horcajadas sobre él y la acusó de inmediato. Despidieron al jardinero y Beth no salió de su recámara en tres días, desde ahí gritaba: «Soy Constance, soy Lady Chatterly». El padre era culto, curiosamente como el suyo, pensó Katherine y, más que escandalizarse por el desacato de su hija, defendió su pasión por la lectura. Algo que él había fomentado. Era verdad, Katherine se vio reflejada en ella. Pero en lugar de acercarse y amadrinarla, de ser esa madre que la chica no tuvo, y Beth la hija que nunca se logró cuando su cuerpo era fértil, la evitó. No quería pensar en su madre Alice y cómo su abuela la sustituyó y luego también murió. Hay asuntos que se dejan atrás o se meten en la licuadora del texto y, procesados, se vuelven otra cosa, como si fueran más de los personajes que de uno. Su padre siempre penó por ella. «Alice usaba esto», y les mostraba a sus hermanas y a ella unos pendientes, y los guantes. Los guantes que ahora eran parte de su atuendo. No los que fueron de su madre, que poco los usó en la ranchería, sino los que cada año estaban de moda, los de primavera y los de invierno. Los de tela con botones, los de cuero con ribetes de colores distintos. Cortos o a medio antebrazo, hasta los codos. Cajones repletos. Puso la maleta sobre la cama y colocó en ella la ropa cuidadosamente doblada; extrajo un par de guantes de algodón muy fino de la bolsa que los protegía. Aunque el verano no los hacía necesarios, escogió los de color avena con pequeñas alforzas en el dorso para que la llevaran a la estación de tren.

Abrió la ventana y el aire aún fresco del bosque desordenó los papeles apilados junto a la máquina, los que le daría a Eudora para que los entregara ella al editor. «En todos estos cuentos, variados en su excelencia, no encuentro nada falso o elaborado, ni vacilación en el tono, su abordaje es directo y simple en el método, pero los temas y tonos no son nada simples…». Le gustaba esa forma silvestre, independiente, sin clases de creación literaria, sin grupo al que pertenecer: ella había surgido con una voz distintiva. Y solo era el principio. Tal vez recibiera una paga, pero en esta ocasión eso no tenía importancia. No la misma que cerrar cajones y dejar a Beth sin el arrullo de una madre en el fondo de un lago que un día la expulsaría hinchada y descompuesta. No pudo controlar las arcadas que la hicieron correr al baño. Su habitación enorme la proveía de todas las comodidades, incluso la de hincarse en el piso alfombrado y hundir la cabeza en la taza para expulsar el café y el pan con mermelada de moras cosechadas en el lugar. Las miró con repulsión: Beth era una de esas moras. Su padre había ahuyentado cualquier vestigio de creencia religiosa. La razón le decía que la materia era lo que quedaba en el mundo, transformada.

Se recompuso y cerró la maleta. Tomó las cuartillas y cerró la ventana, aliviada de que la escena del lago formara parte de una postal ajena. Avisaría en la administración que todo estaba listo para que la ayudaran con el equipaje y la condujeran a la estación. Pasó por el cuarto de Eudora en el extremo del pasillo. Tocó deseando que no le abriera. No quería ver el rostro de la chica de nuevo, no sabía qué palabras intercambiar. La abandonaba con la muerta ahora que Carson también estaba a punto de partir. En ese momento recordó que, antes de echarse a nadar para alcanzar a Eudora, había mirado a Beth sentada en la piedra y que Carson ya caminaba para entrar en el agua. Las piernas de Beth colgaban del lado opuesto del declive fangoso por el que cada una se metió al agua. Beth le hizo un gesto con la mano. Era un adiós.

Deslizó las cuartillas por la ranura de la puerta y al despedirse pidió a Helene que le avisara a Eudora, por favor. Cuando se subió al auto escuchó que alguien gritaba su nombre. Vio a Carson que volvía del camino del lago.

—Podemos irnos —dijo con firmeza al conductor y hundió la vista en los guantes de color avena. No se quería decir a sí misma que la asaltaba otro temor: el no poder subir al vagón del tren, el que volviera la imagen del ataúd de su abuela con el que había viajado de regreso de Mafra. Habían ido a visitar a una de sus tías, fue la nieta escogida para acompañarla. Y allá sucedió, la abuela Cat murió y ella regresó con una caja de madera por pasajero. Tenía diez años y adoraba a esa abuela vigorosa y culta. Se preguntaba si el único momento en que su abuela se desplazó desde Kyle para morir lejos era un legado de una forma de vida. Moverse. Siempre moverse. Aun en la muerte.

11

El Plaza. Cómo iba a ser otro lugar que no fuera el Oyster bar del Plaza. La barra para más señas, como si fuera la de «Un árbol, una roca, una nube», pero de más postín y sin sirenas de la fábrica de hilados. Divisé a Carson con ese flequillo corto y la cara redonda, ojos muy aguzados, traviesos y enigmáticos. Un andar dificultoso, pues ya había ocurrido su segundo ictus que le paralizó medio cuerpo, pero ella barría su impedimento con una sonrisa franca, casi afrenta. Como si no tuviera que pasar largas temporadas en cama, a veces dictando sus textos. Las dos teníamos treinta y ocho años. Mi carrera era muy corta. Seguía en el cuento, cuatro libros, uno premiado. Pero ella había sido un éxito nacional desde que a los veintitrés años publicara *El corazón es un cazador solitario,* luego siguieron *Reflejos en un ojo dorado* y *La balada del café triste.*

—¿Pudiste hablar con John? —Fue la pregunta con la que la recibí.

Mientras se apeaba en el banco y no permitía que mi brazo la ayudara, respondió:

—¿Huston?

El director de cine era su amigo y había pasado ya una temporada en Irlanda con él y su esposa.

—Cheever —respondí, apenada por confundir realidad y ficción.

—No me digas que eres una de sus novias despechadas. Una de las que lo buscaban en la residencia para el paseo de la isla. No querían regresar. Nos conocimos cuando John era soltero y yo estaba casada con Reeves.

Se detuvo en seco.

—Necesitamos humedecer la garganta si me vas a entrevistar.

Yo pedí un manhattan porque la locación lo ameritaba, ella un martini. Era más interesante que sus fotos y su biografía. No era guapa pero destilaba una inteligente sensibilidad. Me contó que venía de estar en Key West con Tennessee Williams. Venía exaltada por cómo habían trabajado juntos la adaptación de sus novelas para teatro. Y por el desenfado caribeño.

—Nada que ver con Columbus, ahí solo los negros cantaban cuando yo era niña. Era lo mejor que teníamos y los maltratábamos.

—Se ve en tu novela *El corazón...*

Miró a todos lados, descubrió algunos negros pudientes.

—Una mezcla impensable antes. Todavía en la librería de mi pueblo no los admiten.

Me llamó la atención la palabra *mezcla.* Mezclarse con los blancos, tiempos de segregación. Ahora hablábamos de igualdad de derechos, pero no de mezcla. El mundo era un gran coctel.

—Esto apenas comienza —le dije desde la ventaja que me daba saber de la muerte de Luther King y el mandato de Obama—. A lo mejor un día tienen un presidente negro.

—¿Ustedes qué hicieron con ellos?

—Se diluyeron en amores prohibidos o se escondieron como cimarrones en las costas.

—¿Los discriminan?

La conversación se había ido por un extraño lado.

—¿Conoces a Sor Juana? Tenía una esclava que le regaló su madre cuando entró al convento.

—Pero ¿los aceptan? —Ignoró mi pregunta.

—Los mexicanos somos mestizos —eludí la respuesta—. Muchos morenos. —No le dije que en su país les acabarían llamando así también a los negros dizque para ser más igualitarios.

Dio un trago largo a su martini.

—Me encanta Nueva York —dijo, como si saliera de la tortura de haber mentado su pueblo en Georgia.

—Es una ciudad ombligo, la pandemia le hará mucho daño —dije, entonada por el manhattan.

—¿Escribes ciencia ficción?

Entendí que debía ser más prudente, que quizás era demasiado discreto el atuendo que elegí para la ocasión —un traje sastre tipo marinero—, porque Carson lo había alabado en la amiga alemana de la que se prendó, la que se suicidaría después de sus adicciones a la morfina. Abrí mi bolso de boquilla que había cargado en cada encuentro y saqué una polvera.

—Eres demasiado blanca para polvearte. No pareces mexicana.

—Somos mestizos —me defendí, aturdida por su obsesión.

—Vivir en Nueva York o en Nyack y escribir del sur; siempre me ha llamado la atención el peso del origen en tu escritura. —Saqué una libreta para tomar notas.

—O escribir de sureños en Nueva York. ¿Conoces el cuento «El geranio» de Flannery O'Connor? Su catolicismo y yo somos enemigos, pero su mirada sobre la contradicción me gusta. Sabes, tiene algo de los rusos, que son mis favoritos. Dijiste que te interesaba lo que escribimos las sureñas, ¿no es cierto?

Dostoyevski tocaba a la puerta, como Chéjov, como Tolstói; estas sureñas estaban cerca de la visión rusa fatalista, del origen esclavista, de la culpa, del desamparo y de la supervivencia. Quería maquinar un ensayo que las aglutinara. Pero eso no era escribir novela. Cuánto me aburría el trabajo de los académicos, aunque a veces abrevara de algunos notables. Pero no era para mí. Sobreexplicaciones, moldes, que tal vez funcionaban pero que no estaban en el centro de las preocupaciones y las intenciones del escritor de ficción. La bebida me estaba poniendo seria o ¿era Carson? Noté que se distraía observando a los personajes del lugar; a diferencia de Eudora, no me había puesto un tiempo límite. Tenía que atrapar su interés.

—Leí que a Tennessee le gusta comer tus *Carson spuds.*

—Papas, queso y crema al horno. Así les puso él. Una tontería. —Se rio —. Tiene mal gusto para comer. ¿Pedimos ostras?

—Nunca les digo que no.

—Isak Dinesen se alimenta de ellas.

—Suertuda.

La carne mineral y fresca de las ostras nos avivó el espíritu.

—John Cheever es extraordinario, ¿sabes? Nada mejor que «El nadador».

—¿Tú también crees que el cuento es literatura nómada?

—Nómada es mi relación con Reeves, tan guapo e irresistible de joven, tan depresivo ahora. Bueno, una guerra no es cualquier cosa.

—Ni una esposa escritora.

Yo sabía que él también había querido ser escritor, pero que Carson lo rebasó por la derecha y para siempre con su primera novela. La apoyaba, era verdad. Pero el éxito temprano los alejó y reunió tantas veces. Y aún faltaban nuevas ocasiones.

—Yo le leía los avances de *El mudo*, así se llamaba al comienzo. Todavía pienso que es mejor título. Me animaban mucho sus comentarios. Quería estar con él. Pero aquí en Nueva York no encontró trabajo, yo siempre tuve algo que hacer, una revista donde publicar.

Era impensable para una escritora mexicana vivir de publicar cuentos en revistas, como lo hacían los escritores estadounidenses; esa tradición nunca había sido el ring para sobrevivir. Siempre había que ganarse el sustento, casada o separada. A solas o entre dos. Así le había hecho yo. Pero como decía Virginia Woolf, que con las regalías de *Orlando* instaló un WC en su casa, se escribe a pesar de todo. No sé si se escriba con un marido deprimido en casa, pensé en Carson. Se puede beber con él. Llegó un segundo martini, como si conocieran a Carson.

—¿Hijos? ¿Te hubieran estorbado para escribir?

Cogí otra ostra y la puse en mi lengua. El vaivén del mar me torturó. Me abracé a la espalda de mi padre y apreté las piernas en su cintura. Cerré los ojos mientras subíamos el escarpado. Si me hablaba no lo escuché, solo el golpe del mar regurgitando espuma allá abajo. Escupí la ostra en mi mano y cerré el puño. Me levanté al baño y al volver no me preguntó por mi indudable palidez. Siguió como si nada.

—Estaba demasiado ocupada amando a Reeves o a Reeves y Diamond, el compositor, el muy cabrón sedujo a mi marido, luego Reeves se fue con él. Pasó después de la alemana, una diosa. Escribir, amar, beber. ¿Hay algún espacio para ser madre? Y mira este cuerpo de mierda. Una batalla perdida.

Me decía mucho en pocas líneas. Quise imaginar qué hubiera sido no tener un hijo. Nunca lo consideré. Es una manera de amor que te demuestra que no vas primero, tienes que reprimir el egoísmo. Y amas por encima de todo a los tuyos, a tu sangre. Pero escribir pide egoísmo.

—¿Crees que una escritora con hijos debe optar por el suicidio, como Sylvia Plath? —solté, intrigada por los caminos que escogemos las mujeres.

—Algunos deprimidos optan por el suicidio, el éxito tampoco te salva, por lo visto los hijos no son impedimento para despedirte de la vida. Yo traté una vez. También pensé que, aunque me amputaran la pierna, podía llevarlo con dignidad. Ahora solo quiero escribir, reírme, estar con mis amigos, con mi madre y mi hermana mientras pueda; capoteo el dolor. No sé de qué sirvió haber comprado una casa en París, para que Reeves acabara suicidándose.

En el verano del 52, Reeves trató de convencerla de suicidarse con él. Ella había huido. Ignoraba si ese ya era un hecho público tres años después. Así que solté un ligero anzuelo.

—Qué terrible. ¿Estabas con él?

Carson miró a su alrededor y añadió en voz baja algo que no sabía si era en serio o broma:

—Yo le dejé el veneno… eso sí, le dije que en eso iba solo.

La mujer me sorprendía, aunque sus maneras de responder y plantarse frente a la vida, capoteando sus disfunciones, concordaban con una autora que a los veintipocos tuvo la capacidad de ver la inmensa soledad de las personas.

El mudo es consultado porque los habitantes lo visitan en la casa de huéspedes de la familia de Mick y le comparten sus cuitas. Sin oír y sin hablar, él da consuelo.

A sus treinta y ocho años, Carson era una lectura obligada en las escuelas públicas del país. Las regalías le daban para vivir y para gastar en su salud. Por un momento pensé que no importaban ni el éxito ni el dinero si el cuerpo fallaba, si la fragilidad física te hacía dependiente. Pero a la escritora la había fortalecido.

—Solo mis fallidas presentaciones en teatro me han hecho dudar de mí.

«Cuánta soberbia», pensé mientras repasaba a la madre joven que había sido a mis treinta y ocho. No lo cambiaría. Administraba mi tiempo de otra manera y la culpa era una guadaña permanente. Tres libros de cuentos, una novela para jóvenes y una primera novela. Trabajaba para ganarme la vida. Tal vez el trabajo me daba historias, calle, otros encuentros. No estaba mal. Solo que nada llegaba a su punto ideal ni tampoco era la mejor madre, era una mediocre ama de casa y una escritora que no se podía arrojar de cuerpo entero a la lectura. Sobre todo a la lectura.

—Te quedaste callada. —Dio un trago largo a su martini.

A ella qué le iba a importar el juego de equilibrio entre los roles: madre, escritora, proveedora. Me faltaba tiempo, pero ahora que me sobra no sé de qué escribir. Vaya tragedia, tendría que decirle que en realidad soy un traje de mentirosa juventud, que han pasado treinta años más, que mi cabeza se acerca a los setenta.

—Te admiro. Leería *La balada del café triste* mil veces. No puedo hartarme de Amelia y el *cousin* Lymon —disparé para salir de mi ensimismamiento.

—¿Me estás coqueteando?

—No, me gustan los hombres.

—*You never know…* —Me plantó un beso en los labios y dijo que se tenía que ir. La estaba magullando el dolor. Debía recostarse.

—No hemos terminado —dije asombrada.

Ya de pie me cerró un ojo y dijo:

—Espero que no. La cuenta está pagada.

12

Eudora rumió las preguntas que la escritora mexicana, vestida como si fuera disfrazada, le había hecho. ¿Se necesitaba el amor para tener ideas? ¿Qué hizo cuando no pudo escribir? Estaba de regreso en la casa de Pinehurst Place, más tarde se reuniría con el Grupo de los ocho. Habían decidido pintar un mural en las escaleras entre uno y otro departamento de dos del grupo. Los planes con los nuevos amigos le permitían gozar el presente. Anclarse en él sin miramientos tristes con el pasado. Pero la escritora había picado el costado del caballo, una yegua dócil, obediente, de trote seguro y firme, que había querido tomar un camino diferente respecto a los que la rodeaban pero que tuvo que aceptar la ruta que le quedó. La escritura desde que su agente y amigo Russel tomó las riendas era un piso estable, un territorio al que, si le dedicaba, sucedían cosas. No había sorpresas. Resorterazos inesperados. Pero eso ahora, no trece años atrás cuando el país se había metido de cabeza en la guerra y los hombres cercanos se habían enlistado. Tres años de zozobra. El corazón achicado como el botón de esa camelia que se pudría en la planta sin haber abierto. No escribió una sola línea, no pensó en ninguna historia. Sus hermanos Edward y Walter partieron uniformados. John Robinson se enroló en la fuerza aérea y, aunque tenía que admitir que el uniforme lo hacía verse aún más guapo, la sola idea de su distancia, del peligro de muerte le pinchaba el corazón. Bebió el té de lavanda que se había preparado mientras observaba por la ventana a su madre desprender los botones y hojas secas de arbustos, setos y árboles. El sillón con la mesita lateral era un recodo dentro de casa, una especie de hogar dentro del hogar. Cuando eran niños, su madre solía reparar la ropa rota o descosida en ese rincón, con la mirada en el jardín y el oído en las palabras de su marido. La casa, el jardín, papá y mamá, los hermanos y ella en la Casa Club que habían construido entre todos parecían un mundo inamovible. Eternamente feliz. Papá murió primero, luego su madre se repuso a base del cuidado de un mundo vegetal que la requería todos los días, como un bebé que no aprenderá a caminar ni a valerse por sí solo. Y en el 42 se fueron todos los hombres de su vida, el amigo y poeta Frank Lyell también. ¿Regresarían? Trató de palear su zozobra haciendo algo útil. La Cruz Roja, el centro de información de Guerra: sus servicios no fueron requeridos. La página en blanco tampoco la llamaba. Los días con su amanecer y caída de sol estaban en puntos suspensivos, como si el tiempo se hubiera embarcado hacia ningún lado… muy probablemente a la deriva. La vida social que la distraía también se pasmó. La casa de repente la confortaba con las voces de algunos huéspedes a los que su madre alojaba para sufragar gastos. O los que insistían en que Chessie les siguiera dando las clases de bridge. El juego los había salvado. El juego al final de jornada en la tranquila Jackson, donde la vida sucedía puertas adentro. Pero en ese tiempo, puerta adentro estaban las noticias en el radio y una carta esporádica de alguno de los ausentes. ¿Y por qué la escritora la había llevado de nuevo al territorio de la parálisis? A ella, que aprendió que cuando una puerta se cierra, o se niega, simplemente hay que hacer la maleta y echarse a andar.

Mientras estuvo en la guerra, John Robinson pidió a las primas del Delta que le pusieran en sus manos el diario de su abuela, aquella boda en el Delta del Misisipi que no presagiaba los descalabros por delante. John, su aroma de almizcle, su pelo cenizo atrabancado como su sonrisa, su sensibilidad para conectar con la curiosidad de Eudora, con su alegría serena, con su ingenio y velocidad. Mientras lo acompañaba por el Delta, en esos recorridos de trabajo, habían nacido dos cuentos. Las anécdotas de John contadas con mucho sabor detrás de aquella sonrisa colocada como un cuadro en el muro firme de su rostro de quijada cuadrada eran mineral precioso para los cuentos. Si no le hubiera compartido el día que dio aventón a dos vagabundos al borde de la carretera, uno con su guitarra, los dos de pocas palabras, con hambre y sin techo, y con ganas de quedarse con su auto mientras él pedía al dueño del hotel que les permitiera alojarse en el cobertizo, uno reventándole una botella en la cabeza, no habría sido posible escribir esa historia de la soledad, de un hombre desarropado: Tom Harris. Tom, su John. Su faro para lo que ella no había atestiguado; cuánta hambre de anécdotas ajenas. No su vida, lo que los otros veían. La beca Guggenheim, que le hubiera gustado disfrutar en Europa, fue gastada en Jackson, en medio de un viaje imposible. Fue cuando escribió *Boda en el Delta* con los diarios de la abuela de John. La boda de 1923, que no la boda que a ella le hubiera gustado. Porque después de tanta preocupación, de la sequía para el trabajo creativo que a nadie le podía importar en ese momento, John regresó abatido, desconectado de la ternura y la fraternidad, alejado de toda voluntad de que construyeran algo juntos. Y entonces Eudora comprendió que tendría que aceptar que no hubiera flor alguna, ni siquiera como la del cactus que la presumía una vez al año, en la medianoche de un día del verano. *Cereus.* Como el club que habían tenido de jóvenes, para escuchar jazz y a Rudy Vallee cantar la canción *Life is just a bowl of cherries* que decía «Don't take it serious», para jugar a ponerle *Cereus, life's too mysterious....*

Eudora hizo su maleta en 1949. Se iría medio año de viaje a Europa. No miraría atrás. No estaba dispuesta a atorarse en la tristeza, tal vez tampoco a amar de esa manera otra vez. No iba a permitir que nada le robara la felicidad de la escritura, el viaje y la curiosidad, los amigos. Cuando decidió el camino, se fue a cosechar historias. La suya se escribiría de otra manera, en casa, con su familia, sus libros, sus tertulias y esa voz con que podía transformarse en otros. Escribir salvaba. Le había faltado decirle eso a la escritora. ¿Que de dónde salía el material de su escritura? De su ciudad de origen, del Misisipi y su gente, del pasado del territorio, de lo que le provocaba preguntas, deseos de llevarlo a decir algo más tras la anécdota. Era como pintar. Solo que más concreto, porque el color y las luces y sombras eran palabras.

13

Carson tocó con timidez en la casita del muelle. John podía estar escribiendo o quizás, así lo deseaba, retozando con el cuerpo de Beth. Los nudillos insistieron. La piel de la chica apiñonada y tersa, un lunar oblongo muy cerca del ombligo. ¿Qué les pasa a los lunares bajo el agua cuando el cuerpo se infla como un pez globo? Si fuera el caso, estaría varada entre los juncos en uno de los recovecos del lago. John abrió. Tenía el pelo revuelto, dijo que estaba tomando la siesta. No la invitaba a pasar porque la casa era un desorden, además, qué bonito día. Mejor el muelle. Se sentarían ahí. Le pareció sospechoso, ¿la estaba ocultando? Carson espero a que trajera la botella y dos vasos.

—Sé que es un poco temprano para esto. —Levantó el Jack Daniel's.

La conocía, y se antojaba sobre todo ahora que iban a sentarse sobre las tablas del muelle con el agua meciéndose bajo ellos. Esa indiferencia del líquido requería el caldeo del ánimo. Carson sonrió con timidez como si hubiese sido descubierta en un ilícito.

—Sabía que no te negarías —fanfarroneó Cheever y la hizo seguirlo al punto donde el muelle terminaba y la lancha se zangoloteaba con el suave meneo del agua. De cuando en cuando, golpeaba el poste de madera al que estaba atada con un ritmo que tranquilizaba, o eso le pareció a ella cuando John vertió el líquido ambarino en su vaso.

—Nunca de plástico, aunque se hayan puesto de moda. La bebida debe ser en cristal —musitó mientras agitaba la suya y brindaba con ella.

—¿Te veo perturbada? Por favor, no un dilema técnico con la escritura.

Y se lanzó a perorar que se fuera, si iba a hablar de las limitantes de tal o cual narrador, del tono que no podía lograr con un texto, de la correcta extensión de un cuento, de los diálogos, de los silencios, de si un poco Hemingway o un poco Faulkner. Eso sí, si se trataba de Fitzgerald, tal vez podría escucharla. «Un constructor de atmósferas», dijo mientras Carson paseaba su congoja por el horizonte.

—Este es nuestro París —concluyó cuando notó la vista de la chica en el horizonte.

—Me interesa la vida.

—Ya somos dos. —Sonrió John.

No sabía cómo expresar su preocupación sobre el paradero de Beth sin tener que compartir la escena del lago de dos días atrás.

—¿Y alguna vez llevas la lancha al lago pequeño?

—Es poco hondo y no tiene caso. La eslora de esta y el motor son para llegar a la isla. El otro se cruza a nado. ¿Acaso viniste a dar una vuelta en lancha?

Era lo que menos podía desear. No pudo más.

—No se sabe nada de Beth.

—Con su belleza, debe estar pasándola bien por el pueblo.

—Ya sé que eso le dijiste a Helene.

—No veo otra explicación.

Carson se quedó pensando lo que querían decir las palabras de John: se necesitaba ser escultural y armónica para pasarla bien. Pero John salvó a tiempo su molestia y se retractó, coqueto.

—Como tú.

Carson lo miró, era bien parecido con esos ojos azabache que calaban y la voz temperada y honda; era difícil resistir el cierto embrujo que el conjunto provocaba. Cuando leía en las tertulias, el cuento entraba como si uno mirara una escena por la ventana. Pero Reeves, su marido, era lo suficientemente atractivo para que no deseara a otro hombre. Podía pensar en las mujeres, él en los hombres, como se confesaron, pero entre ellos había un imán poderoso.

—Buen título el de tu novela. —Pareció adivinarle los pensamientos.

—Era mejor *El mudo*—se defendió Carson. El editor era el que había insistido en encontrar otro título mejor y, cuando se le atravesó el poema de Fiona MacLeod, «El cazador solitario», saltó el verso.

John miró el horizonte.

—Para un cuento, sí, ciertamente.

—Explica —dijo Carson.

—Invita —contestó John.

—¿Y qué te hace pensar que las bonitas no se encierran a escribir? —volvió Carson a Beth.

—Si yo fuera una chica guapa me luciría. No me desperdiciaría en la oscuridad. Además, el escenario se apaga pronto. Hay que aprovecharlo.

—Pues eres guapo. Y me consta que a veces te luces.

El burbon ya empezaba a hacer de los suyas. Carson se recostó en los muslos fuertes de Cheever y miró las copas de los árboles que se asomaban al agua, temerosas de entrar. Hubiera querido reventar y contarle que habían nadado y que Beth probablemente se había ahogado en sus narices. Tres escritoras cobardes. Atónitas. Sin explicaciones.

—¿Y qué crees que esté haciendo en el pueblo?

—Bebiendo cerveza en el bar del hotel... Hace calor. Y ahí van hombres con billetes porque apuestan en las carreras de caballo o son dueños de cuadrillas. Una huérfana necesita protección —remató, pícaro.

¿Huérfana? Carson sabía de un padre rico y madrastras envidiosas pero quiso creerle. Pensó que uno de esos apostadores quizás se hiciera acompañar de una chica bella, pelo negro, ojos miel, porte erguido, piernas macizas, sonrisa inocente, fumando como si el mundo se fuera acabar. Podía darle buena suerte.

—No he ido a las carreras.

—Deberías. Los caballos son más bellos que las mujeres.

Carson meneó la cabeza, sabía que estaba haciendo referencia a ese cuento de Sherwood Anderson donde el chico no puede entender que el entrenador bese a una prostituta para celebrar el triunfo de su caballo, donde está la verdadera belleza.

—Te estás poniendo pedante —bromeó ella.

—Qué quieres, entre escritores, hay sobreentendidos cuando las lecturas son experiencias, como la vida. Si no, ¿cómo lo compartimos?

En las cenas del comedor y sobre todo en las tertulias de lectura en la sala de la residencia todo mundo soltaba nombres para hacerse el muy leído, el muy crítico, que si Mailer o Henry James. A Katherine le habían dicho que sus cuentos se emparentaban con James. Carson no sabía si tenían razón. Pero a veces era injusto buscar esa tradición que los precedía. A alguien se tenían que parecer, al padre o a la madre, a un abuelo, pero cada quien daba sus pasos, se desentendía y buscaba su propia voz. Eso hacían encerrados en sus estudios con sus historias, la imaginación y lo que habían leído; las emociones eran convocadas y del cajón de palabras se tomaban las necesarias para acomodarlas en el tablero. Y poner la huella de la voz en el mundo. Pero Beth se había quedado sin voz, antes de encontrarla. Y ella, que estaba con el jorobado Lymon y *miss* Amelia, había perdido la concentración.

—Ahora escribo un cuento largo. *La balada del café triste.*

—Eso es una canción.

—Una canción triste —dijo Carson y cerró los ojos. No le había hecho la pregunta fundamental, con la que se tendría que despedir del lugar.

¿Los ahogados pueden desaparecer para siempre?

14

La pequeña habitación que renté ese mes cerca del Village parecía más un armario que un lugar para vivir. Una cama, con un buró y su lamparilla. Una mesa pegada a la ventana que hacía las veces de escritorio y de lugar para comer. La cocineta y el baño, que era minúsculo. Capote no me lo había dicho pero era natural que, después de esos primeros encuentros provocados por objetos de época, necesitara instalarme en la ciudad. Él lo había hecho. Las mujeres escritoras que me interesaban también. Así que en mi lugar compré un veliz antiguo color miel, con trabillas para cerrarlo, de los que había que cargar, igual que una caja azul marino con rayas doradas para sombreros. Me vestí con pantalones pescadores, que podían despistar sobre la época en que se usaban, y los zapatos bajos de dos colores que llevaba de nuevo ese día. Descendí de un DC 3 de doble hélice, con un aspecto poco arreglado comparada con el resto de los viajeros, que me miraron con desdén mientras recogía esa maleta vieja del lugar donde se entregaban. Fue difícil que le rentaran a una mujer sola la habitación del

Village por un mes. Una mujer que tan pronto era una joven como una mujer madura o de plano una abuela joven. Dije que era actriz, que ensayaba para una obra, inventé que era la adaptación de la novela corta de Eudora Welty: *El corazón de los Ponder*, que efectivamente pondrían en Broadway dos años más tarde. Sabía que un productor ya había manifestado su interés por el montaje. «Con dinero baila el perro», decimos en México, y *Mr.* Lymon bailó.

—¿Es usted primo de Amelia? —bromeé con él. Sabía que era un chiste para mí. Los lectores no somos legión. Pero me pareció una gran coincidencia que los nombres de los personajes de aquellas escritoras cuya manera de sobrevivir, y ser escritoras, antes de la mitad del siglo XX me había convocado, anduvieran sueltos.

Camisero a la cintura y los mismos zapatos bajos de dos colores que no correspondían al cinturón ancho. Me eché encima un suéter abierto de color azul bebé. Y lo que no faltaba nunca, la bolsa de charol con boquilla que no combinaba pero que se había vuelto un amuleto. Una vez pasado el primer encuentro, descubrí que bastaba que leyera en voz alta un párrafo escrito por la autora que vería y entraba en sintonía con la edad y el momento. Desde luego, había que leerlo vestida con el atuendo de la época. Lo que me parecía extraño era que las circunstancias me hubieran llevado a vivir por un rato en Nueva York. *The City* como la llama Toni Morrison en *Jazz*.

Eudora dijo que necesitaba zapatos nuevos. Y que si a mí no me molestaba acompañarla podíamos seguir charlando después. Me quería quitar esa mala impresión del café en tienda departamental llevándome a un lunch en Madison.

—Más *chic* —me dijo—. Tú y yo sabemos lo que nos ha costado llegar aquí.

Se refería a la posibilidad de gastar dinero. Eudora vivía entre Jackson, acompañando a su madre, y Nueva York. Era buena idea comprarme unos zapatos, porque los de Bergdorf los había guardado como una reliquia *vintage* para mi vida. Y porque no quería que me acusaran de robo. Cuando me los puse en la tienda, salí caminando con naturalidad. Di la vuelta en la esquina de la 57 y no volteé atrás.

Eudora se rio con sus grandes dientes, que me hacían pensar en su rostro equino, cuando me vio con aquellos choclos café y blanco.

—Por supuesto que necesitas zapatos.

Mientras nos probamos, descubrí esos pies delgados y largos, el dedo junto al pulgar más largo que el resto. Las dos escogimos unos tacones lucidores, aunque nuestra altura no los necesitaba. Pero Madison sí, y Eudora recibiría pronto una medalla de la Academia Americana de Artes y Letras por su trabajo de ficción, así que tenía que estar a la altura, de las dos maneras.

—Por tu trabajo. —Alcé la copa del vino blanco que ella había elegido. Había viajado los años anteriores por Europa, y los chablis franceses le agradaban. A mí también.

—Me disgusta la palabra trabajo para referirnos a lo que escribimos.

La vi exaltada, casi ofendida.

—Pero es trabajo construir un mundo en la imaginación, hacerlo vivir en palabras, persuadir de realidad.

—Nosotras, grandes mentirosas. ¿Tú acaso vives de tu escritura? Porque el trabajo es el remunerado, el que es un salario seguro, el que te da algunas prestaciones. Somos desempleadas en nuestro escritorio. Como en la Depresión.

Eudora de pronto se había puesto sería, la nube de la depresión entre guerras y la guerra misma eran fantasmas que nuestros tacones —azul bebé los míos y chocolate los de Eudora— no podían ahuyentar.

—Mi liana han sido los cuentos en revistas de los que Russell se encarga de que se publiquen, de cobrarlos, y la beca Guggenheim.

Me parecieron quejas ñoñas. Vivir de lo que se publica en revistas, qué gran posibilidad. Podían volverse corresponsales de guerra. Lo hizo Hemingway, Edith Wharton le entró por curiosidad, Porter hubiera querido. El periodismo nos puede dar esa remuneración, o ser profesor, guionista, comunicador. Las regalías son nuestros lujos. De pronto me sentí cansada y solo tenía treinta y ocho años. Presentía que no iba a poder dejar de trabajar nunca, que todos nos teníamos que ganar la vida más allá del trabajo de creación. Casi todos. Algunas tenían un marido rico, pero ya Virginia Woolf lo había desalentado como fórmula para dedicarse a escribir.

—Pero no tienes de qué preocuparte viviendo en casa de tu familia.

—Me falta la habitación, querida.

Yo había logrado los peniques y la habitación propia en la casa con mi hijo. Años más tarde cedí mi estudio para las reuniones de mi hijo adolescente con sus amigos y me fui al pasillo, al estudio común. Y ahora me sobra habitación propia.

—Hay mucho mito en eso de la habitación —le dije.

—Se necesita un rincón cómodo, una mesa, una máquina de escribir, pluma, papel. No mucho. Quietud y ocio.

—El ocio es lo que nos cuesta. Ocio para poder trabajar en la escritura.

—Otra vez la palabra. —Eudora se rio, nos servimos la segunda copa y me dijo con seriedad que era afortunada en poder viajar, tener amigos. Que era la manera de equilibrar la tranquila vida en Jackson—. La ciudad siempre se necesita.

—Lo sé. —Recordé aquella residencia en Canadá, que me parecía un centro de rehabilitación, con todas las preocupaciones alejadas. La comida lista, el bosque en la ventana, el estudio aprovisionado. La biblioteca a la mano. Funcionaba si ya sabías de qué escribir, si ya tenías un proyecto. Si no, la melancolía hacía de las suyas. La ciudad podía robar concentración pero era una máquina de provocaciones.

Notas para una biografía de Lavinia Melín
Operación topo

Lavinia Melín sabía que en casos desesperados podía recurrir a lo que aún habitaba sus archivos y que era invisible para todos. *Operación topo* había llamado al rescate de textos viejos que por distintas razones no habían salido a la luz pública y que la mayor parte de las veces sucedía póstumamente. Pensó en su primera novela, escondida del mundo, la del secreto de un abuelo en las clavijas de la viola. Un escritor que había sido parte del jurado para primera novela, donde la suya estuvo de finalista, le dijo que esas primeras novelas eran solo para calentar pluma y estaba bien que se quedaran en el cajón. La había encajonado a empujones, casi con vergüenza. Lavinia se preguntó si podría darle una oportunidad de respirar. Temía que aquello escrito hacía treinta años le aburriera, que le pareciera incierto, insípido e ingenuo. No podría resistir esas tres *in.* Casi era mejor el silencio a sacar los primeros pasos. Pero no todo lo que estaba guardado en los archivos eran tanteos iniciales. Había novelas abortadas. Novelas de pocas páginas para un mercado donde no tienen cabida. Entre más gordas, mejor; las que ganan los premios tienen muchas páginas. Una manera de que el lector sienta que le dieron sustancia por su dinero.

Lavinia no pertenecía a los exquisitos pero tampoco a los que escriben historias entretenidas y tienen muchos lectores. Amaba la textura de la prosa. Estaba varada, a medio camino entre las preguntas sobre qué escribir y para qué escribir. Sobre todo, si no le significaba algo emocional, un reto, una nueva aventura, no valía la pena la escritura. Le gustó haberse propuesto escribir en papel membretado de hoteles cuando estuvo prácticamente un año de acá para allá y cuando todavía los hoteles ofrecían papeles y sobres con sus distintivos para mandar cartas. No hacía tanto tiempo de ello y sin embargo parecían decenios. Ahí estaba esa novela escrita entre Coatzacoalcos-Bilbao-Praga-Tijuana-San Francisco... Había hecho de su propio tren de vida un vehículo de escritura. Le espantaba la idea de que tal vez ya no quisiera escribir. Ahora se levantaba para ver el amanecer, no porque quisiera encontrar el sosiego para escribir, sino para extasiarse con el espectáculo fugaz de los colores tiernos que se decantaban en un rotundo azul. A su edad todos los días eran más serenos para la vida, pero no para la escritura. Resultaba una paradoja.

Operación topo, el que busca encuentra. Si sus descendientes buscaban, también encontrarían y sacarían a la luz pública; eso suponiendo que hubiera algún interés, porque todo escritor muerto, en tiempos de desfile de celebridades, de nada servía a la obra, que pasaba a ser cosa muerta. La novedad se tragaba al camino andado. Ella misma se sentía en equilibrio sobre la tabla de la novedad, surfeando la ola del tiempo. Como si dijera: «Aquí estoy». Se desagradaba a sí misma con tanta vanidad comprometida. Nunca fue como esos escritores amigos suyos que nada más subir al avión abrían la laptop y se aventaban cabeza adentro, perdidos en la escritura de su novela, con un letrero en la espalda: «Soy escritor». Una escena así era impensable años atrás. Máquinas de escribir ruidosas haciendo taca taca, los pasajeros tapándose los oídos, la azafata suplicándole a los escritores a bordo que dejaran su brío creativo, que lo pospusieran un momento, total era un vuelo de una hora, qué más daba. Los escritores navajeando con los ojos a la azafata. «Qué se creía que la creación era como escribir un memorándum, como pasar una charola a los pasajeros. No, la escritura era una atadura inclemente y cuando se estaba conectado con el texto no se podía uno desenchufar así nomás». Le daban envidia en el fondo. Tenían razón: una vez que se estaba entonado, el gozo mayor era estar metido en ese pálpito de una vida simultánea, palabra a palabra. Para Lavinia había pudor siempre en el acto de la escritura, en ser vista. Le parecía algo íntimo. Necesitaba silencio y un determinado espacio. Había agredido a los de casa cuando le habían robado tiempo o espacio. Tuvo una enorme dificultad entre defender el encierro para el borbotón de la escritura y estar en el aquí y ahora de ser madre, de ser pareja, de cumplir con el trabajo remunerador. Todo a medias. Y la vida le estaba pasando factura. Era una escritora a medias. Ni una operación topo podría darle otra talla. Sin embargo, no se quería rendir.

15

Helen tocó en su habitación. No era común que nadie interrumpiera la concentración de los artistas invitados. El respeto era absoluto. Eudora no escribía, en realidad colocaba en su maleta los textos terminados, el prólogo de Katherine donde se sintió muy halagada: «Nacida escritora, había continuado sin ningún plan para una profesión, sin ningún estímulo en particular... y, como se comprueba, sin necesitarlo».

La presencia de la administradora al otro lado de la puerta era extraña.

—Eudora, necesito que me acompañes.

Le parecieron las órdenes de un policía. Sin pedir explicación alguna, había que seguir la silueta de cabello recogido en un chongo discreto, los pasos decididos que no la llevaron a la oficina, sino escaleras arriba a la buhardilla de Beth.

—Es necesario desaparecer todo.

El escritorio blanco que miraba entre una rejilla metálica al césped impecable, rodeado de cipreses, estaba en el desorden que lo había dejado la chica dos días atrás.

De golpe, le pareció que su muerte era una ilusión óptica, una mala jugada del calor, como le había pasado a veces en la larga carretera a Nueva Orleans cuando se alzaban siluetas distorsionadas por el aire sobre la arena caliente.

—¿Por qué yo? —Miró su pequeño reloj de pulsera, el que le regalara su John después de sus primeros trabajos de periodista. Quedaba poco tiempo para terminar de empacar lo suyo, luego recoger la bolsita de lunch y salir hacia la estación.

—Yo me encargaré de su cuarto. Carson no está a la vista y no creí que les gustara hacerlo juntas. Katherine ya se fue, como sabes.

Y cuando cerró la puerta tras de ella, Eudora no tuvo tiempo de hacer las preguntas que se le ocurrieron después. ¿No tenía parientes que quisieran venir por lo suyo? Comprendió que no iban a dar aviso formal de su desaparición. Que guardarían silencio lo más que pudieran para no arruinar ni la reputación ni la continuidad del proyecto altruista. Le parecía detestable pero también comprendía que se necesitaban lugares como este, donde nada costaba, donde la única obligación de los aceptados era hacer la cama y escribir, o pintar, o componer. Era privilegiada en estar ahí, como había sido Beth. ¿Para qué? Para ser una escritora en ciernes que viene a morirse a la vista de tres escritoras que ya han hecho camino pero que no se enteran… ¿Dónde tiene uno los ojos si no ve lo más cercano? Ese era un cuento. Un tema para un cuento. Tomó la hoja que Beth había dejado a medio llenar. No usaba máquina de escribir, escribía a mano sobre el tabloide de papel amarillo a rayas. La letra era nítida y pausada. Pedazos cortos como los que leía en las tertulias, separados por el dibujo de un ancla de mar. ¿Había dicho que era de Newport? Quizás era una escritura de avanzada, algo que proponía el relato sin anécdota, el ensayo con anécdota, pensamientos como fotos sin conclusiones, trazos sueltos. «Bonito título para lo que la chica estaba haciendo», pensó después de que le dejaron de preocupar las manecillas del reloj en su muñeca y de que se sentara y tomara el texto más fresco. Faltaba concluirlo. El lago borroneó el trozo, trazo. Una escritora es un trazo incierto en el comienzo. Un trozo de escritor o escritora. Tal vez siempre, y solo finge que encontró su sitio, apartó su mirada y ya no puede moverse de ahí. Pero quien se va a mover de lo que lo ocupa o lo perturba. ¿Qué ocupaba a Beth? La orfandad. Había que inventar el origen: su futuro era su pasado. Se le ocurrió que podría colgar las hojas escritas por Beth en esas cuerdas suspendidas por varas en horquilla donde Nattie colgaba la ropa recién lavada en Jackson. La ropa ondeando al sol. Tomó otra hoja de las que revoloteaban sobre la superficie, una niña que balbuceaba palabras en un lugar irreal, ese de donde hubiera querido venir. Pero la niña se quemaba con la estufa porque le atraía la llama azul, y nadie le decía nada, y nadie la curaba. La niña buscaba una venda, su madre era un montón de vendas tiradas en un rincón. Una momia vacía. Era buena la imagen, las palabras podrían tallarse más. Tenía que darles un mejor destino que el basurero.

El bolsón de playa de Beth colgaba en la pared, seguramente en el que otros días llevaba la toalla amarilla y un libro para recostarse a la vera del lago, y no nadar, ni ahogarse. Metió los blocs amarillos en él, junto con la pluma Sheaffer y un lápiz rojo. Sobre la mesa, *Madame Bovary* y *Las relaciones peligrosas*. Le gustaban los franceses, quiso espiar los subrayados. Ya habría tiempo. Cuando los tomó, un papel bajo los libros quedó a la vista. «Para Carson», comenzaba; lo leyó urgida por encontrar una nota de suicidio, de despedida, una razón que no fuera la miopía de las nadadoras. ¿O la envidia? ¿Querían que muriera porque su talento precoz prometía? A Carson, solo cuatro años mayor que ella, no le haría mella ese posible éxito. Tal vez por eso la confianza con la joven. La leyó de un tirón. Era una carta que delataba el desamparo, la necesidad de la piel y los besos de la escritora. Sintió vergüenza por traspasar la intimidad. Y no comprendió, después de esa revelación, por qué Carson no estuvo más atenta a su joven amante antes de zambullirse en el agua. Por qué dio por sentado que venía atrás. Le pareció aún más detestable el descuido de McCullers que el suyo. ¿Y el estruendo que le pareció oír? ¿Y si Carson la hubiera golpeado con una piedra para que se hundiera porque qué haría con una amante joven y obsesiva si Reeves era su marido?

Sus propias obsesiones la estaban irritando. ¿Ella hubiera golpeado a la mujer que Robinson escogió como esposa? Abrió y cerró los cajones vacíos del escritorio, miró alrededor, encontró una pequeña foto prendida al muro con una chincheta. Era la foto de John Cheever, al reverso, decía: «Daddy». Un golpe de ternura la descolocó. Y ellas que especulaban un enredo en amores, la chica quería tener un linaje. Y sin él, se la había tragado el agua para que hubiera una necrológica que diera cuenta que alguna vez hubo una Beth Mildew que escribía sus primeros y prometedores textos. Eudora no los tiraría a la basura. Cargó la bolsa hasta su cuarto y la acomodó en la maleta. Antes de recoger el lunch en la cocina, pasó por la oficina donde Helene disimulaba el torbellino tecleando en la sumadora.

—Ya está hecho —dijo desde la puerta.

Y sin esperar a la despedida o el agradecimiento de la administradora, se alejó como un asesino a sueldo que da por cumplido un encargo.

16

«Vivimos en un país donde sales de casa y puedes no volver». La afirmación es de mi hijo. La constancia está en las noticias. Hombres y mujeres, más mujeres. Madres en busca de los rastros. Los rastros, las huellas, la evidencia. ¿Están muertos? No descansan hasta no saberlo, aunque les pongan minas que explotan en los terrenos donde alguien lanzó el pitazo: «Hay huesos».

Los desaparecidos se vuelven huesos, tejido mineral. Mudan su identidad, si es que la genética puede bautizar los trozos óseos. Dejan de ser desaparecidos, son occisos. Muertos. La evidencia permite cerrar el expediente, también la muerte de la esperanza, aunque no se clausura el dolor.

Un desaparecido es siempre una duda. Una deuda.

Me quedo pensando en ello, yo que afirmo que no encuentro la historia para mi novela. ¿Será que en la playa de mi imaginación estalla el oleaje de la realidad y lo empapa todo? Es brutal. Las historias las consigna la prensa. O novelas como la de Cristina Rivera Garza, quien vivió en carne propia el feminicidio de su hermana y la desaparición del asesino.

La palabra es un rastro, deja huella de lo incomprensible, el no estar más en el paisaje habitual, quizás en el de nadie, en el de la macro y microfauna de los suelos que hará de todo rastro una brizna mineral, desollará el nombre y los sentimientos y los sueños y la risa y los primeros pasos y lo que sea, para volverlo un sustrato. Un pigmento tal vez, un color que se verterá en un lienzo y desde ahí aullará su condición de transmutado, pero no de desaparecido. Los desaparecidos ni siquiera tienen fantasma, no están en el más allá para hablarnos, no tienen foto en el altar ni vela en el entierro. No tienen lugar, son un coágulo de dolor en el pecho de los que los han amado. Son un desgarro. Ni siquiera humo.

Ahí están las historias que rebasan la posibilidad de escribirlas. Los muertos de guerra necesitan resucitar al listado de bajas. Kadaré desenterró a los muertos de guerra de los que nadie tuvo constancia en su novela *El general del ejército muerto.* Porque hallar a un muerto es nombrar el tiempo que estuvo vivo. Su condición de vivo arrebatada por la muerte. No hay muerte que se pueda palomear sin ver para creer.

Ver para creer.

Doy balbuceos literarios frente a lo ominoso, lo imparable. Quien un día sale por la puerta y no vuelve.

Capote pudo escribir de los Clutter porque ahí estaban, muertos de bala en el sótano de la casa: Herb, el padre; Bonnie, la madre, y Nancy y Kenyon. El osito de peluche rosa y blanco a un lado. Fue el reportaje de la escena del crimen, de los cuerpos que no tenían enemigos, los testimonios de los vecinos los que despertaron las preguntas. ¿Por qué ellos? Cuerpos que sepultar, tumbas donde poner los nombres y las fechas y las flores. Memoria de un final trágico, insensato. Inútil.

Frente a los desaparecidos, ¿qué hubieras escrito, Truman? ¿El látigo de Dios te hubiese servido de algo?

17

Katherine se apeó en el tren. Esperar en la banca roja a que la máquina y los vagones obstruyeran la vista la había alterado. No era la salida repentina de la residencia, no era que llevara una novela apenas comenzada en la maleta. Eran los trenes. Era siempre su abuela Cat, era el terror a viajar sola. El portero la ayudó con la maleta de cuero. Siempre llevaba cosas innecesarias: muchos vestidos, chaquetas, porque el verano puede volverse fresco, aunque nunca pasa en esos lugares; llevaba sombreros porque su piel blanca no resiste el sol de los bosques y no quería quitarle el nácar uniforme. Cargaba esa caja redonda donde cabía uno encima de otro. Uno es mexicano y lo usaba para el trote de campo. «Si hubiera podido caminar de regreso a Nueva York, lo hubiera hecho», pensó mientras colocaba la caja de sombreros en la rejilla arriba del asiento. Después se desplomó porque la máquina ya avanzaba y no podía arrepentirse. Tarde o temprano iba a tener que subirse al tren, aunque la ahogada fuera el motivo de su repentina partida. Tomó un calmante. Lo debió hacer antes, el viaje era corto.

Cuando fue a Mafra con su abuela Cat a visitar a sus primos, las muchas horas del viaje de ida resultaron emocionantes. Por primera vez se subía a un tren. Cenó con su abuela en el carro comedor, sorprendida de que los platos y los vasos no se cayeran, de que el paisaje pasara por la ventana como si la campiña estuviera moviéndose y no ellas. Pero al regreso no la acompañó nadie de la familia. Ella y el ataúd volvieron a Kyle, en Texas. Su abuela, estricta y atildada, que aplaudía, aunque no lo demostraba fácilmente, las ocurrencias de su nieta, siempre leyendo en la biblioteca y cuya conversación la había hecho elegirla de entre sus hermanos para el viaje, era ahora un cadáver solitario en el vagón de las maletas. Debería haber pedido que su maleta viajara con ella en el vagón, ahora sabía que las pertenencias de los vivos podían acompañarse con muertos. Y la niña Katherine no comió en el carro comedor ni habló con nadie, y la llegada de la noche la llenó de miedo. Su corazón de once años sintió de nuevo el rasguido de la orfandad, tan olvidada ya por la muerte temprana de su madre, tan recordada en los gestos de su padre que seguía insistiendo en «Esto lo decía tu madre, te pareces a ella, no le hubiera gustado...», que siguió con su cantaleta en casa de la abuela donde todos habían ido a vivir, donde ahora la esperaban para dar sepultura a la abuela de la que se hartaban a veces.

El tamaño del ataúd, que esperó a que bajaran del tren al lado de su padre y sus hermanos, la hizo pensar en la ingrata morada que ahora tendría su abuela. La abuela era la casa hasta ese día. No adivinaba que, sin la abuela, sus otros hijos reclamarían la herencia y eso obligaría a la venta de la casa; que empezaría su vida nómada hasta casarse con el guapo John y, a los diecinueve años, dejar de ir de pariente en pariente a San Antonio, Nueva Orleans, Victoria, Lafayette... El ataúd no presagiaba su sed de un techo constante.

Odiaba los trenes. Aceptó el café que expendía el carrito empujado por el uniformado porque, de todos modos, no había forma de dormir ni con tranquilizante en el traqueteo cómplice de su huida del techo estable, cuando los golpes y las borracheras de su marido John se volvieron la norma. El tren del sur al norte entonces había provisto una forma de alivio, era verdad. Pero su soledad e incertidumbre eran inmensos. Habían acordado que cada quien haría su vida, y ella no tuvo reparo en que se enredara con otras mujeres siempre y cuando ella tuviera la paz de poder ir a la biblioteca y seguir guardando un dinero que sobraba de los gastos de casa. Pero él solo se mudó de habitación, el maltrato continuó. Una salida de Katherine a la biblioteca se transmutó en una llegada a la estación de Corpus Christi con apenas el bolso de mano, donde cabían sus afeites y su libreta. Ya se había encargado de enviar por paquetería a la estación de destino la máquina de escribir y el nuevo guardarropa que cargó deleitosa a la cuenta de su marido. Quitó el Koontz de su nombre para instalar el Porter de nuevo, un apellido ferroviario. El tren la llevaba lejos de Texas. Mujer casada que abandonaba el hogar. Leía con fervor y escribía sus primeros textos. Mujer golpeada. Si su padre hubiese atendido la proveeduría familiar, a lo mejor ella no se habría matrimoniado por desesperación. Respirar. No tener casa parecía ser su sino. Ahora ella se tendría que procurar el dinero, la vida de descasada. Cualquier cosa era mejor. El tren fue un alivio entonces, después de ocho años de infierno. Al fin y al cabo, la abuela Cat, la viuda, le había contagiado la fuerza para sobrevivir. John no se daría cuenta hasta que volviera borracho del burdel, hasta que la buscara para que ella lo acunara, aunque hubieran pactado cuartos separados. El niño de mami que la golpearía al despertar porque seguro ella había estado con otro. Traca traca, el café le devolvió el temple para mirar el río serpenteando tras la ventana. El Hudson grisáceo flanqueado por árboles bajos, de poca fronda, árboles tristes que la llevaban en andas, lejos de la incertidumbre, de la no maternidad, de la cobardía, aunque huir de Koontz había sido temerario. Quedarse y dar la cara, un suicidio. Nueva York se podría tragar la desazón por la chica muerta y distraerla con su ajetreo, como lo hizo Chicago cuando huyó de Koontz.

El arribo a la estación Pensilvania le recordó que podría usar su sombrero marrón para bajarse del tren, que necesitaba cubrir su cabeza nómada antes de recibir la maleta. Disimular así que siempre cargaba el ataúd de su pasado.

18

Un café en Brooklyn había dicho Carson, que me miró perpleja cuando me acerqué a su mesa. Me había procurado un atuendo veraniego tipo marinero como lo encontré en las revistas de agosto de 1955. Solapa con aplicaciones en dorado y azul, abotonadura doble de metal dorado, vestido acinturado y de un blanco impecable. Pensé que vivir en aquella época me pedía una cintura que a mis treinta y ocho años todavía tenía a pesar de mi embarazo. Y la podía presumir, y aquellos zapatos de color azul marino con tacón de madera grueso y agujetas a juego me eran cómodos. Los lentes oscuros de marco blanco que compré para la ocasión habían sido el salvoconducto para la época. Vi a Katherine con ellos en una foto, pero a la que quería ver aquella tarde de verano sofocante era a la escritora precoz.

—¿Trabajas en la moda? —me preguntó al verme llegar.

Había sido torpe, la gente común nunca llevamos el último grito de la moda que aparece en las revistas. Tal vez un atuendo del verano pasado que se haya popularizado.

Me sentí ridícula y tomé nota para futuras ocasiones. Me fijaría en los anuncios de Sears o Macy's. Yo nunca me había vestido de la revista del momento.

—Mi familia trabaja en el mundo de la moda —mentí. Yo era una escritora y no quería que Carson me tildara de superficial. Pero leyó entre líneas.

—La moda nunca es banal. Pero es cara.

—Mi abuela fue modista. —Esta vez dije la verdad.

—Maravilloso. Mi abuela no cosía pero nos adorábamos; cuando murió *mommy*, me heredó un anillo de esmeralda y diamante. Se lo di a papá para que lo vendiera y con ese dinero vine a Nueva York a estudiar creación literaria y filosofía.

Observé sus manos para ver si lo descubría en ellas.

—Las abuelas... —suspiré— son muy útiles. —Pensé en Cat para Katherine y en la mía, que me enseñó a imaginar con los dedos mientras se cose con dedal.

Qué apretado estaba el cinturón en medio de ese sopor húmedo.

—Me gusta usar pantalones a pesar del calor. —Señaló aquellos pegados al tobillo bajo su camisa a cuadros.

Yo extrañé los míos, había olvidado el uso de los vestidos. El pantalón era siempre más cómodo en una ciudad como la mía, donde la temperatura era más bien templada y siempre enfriaba en los extremos del día.

—A Gypsy Rose le hubiera encantado usar tu vestido para uno de sus shows.

Había leído que Carson compartió la casa de Middagh en Brooklyn con el poeta inglés W. H. Auden, Benjamin

Britten, George Davis, que era el editor de Harper's Bazaar, Aaron Copland, Paul y Jane Bowles, la bailarina de burlesque Gypsy Rose Lee, entre otros, cuando en 1940 se separó de Reeves. Una verdadera comuna artística.

—Ahí está la casa… sin nosotros. —Señaló la casa de piedra clásica en la acera de enfrente—. Por eso escogí este café.

Estaba a unos metros a la derecha pero se alcanzaba a ver su clásica escalinata con barandal para subir a la puerta de entrada. Una puerta rojo vino.

—Fueron buenos años. Sin Reeves. —Sonrió—. Ahora que vivo en Nyack extraño la ciudad, su furia. Y eso que Brooklyn es más tranquila, pero basta el metro para estar allá en el Central Park, en los teatros, en la Pequeña Italia. Un río, dos mundos. Yo sigo a la vera del río, pero entre vacas. La salud, sabes. Mi madre que vive conmigo.

No paraba de hablar, había cierto nerviosismo en sus movimientos desacompasados. Una sonrisa oblicua. Huellas de dos infartos cerebrales.

—Si eres escritora, no te detengas. Bueno, solo para beber y reír con los amigos.

Yo tenía esa edad donde estaba tomando el camino montaña arriba, ya varios libros de cuentos, dos novelas, tenía ideas, energía para combinar trabajo y vida familiar con escritura contrapunteada. Aún no me pasaba lo que me había llevado a esta delirante gira en el tiempo.

—¿Y tienes miedo de que se te acaban las ideas?

Dio vueltas al café que tomaba con tres cucharadas de azúcar.

—Las mejores ya ocurrieron. Tengo miedo de que se me acabe la vida.

Le quedaban doce años. Con una salud cada vez más invalidante. Desvié el tema porque lo que me preocupaba en esos años era el tiempo y el espacio para la dedicación solitaria a plasmar ficciones.

—¿Escribías mejor en la February House?

Después de un rato de silencio me dijo que el lugar donde se trabajaba era parte de la ficción, es decir, se transformaba a partir de la relación con el mundo de palabras que estábamos creando. Que la tranquilidad de su casita al borde del Hudson, en el mismo pueblo donde nació Hopper, no le daba más alimento para la imaginación ni disposición al trabajo. Eso sí, escuchaba mejor a los pájaros. Pero no le importaban las historias de los pájaros. Le gustaba la gente fuera de lugar, como la fornida Amelia y su jorobado y falso primo Lymon, a esos los había visto caminar en la ciudad; esos habían aceitado la imaginación, las preguntas, la sospecha.

Mientras la escuchaba la vi erguir su torso como una lona de velero con el viento a su favor. Atestigüé las palabras que transformaban su aspecto enroscado por la afectación de salud, y cómo el café y la acera y la solitaria February House, de donde salía una señora con un niño de la mano, brillaban con otra luz. Indagar detrás de las personas, tocar sus oscuridades.

Recordé cómo mientras escribía en una residencia literaria en Banff, en las montañas rocallosas de Canadá, desde mi pequeño estudio barco, rodeado de pinos y amenazado por osos y uapítis, yo *estaba* en los cafetales del sur de mi país, entre los pies desnudos de las mujeres que, con el niño hamacado por el rebozo a sus espaldas, piscaban la cereza del café. Que el espacio frío de la montaña se volvía caliente, humeaba el chocolate, esperaban los tamales de chipilín en su cobija de hojas y miraban los anturios desde su virilidad anaranjada la pompa de los cultivos que darían trabajo, techo y comida a quienes vivían del café y su beneficio. Me olvidé de esa habitación propia. La habitación estaba en el texto.

—Pero el ruido... —le dije. Había entendido que el espacio lo cincelaba el trabajo escritural, el viaje de la cabeza producido por la narración y las palabras, argamasa de ese mundo endeble que debía cuajar y sostenerse.

—Cierras la puerta —me dijo con sencillez.

No quise contarle que ese cerrar la puerta me desquició un día de extremo cansancio donde Nick seguía queriendo que le abriera, primero con toquidos en la puerta, luego en la ventana, que yo abrí con furia, venciendo sus brazos, y entonces él cayó sobre el tragaluz al pie de esa ventana. El cuarto estaba en la azotea, era un refugio de huida, ni siquiera estaba escribiendo. Quería soledad. La piel en el muslo del niño se abrió y el borbotón de sangre castigó mi violencia, mi necesidad hostil; corrimos al hospital con una mascada atada a la herida para que la sangre cesara. Ahí está la cicatriz, ahí están los libros. Si algo quisiera borrar es el daño que le hice a mi hijo y cuya consecuencia pudo ser mucho peor.

—Solo se puede cerrar la puerta en ciertas condiciones —me defendí—. Tengo un hijo. Y vivo de otras cosas, no de mis libros.

—Y tu marido no puede ayudar con el momento de cerrar la puerta.

Era inútil explicar lo que era escribir siendo madre. Y de todos modos lo había hecho.

«Tú nunca has sacrificado nada», me reveló un día Nick. Sentí el filo de un cuchillo en el esternón. A lo mejor yo creía que sí, pero tenía razón: su cicatriz, que además no había cerrado bien por la imprudencia de llevarlo a sus clases de baile antes de lo que debíamos, lo revelaba, aunque la culpa me martillara. «Todo a medias», pensé. Y me di pena, y me dieron pena los otros alrededor mío, ¿qué era vivir con una escritora?, ¿tener una madre escritora? Pero ya era tarde, aunque a esa edad mía, que era la misma de Carson, no lo era.

—No voy a buscar puertas lejanas para cerrarlas.

—Todo lo que vale la pena está cerca.

Era verdad, ella se había venido desde Columbus a vivir en Nueva York, pero sus historias ocurrían allá, lo que escribía la tenía atada al sur de su procedencia. *Reflejos en un ojo dorado* ocurría en una base militar, ella había vivido muy cerca de Fort Benning. Su ficción nunca le había dado una habitación para la escritura lejos de casa. Las conversaciones sí, los permisos sí, los encuentros con otras inquietudes, artistas, búsquedas, sí. Pero la escritura vivía en Georgia.

—¿Escribiste en la February House? —le pregunté, por último.

Lo dudó un rato.

—Algunos cuentos. Pero vivir experiencias es parte de la escritura. ¿Estás pensando en poner tu casa con otros artistas?

—Vivo con uno.

—Espero que no sea escritor. —Se rio.

—Es músico.

Sonrió para sí.

—La escritura siempre necesita música.

19

Eudora se despidió a regañadientes del lugar. Esa particular palabra era la mejor manera de describir su ánimo. Porque a la vez que quería seguir batallando con el cuento de la carretera interminable, de las no preocupaciones domésticas en medio de ese bosque apacible, ya no podía mirar la página sin pensarla como la superficie del lago, Carson, Katherine y ella como la caligrafía tanteando la blancura, y Beth como la palabra precisa que no es posible hallar. Esos últimos días la escritura se volvió tartamuda y tímida. Miedosa de su autoridad. Líquido el papel, líquida la contundencia de lo que la palabra erige, líquida la mentira. Subió los escalones del *hall* de la entrada al comedor, parada obligada para recoger la bolsa de estraza con el lunch, husmear los periódicos, recibir correo. No quería encontrarse a nadie para no tener que despedirse e idear un pretexto, ahora sospechoso, cuando Katherine se acababa de ir, ahora ella, pronto Carson. «¿Pero qué les pasó a estas escritoras? ¿Se habrán peleado?», «Oye, ¿y la jovencita que solía también pasear con ustedes? No la hemos visto». No podía irse sin agradecer al personal de cocina, su dedicación para que ella y los demás artistas se concentraran en el mundo frágil de sus invenciones, que habitaran la imaginación como si fuese un lugar autorizado, un paradero turístico reservado para unos cuantos.

—Me voy esta tarde, gracias por hacer mi tiempo aquí tan grato.

Le deseaban lo mejor, que volviera, que la esperaban. Sus modos respetuosos, su crianza de señorita sureña, porque su padre les había dado una buena vida en la casa de Jackson como director de la compañía de seguros, le ganaban amabilidad. No todo mundo tenía esos detalles. Le ofrecieron una taza de té antes de partir, que se sentara en el comedor, Bryan acababa de sacar el pay del horno. De ruibarbo. Como los de su tierra, añadió, pero al estilo norteño; rieron en la cocina. La dejaron sola frente a la taza tibia, así lo pidió, no porque lo prefiriera, en realidad era la prisa por beberlo rápido. Por salir de ahí cuanto antes. Barrer la ausencia inexplicable de la chica, su estar fuera de escena cuanto antes. Quieso convencerse de que era una historia, inverosímil. ¿Quién pierde de vista a una del grupo y no la vuelve a ver? Solo unos metros de agua las separaban, como la distancia entre ella y Beth Mildew cuando la vio en el comedor por primera vez. Al otro extremo del rectángulo, concentrada en la lasaña que despegaba del plato a tenedorazos ansiosos. Atiborraba su boca sin limpiarse la salsa de tomate de los labios, que engrosaba la mueca de su desesperación. Se sirvió de nuevo sin limpiarse la boca. Eudora la miró atenta porque sus maneras salvajes contrastaban con la delicadeza de su figura, con ese toque *chic* que tal vez le venía de una rebaba francesa de sus antepasados. Impensable tal comportamiento en la mesa de casa, su padre incluso llegó a amarrar la muñeca de su hermano a la mesa, con dos clavos en cada costado de la mano y una cuerda tensa, para que no la bajara. Mamá insistía en el correcto uso de los cubiertos y en que no se hablara con la boca llena. Para levantarse había que solicitar permiso y solo era concedido en casos de extrema urgencia. La mesa de la cena era el lugar sagrado y la obsesión de las formas, el aderezo estético del ritual. Miró a los lados por si alguien más notaba la voracidad de la chica. Alguien con quien cruzar una mirada de inquietud. Pero era ella sola y su crianza Welty, o su inclinación de escritora por observar, por conjeturar. Pensó en que la chica seguramente tenía tras de sí una infancia de hambre y abandono. Nadie que le diera el ejemplo y considerara la mesa un lugar de encuentro, ni nadie que hubiera provisto el alimento suficiente. Eso no se podía preguntar a bocajarro.

—¿De dónde eres? —se atrevió en la primera tertulia.

—¿Te refieres a dónde vivo ahora o dónde nací? —La descolocó su respuesta.

—Ambas.

—No sé dónde nací.

No se atrevió a perseguir la segunda respuesta. Fue hasta que caminaron a sus dormitorios, antes de abrir la puerta del suyo, que Beth añadió:

—Vivo en casa de tía Wilma en Vernon, me adoptó a los trece años porque iba a necesitar quien empujara su silla de ruedas.

Le deseó buenas noches, con un cortés «No conozco ese lugar».

—Y no quisieras hacerlo.

El trozo de pay le endulzó el sin sabor de la muerte temprana de una chica a medio cocer. Justificó por qué la chica escribía deshilado, como si nada integrara los fragmentos salvo la defensa de la belleza del mundo. ¿O no se escribe para eso?

¿Y si le diera un destino en el cuento que se había quedado a la deriva? ¿Y si el verdadero cuento era encontrar la palabra justa, esa Beth faltante en el espejo de agua del lago?

Agradeció el espléndido sabor del ruibarbo entre la masa, que le recordó los de su tía Melissa, aunque ahora iría de vuelta a Manhattan. Tardaría en probarlos de nuevo y le eran necesarias esas remembranzas hogareñas, les compartió. Desde el porche, divisó a Carson a lo lejos; se dirigía a la oficina. Ella, en cambio, tomó hacia el empedrado, donde la esperaba un auto.

20

—México, ¿no podías elegir otro lugar? —me llamó así, mientras se sentaba a mi lado—. No me gusta hablar como si fuéramos espías, de ladito.

Cruzó los pies calzados con balerinas azul celeste. Hacían juego con el vestido de mascota azul y blanco de doble abotonadura al frente y escote cuadrado. Era verano. Yo escogí pantalones pegados a la pantorrilla y cortos, también lucen botones aparentes al frente, dos de cada lado de la cadera. Nunca había puesto tanta atención en los atuendos como ahora que debo camuflajearme de época.

—No conozco restaurantes mexicanos en esta ciudad, Miranda —me defendí usando su alter ego. El personaje de varios de sus cuentos.

El vuelo de un avión que arrastraba una manta roja con las letras de Coca-Cola nos hizo voltear hacia arriba, luego nos miramos. Las dos sabíamos lo que estábamos pensando, teníamos años suficientes para haber leído *La señora Dalloway* más de una vez, y reímos.

—Menos mal que no es mi cumpleaños. —Sonrió.

—Si lo fuera, tendrías que estar comprando flores, Clarissa.

Nos empezaba a resultar cómodo estar sentadas una al lado de la otra.

—El mío acaba de ser —le conté.

—Te deben haber hecho con amor en diciembre.

—O con alcohol.

Miramos al horizonte verde tonteando hasta que ella rompió el cerco.

—Aquí en el parque no se te puede ocurrir de qué escribir. Todo es demasiado bonito. Mira esa pareja, hasta se quieren.

Las dos vimos la manera en que él pasaba el brazo por la cintura de ella, que se sonrojaba halagada.

—Pero de aquí van a algún lado —le reviré con picardía.

—Cuento en acción. Vives en México…, por Dios, te tropiezas con historias todo el tiempo. ¿Cómo puedes decir que no tienes ideas para una novela?

Era cierto el entusiasmo de Katherine, la primera vez fue animada por Alfredo Best Maugard y Miguel Covarrubias, a quienes conoció cuando vivía en el Village, y consiguió colaborar en la sección en inglés de *El Heraldo*, luego dio clases de ballet en tiempos de Vasconcelos; con Retinger, su amigo alemán de quien después dirá que era un mentiroso complejo y fascinante, escribió la biografía de Luis Morones; conoció a Felipe Carrillo Puerto, decían las malas lenguas que tuvieron sus queveres. Cuatro veces estuvo en la Ciudad de México (entre los veinte y los treinta). Volvería otras dos veces más en los sesenta. La segunda vez le encargaron la curaduría de la exposición de Artes Populares Mexicanas que se exhibiría en Washington, en la tercera la contrataron para un reportaje, en la cuarta y más larga pensó que México le había dado un material interesante para escribir y vivir. ¿Por qué no volver?

—Vaya década que te tocó, calientita la Revolución, cuando se inventaba el rostro del país desde el arte. La cara cultural para el mundo y para mirarnos en ella. Charros y chinas poblanas.

—Es cierto, al principio me parecía que *la vida ahí era una maravilla continua para el ojo y las emociones.* Luego no fue tan así, para los años treinta las utopías se habían corrompido. Eso pasa. Pero tú eres local.

Cómo decirle que venía de la segunda década del siglo XXI, que habían pasado cien años del tiempo que atestiguó y que el país no se definía desde la diversidad artística, sino desde el discurso simplificador. Pobres y ricos, sin tintas medias, oficialismo y oposición.

—Soy clase media —contesté con torpeza.

Ya le había dicho que era chilanga, que vivía en Coyoacán, lejos de la acción, en un pueblo realmente vinculado con el tranvía al primer cuadro. No me podía echar para atrás.

—Los viajes me han dado material —añadí.

—Entonces no tan clase media. Los mexicanos que viajan son ricos. Lo hacían en barco. Muchas maletas.

—No es mi caso —me zafé.

—México me dio mis primeros cuentos. No importa la desilusión, nací escritora por culpa de tu indescifrable país.

Tal vez uno se dejaba de preguntar cosas con la edad, es como si se acomodara uno en los rituales cotidianos, donde no surgen las provocaciones. No quería escribir de tener sesenta y siete años, de ver la vida desde ese momento. No quería escribir de mí, como hacen todos ahora. Pero el olfato se me había achatado, y no era la pandemia de covid, ¿o era? No quería ser el pozo de mis historias, mi biografía era mi privilegio y, por cierto, lo restregable ya había sido colgado en el tendedero de algún libro y en entrevistas. No me quería quedar sin mis secretos. Y quería espiar a los otros.

—Eso hacemos, espiar. Por eso en México andabas de voyerista.

—Pura curiosidad atizada. *Judas en flor.* Cuánto ritual para la vida. Cuánta negociación con los antepasados.

Me gustaba que me hablara de mi país. De mi ciudad sin Periférico.

—¿Y aún visitas tu memoria de ese tiempo para exprimir historias?

—No me gusta hacer arqueología. Visito mis matrimonios, los cada vez más jóvenes amantes. Tanta necesidad de hombre. Ahí hay un tema. Hasta tuve por marido un poeta. No tengo remedio.

—Ni queremos tenerlo —añadí y nos reímos.

Una banca en un parque y una tarde de agosto. En lo simple podía haber mucha enjundia, ahí había colocado mi mirada por años. O en ciertas mujeres de la historia que, para brincar a mi tiempo, no podían tener vidas simples. Las vidas simples no hacen Historia.

Katherine fingía que dominaba el arte de no tener zozobra, pero yo sabía que la novela que había comenzado hacía catorce años en la residencia artística aún no la había entregado al editor. Y no sabía cómo hacer que me hablara de ello. Los escritores tenemos una imagen que proteger, somos demasiado vulnerables.

—¿Estás escribiendo algo ahora?

—Una novela —contestó escueta—. Estoy ocupada dando conferencias. Invitando a los jóvenes.

—¿Coqueteándoles?

—México, mi último romance fue un joven de veintisiete, ya era bastante, cuarenta años de diferencia. Ya terminé de rasparme el corazón.

La miré con envidia. Quería decir que irradiaba un atractivo que no era necesariamente el de la piel y las formas jóvenes del cuerpo, aunque seguía siendo una mujer con una figura con gracia. Era su originalidad y su talento. Ignoraba los avatares de la intimidad. Pero no parecen ser la causa de los rompimientos. Ella se aburría.

—Me gusta que me inviten a universidades a hablar con los chicos sobre escribir, sobre mis viajes a México. ¿Sabes? Parecen muy cómodos en sus vidas después de la guerra. Tienen autos. Los comprendo. Yo fui muy feliz cuando compré *The champ*, ese coche viejo en Siracusa en el 42.

Me contuve de unirme con mi propia experiencia porque las mujeres en México apenas empezábamos a publicar en los cincuenta. No tenía mucho que añadir. Yo nací como escritora treinta años después. Llevé la conversación por otro lado.

—¿Conociste escritoras en tu viaje?

Vaciló un momento, pero no pudo responderme. Se dio cuenta de que ni siquiera había reparado en ello y miró alrededor.

—¿Conoces a mi amiga Gordon? Es buena. Y a Josie Herbst, buena pero traiciona. De las sureñas, Flannery es una joven deslumbrante. Cuentos. No sé por qué los editores siempre tratan de que escribamos novelas. Es lo que vende, es lo que se lee. Bueno y está la insoportable Carson. Aunque es buena escritora, *l'enfant terrible*. Eudora es sólida, es como su casa familiar en Jackson. Pienso en ella como una cortadora de césped: mantiene el orden, pero sabe encontrar entre las briznas del pasto los dilemas humanos.

Supuse que tener una madre, como era el caso de Eudora, significaba mucho para Katherine, huérfana de niña.

—¿Vives en la casa familiar? —me preguntó.

Sabía que quería oír una respuesta que le diera alivio, y yo quería parecerme a Eudora. Le mentí. Le conté del jardín con el fresno, de la planta de tabaco al fondo con la que mi hermano y yo de niños hacíamos cigarros después de picar las hojas secas.

—Eso no es clase media —repeló con malicia.

—Claro que sí. Vacacionábamos en Acapulco.

No quise contarle de la venta de la casa, de las deudas mías, de las fantasías, de los caprichos, de los vinos y restaurantes, de los viajes, del coche, de la medicina privada, del seguro, de la educación del hijo. De que no podía dejar de trabajar.

—Los escritores no tenemos pensión. —Fue ella quien lo dijo por mí—. Aunque Eudora puede darse el lujo de no trabajar. De no escribir para ganarse el dinero.

—Los que se jubilan hacen crucigramas.

—Somos escritoras, no nos pasará —aseguró.

—¿De qué va tu novela? —insistí.

Con la pregunta entró ese sonido de fondo, la ola reventando en la pendiente de la playa La Condesa. El señor que cargaba el saco de ostras y las abría frente a nosotros, recién arrancadas de las rocas sumergidas. Mi hermano y yo con la cara encremada de Nivea para atajar al sol. Y papá, ansioso, nos quería convidar el Acapulco donde creció. Esa tarde iríamos a La Quebrada a ver los clavados. Buscaría a sus antiguos amigos, ya vería yo a mis ocho años lo que él había visto. «Ya vería yo», sentí el regusto mineral. No bastaba con estar sentada en la banca del parque, giré para tomarme del respaldo de la banca con fuerza.

Katherine se hartó de mi silencio. Recordé que le había hecho una pregunta. Ella y yo sabíamos que no habría respuesta, que el código no escrito era mantener en secreto la historia. Son demasiado tiernas para exponerlas a la vista de cualquiera.

Cuando se levantó para seguir al coctel donde la esperaban, noté el periódico que asomaba de su bolsa con la página del crucigrama expuesta. Solté el respaldo de la banca, recuperé el aliento y mis manos moteadas por el tiempo. No las habían cubierto los guantes para evitar las huellas del sol, ahora descaradas. Y eso que mis manos eran instrumento para pensar, no labriegas o afanadas en la costura como las de mis abuelas, no frente al fogón como las de mi hermano. Más como las de mi padre trazando planos o las de mi madre sosteniendo libros. Tal vez como las del clavadista agujerando el mar.

Manos de escritorio.

Notas para una biografía de Lavinia Melín
El tiempo, un bulto

El tiempo siempre había sido un dilema. Escribir era robarle tiempo a la vida. Era una beta preciosa, había que buscarla con afán, o desdeñar otras cosas. A Lavinia ahora le sobraba. Había logrado que el dinero que le correspondió de la venta de la casa de sus padres le produjera una renta y renunció al trabajo de maestra con un sueldo remunerado pero que le secuestraba la energía cada vez más preciosa. Desconocía cómo se equilibraba la ecuación tiempo-energía, pero era un requisito para la escritura. Energía no le faltaba. El tiempo, acomodado como bulto dentro de un clóset, se le caería y la aplastaría. Ese tipo de notas de desahogo personal congestionaban sus libretas. Tenía el tiempo que no la conectaba con una historia que la implicara.

Recién hecho aquel acomodo de una vida más tranquila y posibilitada de verterse en el trabajo creativo, en la disciplina cotidiana, en construir palabra a palabra el edificio que podía tener hasta quinientas páginas, parecía que su imaginación se había jubilado. La biblioteca de su madre podría ofrecerle sugerencias, pero no entendía sus notas en los márgenes de las novelas y no estaba ella para dialogar. Los últimos meses de su vida leían el mismo libro y lo comentaban. Pensó en ir más seguido al Bernarda Linares de su hermano, donde la comida novohispana era un deleite. Pero comer era su lobo. Tenía que limitarse. Esto aparece en sus notas: «Escribir es desbordarse, solazarse en los excesos, embarrarse de palabras, deglutirlas a manos llenas, bebérselas, cogérselas». Su recato alimenticio, el temor a la herencia obesa de su madre la sofocaban.

Sabía que escribir requiere de ese asombro y curiosidad por ir develando un mundo con un sonido y textura propios. Una forma y un lente para mirar, Kundera le había dado el símil. Quería con vehemencia que el tiempo tuviera sentido y que la decisión tomada décadas atrás, cuando dejó la ingeniería, el trabajo de calculista, como el de su padre, tan preciso y limpio, de estructuras invencibles, se vertiera en la mayor potencia de la escritura.

El calendario del pintor de San Francisco que tanto le gustaba, Diebenkorn, colgaba en su pared. Conferencia, charla, comida de amigas, viaje para exponer su camino, presentar, uñas y todo el tiempo como un cable tenso: escribir. Guardó agendas y calendarios viejos para asomarse a lo apretado de su vida. Fiesta de Nick, clase abierta de Nick, cierre revista, grabación, clases, fin de semestre, reunión maestros. Lavinia los había roto en esta nueva etapa de la ligereza, con la cuchilla de la guillotina, deleitada con el sonido. El tiempo era de ella pero no tenía sentido. La posibilidad de vivir las palabras y las situaciones como una aventura excitante y potente se le escurría. Quería ser una minera de tiempo completo, extraer del oscuro vientre de la tierra el metal brilloso de las palabras, la belleza con la que podían revelar los dilemas de lo humano. Lo sutil, lo no evidente. Cuando su pareja la animaba a salir al cine, a alguna exposición, se negaba. Tenía un mandato: hasta no soltar la pluma por alguna vereda no se dispersaría. «Obesa de tiempo libre», aparece en la primera página de una libreta roja pequeña. Y a continuación la zozobra de ese momento. Lamentaba la parálisis para que el laboratorio de palabras le revelara honduras.

Ideó algunos mecanismos al principio de esas estériles mañanas en que ni el teclado ni la pluma en la libreta le funcionaban. Si tenía tiempo lo distribuiría de las maneras en que no había podido hacerlo antes. Decidió viajar más seguido a visitar a su hijo y a sus nietos. Los invitaría a pasar unas vacaciones con ella, que no olvidaran sus raíces ni el español. Nick lo celebró los primeros dos viajes, al tercero su nuera se mostró distante, al cuarto Nick inventó que la recámara de visitas se estaba remodelando, los nietos en la pantalla desmintieron al padre. Comprendió.

Pensó en el bienestar físico. «Mente sana en cuerpo sano», se dijo. Su cuerpo había sido desdeñado, era el último peldaño de atención entre ganarse la vida y dedicarse a escribir. Buscó qué actividad podría interesarle: no quería yoga, temía torcerse o lastimarse la espalda. Judo era impensable, subirse a la bicicleta, no recomendable para las rodillas. Le atrajo el taekwondo porque era algo entre coreografía suave y energía. No le atrajo el taichí, era bello, lento y había que hacer un esfuerzo, pero sus compañeras de clase eran mayores que ella y eso le daba la impresión de estar en una residencia de ancianos, más preparada para la muerte que para hacer su cuerpo más fuerte, quitarse los excesos y recuperar tono muscular. Decidió solo caminar, porque odiaba las pesas y los aparatos y los cuerpos producidos, lo que ella quería moldear era el cuerpo del texto. Y porque caminar podía producirle alguna idea para la escritura.

Estaba asombrada con la paradoja de la ecuación que no se despejaba. El hecho de tener tiempo a su disposición, el sírvete todo lo que puedas por el mismo precio, se había vuelto un charco de mercurio. Ella entraba en él y este se volvía diez charcos, y cada charco pequeño en el que se zambullía se despedazaba en minúsculas pelotitas plateadas e inasibles. La tensión de la vida, la rispidez del poco tiempo la habían hecho escribir. Hacía tiempo que vivía con un pintor volcado sobre los lienzos en un estudio a pocas cuadras de casa, donde la fuerza creativa y el tiempo parecían estar en sintonía perfecta. Los momentos del día juntos tenían un ritmo y eran predecibles. El trabajo de cada cual debía romperlos. Decidió que era necesario echarse una mano. Quizás la pura aventura trajera torta, como se decía de los recién nacidos. Le llamó a Ángel, un compañero de trabajo que había tratado muchas veces de fraguar algún encuentro íntimo con ella. La citó en un café, ella propuso que siguieran al hotel, aunque durante la conversación él le pareció aburrido. Suplicó a la hormona que respondiera a la galanura de aquel hombre, pero llegó a casa cansada de los besos ensalivados y segura de que sería la última vez que lo vería.

Abrió la puerta y llamó al hombre con el que vivía. Bastó escuchar su voz para subir las escaleras con un júbilo envidiable. No había tiempo que perder.

21

Carson levantó aquel trozo de papel bajo su puerta. Parecía arrancado de alguna libreta de hojas sin rayas, las palabras se inclinaban como si se desplomaran hacia la esquina. En cuanto leyó aquellas líneas dedicadas a ella, supo que era Beth quien las había escrito. El aliento recorriendo los tramos de su cuerpo al que aludía el texto, como un soplo divino, vivificador, hizo que el de Carson, el real, no el textual, saliera disparado del pecho como si un rayo revelara una verdad inesperada. Estaba viva. Beth había deslizado aquel mensaje en donde la palabra *vivificador* era más que elocuente. Una auténtica señal: «Aquí estoy». Carson se asomó al pasillo como si pudiera pescar la estela de los pasos de la joven. No había rumor alguno en el ancho corredor flanqueado por retratos de familia; se calzó las zapatillas y salió de prisa rumbo a la habitación de Beth. Por poco perdía el pie en las escalinatas del porche; entró a la casa grande apenas mascullando un «Buenas tardes» a los artistas con que se topó y avanzó directa al piso alto. La puerta abierta del cuarto que ocupara Eudora, la cama sin hacer pero ningún rastro visible de ella le indicaron que se había marchado. Al lado, la puerta cerrada del de Beth la retuvo. Respiró hondo, como si por fin acomodara el aire que había gastado en llegar hasta ahí; nada parecido al que extendió como una sábana sobre el talle juncoso de la joven, arremolinado sobre los huesos prominentes de su cadera, insidioso en la cara interna de los muslos, con cautela de soltarlo donde el corazón había decidido latir: el pubis. Ansiaba repetir la ceremonia ahora que la sabía viva, anhelante, juguetona. Tocó la puerta con prudencia. Luego más fuerte, temerosa de que alguien de las otras habitaciones se asomara y descubriera esa relación silenciosa. Ante la falta de respuesta, giró el picaporte despacio y empujó la puerta. El blanco de la habitación la deslumbró. El sol entraba franco por la ventana, que ventilaba un colchón desnudo y una mesa vacía. Se quedó perpleja. ¿Alguien le había jugado una mala pasada? Se sentó en la orilla de la cama desvestida y miró el verdor azulado de los pinos. Respiró acallando su desencanto, pero cada aguja de los árboles avivó el dolor. Pasó las manos por la mesa, donde supuso que había escrito la nota. ¿Si no la había entregado Beth, quién más podía saber que era para ella? ¿Se habrían ido Eudora y ella juntas, atizando el desconcierto de todos, o para protegerla de que habían sido testigos de que casi se ahogaba y no hicieron nada? ¿Ni siquiera avisar? Algo no parecía embonar, la boca seca no rozaría la saliva mentolada de la escritora salvaje, de la niña crecida.

Sacó el papel de la bolsa del pantalón y lo releyó en voz alta, casi invocándola. Recordó cómo Reeves y ella se habían escrito notas para encontrar paz después de la violencia. Notas que eran manos extendidas para salvar lo que se hundía, la manera en que cada uno iba a depositarse sin remedio en el fondo del agua, como una roca, como el abrigo de Virginia Woolf cargado de piedras para que no hubiera posibilidad de salir a la superficie. Por eso aquel año había dejado la casa de Brooklyn para volver con Reeves al apartamento de la calle Once en Nueva York. Había aceptado volver con él porque Reeves parecía entender su sexualidad sin fronteras, su relación con Annemarie, su deseo de verla cuando la suiza escapó del psiquiátrico; por eso mismo los dos se enredaron con el compositor David Diamond, dejaron que su inteligencia y generosidad, su picardía y talento hicieran de las suyas con cada uno, con los dos, entre los tres. Y ahora Reeves se iría a vivir con él, apenas en abril habían vuelto juntos al Village. Pero nada de eso impedía que amara a Reeves, ni el pubis de Beth, donde posó sus labios. Aquel año había estado un mes sin poder mover medio cuerpo, no iba a permitir que el tiempo se le fuera del cuerpo. Un infarto cerebral. «Podía haber otros», dijo el doctor.

Conforme escuchaba la voz de Beth en las palabras escritas, fue que se percató de que alguien —un escritor, una escritora— podía saber con aquella frase, «mi corazón es un cazador solitario», que era a ella, para ella, sobre ellas lo que había escrito la chica. Se pensó tan torpemente ingenua en... Tan ávida de borrar la realidad, como lo había hecho cuando intentaba vivir con Reeves, como si su relación tuviera remedio. Quizás la muerte de Beth tenía ese propósito, se escudó contra lo inevitable. Volvió a leer el papel, pero esta vez las líneas manuscritas se inclinaban hacia la esquina, hundiéndose. Se volvían perdedizas bajo el agua. Arrugó el papel, miró el colchón con desprecio y, cuando pasó frente a la puerta abierta del cuarto que ocupara Eudora, lo aventó sobre la blancura del tapete recién aspirado. El jorobado y la ruda Amelia la esperaban para escribir aquella escena donde la mujer boxea con su exmarido frente al griterío de todos los que bebían ese burbon que ella tenía maneras de conseguir en el café. Los dos peleaban por la lealtad del jorobado. Carson cerró el puño y lo impactó en el aire.

22

Eudora quería que nos viéramos en un teatro. Me pareció extraño que quisiera que nos sentáramos en las butacas a charlar. No sabía si era su manera de salir corriendo hacia los camerinos o las salidas de emergencia.

—Los de Broadway, imposible.

Le dije que tal vez podía hacer algo con un teatro Off-Broadway. El Repertorio Español, muy cerca de Gramercy Square, había sido el sitio donde Joaquín dirigió y tocó la guitarra en un hermoso espectáculo del barroco español. Pensé que se acordarían de mí, pero en 1955 aquello no había sucedido a pesar de que a mis cuarenta y seis años, los mismos de Eudora, todo ello ya formaba parte de esa experiencia de mi pasado, incluso el vivir con el director de orquesta. Usé el nombre de Eudora, y el teatro nos permitió estar ahí aquella mañana. Aludí al éxito que había tenido la obra basada en la novela de Eudora en Broadway y cómo quería la autora explorar una nueva oportunidad en un teatro afuera del circuito. Incluso yo la traduciría al español. Ya envalentonada con una idea que no me disgustaba, les dije que ella desde luego saldría a escena como parte del jurado, como lo había hecho en cada una de las funciones que se dieron en la temporada. Se entusiasmaron. Pensaron que ese puente inglés-español era interesante más allá del repertorio clásico que los caracterizaba.

—Lo primero es que ella se familiarice con el espacio. Yo le he dicho que es encantador. Íntimo.

—¿Lo conoce? —me preguntaron intrigados.

—Lo imagino. —Sonreí por el teléfono.

Nos indicaron que la hora del lunch era la mejor, antes de que se preparara el escenario y llegaran los actores. Tendríamos todo el teatro para nosotras, excepto por el encargado de abrirnos y de encendernos las luces. Yo había escogido un pequeño bonete con una redecilla que pensé me daba cierto aire de gente de teatro. Pero Eudora se rio nada más verme en la entrada del edificio.

—Somos escritoras.

—Aquí somos empresarias... de teatro.

Convencida, me lo quitó y se lo colocó sobre la cabeza. Se veía más alta de lo que ya era. Lo comprobé mientras seguíamos al hombre de mejillas coloradas, que parecía personaje de *Una soledad demasiado ruidosa.*

—A lo mejor se dedica a triturar libros —le dije a Eudora, desconociendo la frontera entre mi pensamiento y la realidad. ¿Ya lo habrá escrito Hrabal? ¿Trituran libros en 1955? La mujer no me oyó, pues iba atenta a los escalones que había que bajar para tomar sitio en las butacas borgoña frente al escenario. El corazón se me arrugó como página arrancada mientras escuchaba la Chacona de Bach acompañada de las castañuelas y el taconeo de la bailarina; la guitarra vibrante y nítida. Eudora llevaba un rato hablándome pero yo seguía atorada en el recuerdo, como si algo sólido se hubiera derretido y estuviera ahí otra vez.

Me tapé los oídos: si seguía oyendo la guitarra, mis hombros se colapsarían y el llanto me tomaría toda.

—*Take all of me, why don't you take all of me...* —cantó Eudora, mientras hacía que me quitara las manos de los oídos—. Las empresarias tienen que trabajar. Concretar.

Le expliqué que ese había sido el escenario de una larga relación con un músico.

—Me gusta la idea de que algo que imaginas en solitario, que el lector recibe en solitario, se vuelva una experiencia grupal por la magia del teatro y la concurrencia de los espectadores —dijo sin que le importara lo que le decía.

El escenario sin duda era otra cosa, mucho más humano que el destino de los libros. Pocas veces podías tener noticias de la emoción lectora. El aplauso en cambio es una respuesta inmediata y sincera. Adictiva. La orquesta de cámara que dirigía Joaquín cosechaba esos aplausos. Y la cena extendía la experiencia, y el desayuno era seguir hablando de ella. Y por la noche, no importaba que ya lo hubiera visto antes, me envolvía el espectáculo.

—¿Tú crees que pensar un cuento o una novela para que tenga otra vida en otros lenguajes es una forma de destapar el atorón de las ideas cuando escribes?

No sabía por qué le preguntaba semejante cosa si en ese momento me faltaba tiempo para los proyectos de escritura, si había regresado de una residencia en una colonia para las artes en Canadá y la novela que ahí terminé no solo se publicó, sino que ganó un premio. Era un momento de espuma, champañoso. Descubría la novela escribiéndola. Pero no pensaba en el teatro ni en el cine. Me maravillaban las posibilidades de las palabras, solo ellas, metidas en un cultivo de café, despulpando cerezas, paseando la moda europea por la selva chiapaneca, el olor a sangre, los sueños, la destrucción. Solo palabras edificando e incinerando mundos.

Entonces Eudora preguntó al hombre mofletudo —que no parecía tener que irse a destruir libros bajo las cuchillas de una máquina—, si podíamos subir al escenario. Y las dos exaltadas aceptamos las sillas que nos acercó para ver de frente las butacas vacías.

—Ahora somos la historia. Es nuestra única posibilidad de ocupar el espacio como materia, como lo contado. Aunque escribimos desde un espacio físico. El escritorio —dijo, sesuda.

Recordé los textos de Eudora Welty sobre el papel de los espacios en la narrativa. Y también lo que Roland, personaje de *Lecciones* de Ian McEwan, recuerda que dijo el poeta Seamus Heaney: la obligación de un escritor es presentarse en el escritorio.

—Lo escrito no es el escritorio —creí comprender a Eudora mientras pensaba en cómo desde la computadora que usaba en el estudio barco, absurdamente colocado en medio del bosque canadiense, yo había estado frente al beneficio del café; en la selva y su calor pegajoso.

—Tus historias siempre te llevan al Delta del Misisipi. ¿No? No importa que mires el Hudson —le dije.

Se quedó callada esparciendo la vista sobre las butacas.

—Cuando actué en *El corazón de los Ponder*, miraba la historia, no al público. Aunque lo sentía o presentía. El teatro es una cita de ojos.

—Escribir también. Se mira desde afuera y desde adentro del texto.

—Se nos multiplican los ojos.

—¿Tienes miedo de perderlos?

Eudora se puso de pie y dio una vuelta alrededor de las dos sillas. Se inclinó hacia mí, molesta.

—Eso no va a pasar.

Estábamos actuando nuestra pequeña escena.

—¿Por eso no tienes ojos para el amor? —reviré, ansiosa de drama y dolida por su poco interés en mi historia. Al fin había leído su biografía.

—John Robinson no quiso comprometerse. La guerra había dejado sus marcas, su distancia. Jackson era un refugio, el mundo nos atomizó.

Se sentó de nuevo abatida.

—¿Escribes para que te quiera él o algún otro hombre?

—Eso es absurdo. No puedo dejar de escribir, lo demás puede seguir su camino, pero no la necesidad de contarme lo que veo, lo que necesito comprender.

Entonces me quedé ahí sola, mientras ella descendía del escenario, con la certeza de que mis ojos eran cada vez más del mundo escrito, de esa otra realidad. Y también mi corazón. Tuve miedo.

Las luces se apagaron.

23

Carson y yo tomamos el tren desde la estación Pensilvania. Había elegido los lentes oscuros con marco blanco gatuno que compré por Internet, y al verme dijo que tenía entradas para las carreras. Iríamos a Saratoga.

—Me debes lo del tren. —Me extendió mi boleto—. Pero mejor me lo das en el hipódromo. No me lo quiero gastar antes.

Sonrió con esa mueca ladeada y traviesa, casi infantil, que el flequillo sobre su frente acentuaba. Me sorprendió que, mientras ella se detenía en el asiento que le correspondía en el vagón, me indicaba que a mí me tocaba en el vagón siguiente. Escudé mi asombro tras las gafas baratas. No es que no hubiera sitio a su lado ni cerca, es que ella no quería conversar en el trayecto. Casi tres horas hasta llegar a Saratoga eran una buena oportunidad, pero, mientras que yo sabía de ella y tenía una deliberada intención de saber de sus momentos de sequía, McCullers no encontraba ninguna razón para estar interesada en mí. Una escritora mexicana que venía con su cazamariposas, sedienta de temas y coordenadas para vivir como escritora. Además tenía un hijo pequeño, y seguramente hablaría de él. Cómo se iba a interesar ella en esas primeras palabras para entender el mundo, para dialogar con el entorno. Pensaba en eso mientras seguía de largo, empujando las puertas entre vagones con dificultad. A mí también me gustaba el silencio, no tener el compromiso de llenarlo de palabras. Que los ojos rodaran en el paisaje arrastrando los pensamientos sin defensa alguna. Libres para rasparse con la hierba y las piedras. Así que apoltroné mis treinta y ocho años junto a la ventanilla y quise imaginar que Carson perfilaba un cuento naciente, porque de ello hablaba poco. Las novelas eran el tema de sus entrevistas o reflexiones. ¿Pero y los cuentos? Eso era lo que yo escribía. No tenía ideas sobre novelas. Mi mirada cabía en el borde preciso y contenido del único suceso. La matemática del cuento me seducía: que nada falte, que nada sobre. Y de ello quería hablar con Carson: ¿Cómo surgía la idea de la novela y la del cuento? ¿Cómo notaba la diferencia?

El río largo y serpenteante me arrulló. Desperté sobresaltada cuando descubrí el tren detenido y el vagón vacío. [Carson y yo nos topamos en el andén, aún no conocía ese lugar al que iría muchos años después. Cuántas cosas dejaba yo en casa para que la escritora afamada me tratara como un bulto que se destina al vagón de paquetería]. Me despertaron las culpas de una madre viajera. Regresaba a casa y retomaba el día tal y cual lo había dejado, como si estas incursiones fueran una grieta de la imaginación, algo que existía mientras yo exprimía naranjas y preparaba el desayuno para sentarnos los tres a la mesa. Mi hijo, mi nieto y yo. Un ritual simple y solar gracias al cual existíamos. Mi nieto se puso los lentes de gato que ahora llevaba yo, se los quité de golpe, con una reacción exagerada que hizo que Nick gritara que si me pasaba algo. Temí que tuvieran el mismo efecto sobre él que el que tenían en mí, y que se perdiera en otro siglo y otro lugar. La que quería el látigo de Dios era yo. Eso es lo que había soñado, porque yo no tengo treinta y ocho años más que ahora, aquí, en Saratoga, yendo tras Carson para subirnos al auto amarillo que nos llevará al hipódromo más antiguo de Estados Unidos, el del cuento de Sherwood Anderson: «Quiero saber por qué». Estaba emocionada con el cuerpo acinturado que me proporcionaban mis lentes, porque en casa tenía sesenta y siete años, y era una escritora atorada. Inmóvil en la batalla de las historias y las palabras. Había dejado de acumular centímetros de lomo en un librero. Y temía que fuera para siempre. Esos centímetros son el resultado concreto de los años de trabajo, el sistema métrico los puede consignar. Se colocan en estantes que ni siquiera alcanzan la longitud de mi cuerpo. Parecen ladrillos como los de las pucas de las pirámides peruanas. Puro perfil. Dejarán un rastro de palabras, como un fósil de la imaginación, pero necesitarán arqueólogos de la lectura.

Entramos al área donde hombres y mujeres con sombrero se forman frente a las taquillas o se dirigen a las gradas. La construcción era de madera. Carson me indicó dónde nos sentaríamos.

Me contó que ella no sabe cómo funcionan las apuestas, que era John Cheever quien le explicaba cuando fueron repetidas veces en la temporada de carreras, después remataban en el Nuevo Worden Bar. Carson recogió un programa en la entrada, como si yo no lo fuera a leer. Le pedí otro, necesitaba el mío. Estudiar el programa como lo hacía mi padre, que me ayudó a entenderlo antes de apostar, es asunto individual. En realidad el hipódromo es un espacio de solos. Entendí por qué le gusta a Carson. Seguramente una vez que supo la mecánica, se escapaba de la residencia para pasar alguna tarde en temporada. Se bebe. Ella compró los tragos y dijo que en lugar de pagarle invitara las siguientes rondas. Pluralizó, y me extendió el burbon que no me gusta.

De pronto se le ocurrió que antes de la siguiente carrera viéramos a los caballos y los *jockeys* en el pequeño redondel donde se preparaban. Dijo que le gustaba apostar así, de latido. No como yo. Y antes de sentarnos pagamos la apuesta. Ella le iba a Sugar, yo a Stella. La una es rubia, la otra prieta brillosa. La pensé cantante de *blues.* Stella tenía buenos resultados en carrera larga y hacía tiempo no ganaba.

Carson me explicó que ella miraba al *jockey* antes que al caballo. Le veía el hambre y el resentimiento por su estatura, que lo condenaba a un trabajo donde no puede haber excesos. Leí su cuento, así que entendía dónde ponía la mirada.

—¿Has hablado con ellos?

—No soy reportera —contestó brusca.

Supuse que su salud minada, esa manera dificultosa de caminar, el suicidio de Reeves después de haberle dado otra oportunidad al matrimonio en la casa en las afueras de París, la reciente muerte de su madre por quien se mudó a la casa que compró en Nyack, todo eso la había vuelto áspera. No sabía cómo abrirme camino hacia una conversación más desenfadada.

—Yo también escribí un cuento llamado «El *jockey*». Pero mi personaje roba un cuadro. Para eso le sirve ser pequeño.

Entonces me miró con interés.

—No había pensado en otros beneficios del tamaño. ¿Qué no hay hipódromo en tu ciudad?

Pensé que no tenía caso contestarle. Pero no resistí la ignorancia, vivo en una capital enorme.

—A mi padre le gustan las carreras. Tenemos hasta una calle Hipódromo, donde estuvo el primero. Es ovalada.

Vimos carrera tras carrera mientras yo rellenaba su vaso de whisky y me dedicaba a la cerveza, que iba tan bien con el calor pegajoso. De pronto me dijo:

—Las carreras son como los cuentos. Rápidas, precisas en su forma, apasionantes. Además se publican antes que la novela. Alguien está del otro lado y te devuelve un poco del tiempo y el hígado que colocaste en ello. Pero la novela se vuelve parte de tu genética.

Se me ocurrió que es más orgánica. Pero no se lo dije porque, en apariencia, no lo había experimentado y no iba a resultar convincente. Aunque solo mi cuerpo y mi semblanza tenían la misma edad que Carson.

El espectáculo de cada carrera nos devolvía al silencio que ahora compartimos con deleite. La salvaje elegancia de los caballos, el color de la vestimenta de quienes los montaban, la velocidad del movimiento de sus patas, la tierra roja espetada por los cascos, las barreras que se abrían como botella de champaña. La expectación, el júbilo, el griterío, el dinero que ignoramos sepulta destinos o levanta corazones. Los nuestros ya estaban levantados.

—Podríamos ir a la residencia de visita pero sería quitarle burbujas a la fiesta. Comamos en algún hotel antes del tren de regreso —propuso como si yo no supiera por qué le era incómodo regresar, aunque ya lo había hecho varias veces después de su primera visita.

Entonces sí, entonadas por el golpeteo de la sangre en las bestias dominadas por los hombrecitos, hablamos de sus repetidas estancias en la residencia, hasta cuatro veces en un mismo año, sino cómo podía un escritor dedicarse a ello. «De otra manera, tal vez sería cajera en Woolworth», dijo con horror, «o maestra en una *high school*». Y la escritura pedía mucho. Nadie lo entiende, me miró fraternalmente. Hablamos luego de ese cuento madre para la literatura americana: «¿Quiero saber por qué?», el que eligió Richard Ford para la antología del siglo XX que no podía conocer Carson porque no existía y que yo había resobado para saborear a los maestros del cuento en ese país, esos buscadores de silencio que callaban el fondo de sus emociones y, quizás por ello, encontraron buena horma en el género de lo breve y sumergido.

—¿Cómo serían los besos de la prostituta y el entrenador que tanto repugnaron al chico que no había visto belleza mayor que la de los caballos y los logros del criador de los purasangre?

—Boca muy usada y salivosa. —Me reí de forma inocente.

Carson se me acercó. Adiviné la intención de su pregunta:

—¿Y la tuya cómo es?

—Nunca besaría un caballo, eso sí —dije con torpeza como si hablara de la boca de la prostituta, del entrenador o de la mía.

Carson encendió un cigarro. Y ahí se quedó mirando las espirales. Reeves se había suicidado hacía tres años en París, ella no quiso acompañarlo en esa petición descabellada. Su madre con la que vivía en Nyack había muerto recientemente. No quedaban labios a su lado ni para besar, escuchar, limpiar.

Tanta soledad solo podría orillar a los labios de la escritura, la lengua para colgarse de ella, para ser engullida, por lo menos un rato del día. Burbon, escritura, conversación.

Ella se perdía en las espirales de humo y yo en la sangre hirviendo debajo del pellejo del caballo, en el oleaje de su lomo. El caballo convertido en un mar incierto, ola a punto de estallar, y yo en el lomo de mi padre. «¿Por qué no nos quedamos en la terraza a ver el clavado con toda la gente?», dije mientras entrábamos por una vereda. «La mejor vista es desde el escarpado», mi padre se emocionaba. Empezaba a oscurecer. Sorteamos las rocas. Mi padre era un caballo.

Las volutas de cigarro se deshacían y la noche empezaba a invadir las gradas. Los caballos se difuminaban. Pensé en cualquier cosa para volver a la pista.

—¿Qué tal la lectura con Tennessee Williams?

Sabía que recién habían leído juntos en Nueva York.

Carson sonrió como si se hubiera acordado de algo. Las complicidades.

—Tennessee y John el irlandés son mis mejores amigos —dijo en un mal español—. Tengo suerte.

24

Nombrar. Bautizar personajes. Diseñarlos. Yo pido a quienes oriento en el camino de la novela que llenen el expediente de sus personajes. Que conozcan a los protagonistas. No sabrán todo, pero que se esfuercen, la trama les revelará lo imprevisto de su carácter. Tal vez. Pero yo no lo hago. No de esa manera. Si acaso he tenido que dibujar a cuatro mujeres de la misma edad que coinciden en un viaje. Y anotar su genealogía, sus estudios, fechas, particularidades, dónde han vivido. Pero la libreta está al lado haciendo preguntas mientras escribo, entonces apunto lo que voy sabiendo, para que no se me olvide, para la congruencia de espacios, fechas de matrimonio, ocupaciones de los suyos. Escribir es ordenar el caos, afirman los entendidos, y mis libretas de apuntes son un caos. Un pozo de donde tomo o vierto lo que tengo que saber, al fin y al cabo también es el territorio limitado del mundo que he decidido narrar. Calvino me habla al oído, elegir de todo lo posible lo que poblará en ese universo de palabras. Ordenar mi alrededor es difícil, se desordena a la menor provocación. Los cajones no resisten la exigencia. Mi cabeza tampoco. Me gustaba ver esa foto de Charles Darwin en su estudio, detrás de él una estantería como panal donde colocar papeles en distintos compartimentos. Un mueble clasificador del material. Una manera de no extraviarse en el caos de las ideas, las referencias, las observaciones, las medidas.

Beth Mildew. Quien hable inglés lo pronunciará correctamente, si no habrá de pronunciarlo con dificultad, será difícil recordarlo, o el lector le inventará un sonido para interpretarlo en el código que le es familiar: *Mildeu,* cuando es *Mildiú.* Asentó así su pedigrí en la historia, como si saltara de una voluntad sin capataz, el inconsciente, le llaman. La intuición, preciso yo. Mildew es *moho.* Ahogarse es enmohecerse. Ataca sobre todo a la vid, obstruye su futura transformación en vinos, en placer y celebración. El moho prospera en la humedad. Beth Mildew, para quien Eudora ya sospecha una historia, una escritora temprana, casi fuera de lugar por su edad y su escritura, por su voracidad y su desaseo a la hora de comer, por la coquetería de su cuello delgado y sus piernas robustas y largas. Sus ojos oliva y las cejas oscuras, las ojeras para equilibrar la incierta procedencia. ¿Qué le corre por las venas? La orfandad no permite el diseño estándar. ¿Es huérfana de madre? ¿Víctima de las madrastras? ¿Consentida del papá? ¿Qué quiere Capote de mí? Dilemas.

Bautizó al personaje central de la engañosamente sencilla novela *Desayuno en Tiffany's* como Holly Golightly. Digamos que ella se bautizó a sí misma para descostrar su procedencia rural y pobre, su no pertenencia. Quiso olvidar a Lulamae. Vestido negro, boquilla para el cigarro y tarjetas de Tiffany con su nombre y una frase: «De viaje». Era 1941. Y los hombres morían en la guerra de Europa, como su hermano Fred. Era 1941 y Beth se ahogaba frente al desconocimiento de tres escritoras que se habían alejado del deber ser de la mujer sureña: la *ladylike.* La *ladylike* compite con ser escritora: no hay espacio para las dos. La *ladylike* exige perfección de rol. La escritura pone el látigo. ¿Señorita decente? Tampoco Beth lo era. Pero el sur imponía a la mujer idílica, la Scarlett O'Hara de *Lo que el viento se llevó.* La mujer fuerte, adorada, hija, madre, proa.

¿Y yo qué nombre quiero olvidar o qué quiero encontrar? ¿Qué piel dejo mientras escribo? ¿Mis células muertas antes de que las descarte el viento? ¿Qué mujer he querido ser? Libre y comprometida, responsable y caprichosa. Una difícil combinación. Ambiciosa y serena. Madre atenta, madre egoísta. Caótica y disciplinada. Pura contradicción que me hace personaje de mi propio destino.

Pienso en ellas sin descendencia. Sin continuidad. Aunque escribir es una forma de continuidad, de quedar, de pasar de boca en boca. Tienen adoradores, estudiosos, lectores. Imagino que tener hijos y nietos son lecciones de vida que nos dan humildad. A algunos tal vez. Los escritores necesitamos esas lecciones. ¿O tal vez hicieron bien en no convertir sus vidas en tramas y a sus familias en personajes? La línea es tenue, que no me diga nadie que la esquizofrenia es total... La autora es persona y escritora y madre y todos los otros roles y, si una controla de alguna manera los destinos escritos, por qué no va a hacerlo con el mundo que la rodea: esto ya no me gusta, adiós. Y cargándose la felicidad ajena, apuñalando el corazón, la estabilidad, el curso de los días, la continuidad de las páginas. Destruir una familia como si se comenzara una nueva novela. Qué arrogancia la mía.

Hicieron bien en no tener descendencia a quien ensombrecer con las decisiones caprichosas, inexactas, erradas. La culpa no está en el tiempo dedicado a escribir y robado a la atención de los hijos, la culpa está en tratar la vida de los otros como episodios escritos, como cerrar y abrir página. Aún no me recupero de mi talante egoísta, arrogante. El mundo a mi medida. Sufra quien sufra. La imaginación pudo salvarnos siempre, como lo hace en la escritura. Tal vez por eso ni Carson ni Eudora mencionan la añoranza de hijos, la imaginación las salvó. Katherine trató, desesperadamente, pero hizo de sus relaciones amorosas novelas cortas que la despellejaron, y su único embarazo fue un aborto. Fértil a destiempo. Hijos y escritura. Vivo el privilegio de la continuidad de ser parte de una maquinaria genética y narrativa, de un continuo de personas y decisiones, y me gusta saber que no paró conmigo, que nos vamos pasando de mano en mano los mendrugos del pasado para seguir perteneciendo a algo. A la narrativa de nuestra historia. En realidad, todos somos personajes. Y cuando seamos una mención borrosa en el paso del tiempo, «Creo que tuve una antepasada escritora», o algún descendiente nos mire desde su presente, se eche a andar un camino desconocido donde las palabras vuelvan a tener interés para un imaginador. Un inventor de historias. Me enseñoreo con la palabra linaje y prole. Los míos. Desconozco el sentido de tal orgullo. Pero es real.

Elegir la escritura; dentro de la escritura, elegir la historia; dentro de la historia, las palabras, las palabras que nos encuentran un lugar. Un mundo para habitarlo, para iluminarlo o para tener la sensación de hacerlo. Nací en el centro del siglo a donde me envió Truman; en 1955 se era mujer de otra manera. Escribir era ser visible y hacer visible una mirada sobre el mundo, sobre la condición humana, sobre la perspectiva de ellas. Asunto *non grato*. En esa década publicaron Elena Garro, Rosario Castellanos, Inés Arredondo, Guadalupe Dueñas, Amparo Dávila. Valientes, pioneras. ¿Escribir es un acto de valentía o una casa donde refugiarse?

Mi madre lee. No ha tenido que ganarse la vida, no sé si hubiera querido hacerlo. Otras mujeres saltaron al escenario de sus deseos, costara lo que costara: el alejamiento de los padres, la desatención a sus hijos, la separación del marido, el fracaso, la desprotección económica, el ninguneo o maledicencia. Una mujer solo tenía un lugar: casada, siendo «la mujer de». En los cincuenta apenas los bancos les abrían cuentas propias, apenas la ley permitía el divorcio, apenas se les concedía la identidad jurídica para votar. Voz y voto. Para ser. Ser escritora no era lo mismo que ser escritor. ¿Ser escritora no es lo mismo que ser escritor? Saco la polvera que compré en una tienda de antigüedades. Destrabo el broche que la sujeta, me miro en el espejo. Ya no me rodean mis libros, el verdor del Central Park me hace notar la banca en la que espero a que Katherine se acerque.

25

Las ventanas de los trenes son cómodos miradores. La naturaleza sucede en una secuencia imparable, mientras en el asiento la quietud no empata con el movimiento. Es plácido mirar el correr del río sorteando montículos de piedras, dejar de verlo cuando los mazos de árboles se interponen o lo vuelven piezas de rompecabezas. Es curioso sospechar la vida de los que viven en las casas de la ribera opuesta, donde a veces se detiene el tren de ida o de vuelta a Nueva York. Eudora recargó la cabeza en el asiento. Había dejado el sombrero en el ganchillo, a un lado de la ventana. Llevaba el bolso sobre el regazo y otro bolsón más grande con el libro que podría leer y con los papeles que había tomado del escritorio de Beth. Pero la ventana era otra forma de lectura, apacible, hipnótica. No había que hacer ningún esfuerzo por escudriñar el entorno, este se asomaba, pedía derecho de piso, irrumpía para ser recordado, nombrado y hasta olvidado. Eso haría con este paisaje de verdores apagados. Como si la devastación del invierno, la desnudez de las ramas durara demasiado tiempo para que lo arbóreo se rehabilitara chillando vida. Pero era verano y hacía calor. Eudora sacó el ridículo abanico que le daba vergüenza usar. Su madre lo había puesto en sus manos para este viaje. «El calor de la ciudad es insoportable, seguro te hará falta». Y tenía razón, a falta del porche de casa donde se sentaban a tomar limonadas en las noches del verano en las que el viento podía correr y amansar el rigor del estío, en Nueva York el asfalto y las construcciones parecían brasas, leña para que los citadinos se cocinaran lentamente o se refugiaran en la penumbra de un bar o en los teatros por la mañana, como ella solía hacerlo en el Palace, gozando los vodeviles de los sábados a las diez de la mañana. Eso había sido de estudiante, diez años atrás. Los intentos por quedarse en la ciudad, vanos. Entonces retenía el paisaje como un mural inacabable entre Jackson y Manhattan, porque de ida lo caldeaba la emoción de la urbe como un tesoro de sorpresas y de regreso la incertidumbre de no saber cuándo volvería a sus calles. Cuando dejó Nueva York la primera vez, sus museos, los bares donde cantaban *blues*, la biblioteca y las galerías que visitaba una y otra vez, se sintió trasplantada, repatriada a Pinehurst Place después de haberse sacudido la tierra de sus raíces, de dejarlas a merced de la continua distracción y el vértigo urbano. No hubiera querido hacerlo pero la noticia de la enfermedad de su padre la devolvió a casa. Quería verlo y también quería no verlo. Leucemia. Cincuenta y dos años. Ella había heredado esa barbilla sumida, esa cara equina y una grata disposición a emprender cosas. Entonces ni siquiera era escritora, era estudiante de Comercio y

Publicidad, carrera corta para mujeres. Pero era la ciudad su objeto de estudio, el imán. Quería quedarse a trabajar ahí, había mandado solicitudes de empleo para evitar lo que entonces no tenía vuelta de hoja, como lo comprobó al regreso. La única de los hijos que estuvo mientras su madre le transfundía sangre a su pareja, unidos en ese momento donde la madre pretendía salvar, con esa manguera plástica que los conectaba, la vida del hombre que amaba. Eudora esperaba al pie de las camillas donde ambos, acostados, daban y recibían: el intercambio amoroso de la sangre. Mucho tiempo pensó que no podría haber una imagen más elocuente de su amor, pero fue durante la transfusión que su padre enrojeció de pronto y luego silencio, y el doctor al poco declaró la hora de su muerte. Y ella pensando en su propia muerte, la de la viajera que hubiera querido rentar un departamento propio en Nueva York. Orillada, en medio de la tristeza de la muerte temprana de su padre, a consolar a su madre, a llenar con su presencia en casa el hueco que dejara Christian, a trabajar porque la falta de su padre hacía necesarios sus ingresos mientras la madre rentaba habitaciones de la casa grande.

Ahí empezó su memoria del paisaje tras la ventana del ferrocarril. Conforme salían de la estación Central y los rascacielos incipientes quedaban atrás y los entramados de hierro se volvían una colcha de cultivos y bosques bajos, de cerros salpicados entre caseríos y ciudades menores, y se proyectaba al territorio del Misisipi, algo en ella se avivaba con una doble nostalgia: la de la ciudad donde era anónima y la del espacio donde había crecido, esas grandes casas con jardines floridos, las barracas de los negros, el olor a pollo frito, las plantaciones de maíz, de algodón. Los campos de cultivo la desmenuzaban y la volvían lenta, cadenciosa, un poco más vieja sin el ajetreo de los coches en Nueva York. Pero había vuelto, una y otra vez en esa década, como quien teje y deshace el tejido hasta volverlo ovillo. El ovillo estaba en casa y también le era necesario, pero ella necesitaba tejer su historia lejos, por ahora.

Llegaría a Manhattan de nuevo, podría quedarse un rato en casa de los amigos de la familia, reunirse con Russell y con su editor. El libro de cuentos no solo estaba listo, sino que contaba con el prólogo de Katherine Anne Porter. Además tenía que escribir algo nuevo, y en casa la vida social era intensa: tías, primas, amigos. A pesar de la tranquilidad de Jackson, era difícil proveerse la propia, dejar a mamá hablando sola, no compartir con sus hermanos a quienes quería y disfrutaba. Disfrutar de la compañía y de la conversación de los otros era su enemigo, la residencia (ostenta) el antídoto para el silencio que requiere la escritura. Había dedicado la estancia a revisar los cuentos del primer libro, donde aparecían algunos de los ya publicados en revistas y otros nuevos. Y preparar un libro era muy grato pero tomaba tiempo: decisiones del acomodo, desechar, revisar. Y la cabeza no podía prestar atención a nuevos disparadores. ¿Dónde estaban las historias? Regresaba vacía pero con un libro listo para publicarse. Había dado su resto.

Después de Beth, la residencia ya no era un lugar para quedarse a imaginar y escribir. Si hubiera tenido la cámara ahí en el lago podría haber capturado la escena antes de que cada una se lanzara a cruzarlo. Ella fue la primera, pudo haber llegado a la otra orilla y echar una mirada a la cantidad de brazos que rompían la superficie como baquetas sobre tambores, con ese ritmo enérgico de querer llegar al otro extremo, luego contarlos. Faltaba un par.

Pensó que ese podía ser un título para el cuento. Un par de brazos.

El paisaje tras la ventana dejó de sorprenderla, su monotonía la adormecía y la llenaba de angustia. Acabar un libro es quedarse colgando de una rama. ¿Y ahora qué? Necesitaba perseguir las imágenes y las acciones y las palabras, como cuando ya se sabe de qué va lo que se escribe. Y con el cuento es preciso que suceda una y otra vez la conmoción, como el relámpago, como la ausencia de Beth en el lago. Si estuviera escribiendo una novela podría retomar las puntadas donde había dejado el trabajo, como la tía Dorothy cuando pegaba los parches de la colcha en un patrón complicado que le implicaba concentración y un camino. Hasta que se negó a terminar una colcha que ya cubría tres camas grandes juntas y no quería ponerle punto final. A lo mejor eso era un libro de cuentos, parches en una colcha. ¿Y si hubiera esperado al infinito añadido de otros parches?

Su pie rozó el bolsón en el piso, lo tomó. Sacó el libro, *Dublineses*. No quería irse a Irlanda, era como traicionar lo que quedaba del Upper State de New York, al que dejaba, e irse más lejos de la frontera canadiense. Más lejos de Beth y el misterio de su procedencia y final, más cerca de olvidarla. Entonces sacó el legajo de papeles, tal vez la esperaba alguna respuesta más allá de los textos inconexos que les leyó en las tertulias, pedazos sueltos construyendo sensaciones y opacidad. No podía con ello, siempre necesitaba un hilo, como el que la llevaba a casa o la regresaba a Nueva York. Las narraciones por algo eran tramas. Tejidos. En la primera hoja su nombre, a mano. En la siguiente, que de golpe daba la sensación de una prosa apretada, un equilibrio entre palabras largas y cortas con espacios entre oraciones y las sangrías de cada nuevo párrafo; se dispuso a la lectura. La mayúscula del arranque indicaba el comienzo de algo, pero después se topó con palabras desconocidas, el mismo alfabeto pero indescifrable, ni siquiera podía decir si estaba ante un texto en alemán o danés o español. Su mente quería pronunciar esas extrañas combinaciones de vocales y consonantes, pero no había código para ello. Ni siquiera se repetían esos acomodos en algún momento. Y sin embargo la vista de la página daba la sensación de estar frente a algo. Se sintió conmovida por el tiempo inútil que la chica dedicara a ello, porque no pasaba solo en la página inicial, sucedía cuartilla tras cuartilla. ¿Tal vez les leía de ahí algo que inventaba al vuelo? En el papelito que supuso para Carson sí había un mensaje en palabras. Entonces sonrió, dispuesta a un nuevo juego. Levantó la primera hoja y, de cara al paisaje, leyó las palabras que inventaba, contando una historia posible, respirando ahí donde la coma o el punto pedían acabar la idea, haciendo una pausa donde un nuevo párrafo comenzaba. Estaba ideando un cuento en aquella partitura de las no palabras. Las no palabras de Beth.

26

—México, no dejes que te gane la guaracha, la pachanga. Así le dicen, ¿no? Yo sí logré aprender algo de español, no era de los gringos que avientan por delante su idioma como si fuera un perro de pelea y agárrense, porque o me entienden o no dejo mis dólares. Bueno yo no tenía muchos dólares que dejar.

Entramos al departamento de cosméticos de Macy's. A nuestra edad no se podía ir con la boca descolorida, ordenó Katherine. Yo caminaba detrás de ella, intimidada por su seguridad. Una confianza de mujer mayor, como si el resto le debiera algo. Tal vez eso era conquistar cierta edad.

—¿Nos vamos a ir de pachanga? —le pregunté siguiendo el juego.

—No sé tú, pero yo no he podido dejar el vicio. El vicio de los otros. Hasta cuando escribo lo tengo. Nada más que los hago de palabras.

Macy's no tenía el departamento de perfumería más elegante pero sí el más bullicioso. Las mujeres de clase media de Nueva York lo llenaban. Secretarias, amas de casa, cantantes, algunas azafatas estrenaban su profesión y la necesidad de llevar el neceser bien surtido.

Nos detuvimos frente a Chanel.

—Es el que yo uso —le confesé.

—Todos queremos París en los labios.

—Se desliza rico. —No era pretensión, sino placer.

Nos sentamos en dos bancos altos frente a la dependienta, que reconoció el chisporroteo en nuestras pupilas y destapó cada uno de sus tubos lúbricos. Katherine prefería los tonos naranja, coral, durazno. Yo pregunté por el Edith.

—¿Ahora eres muy Piaf? —Me miró con su pelo cano insolente.

El color que se había puesto en los labios la hacía ver misteriosa y coqueta. Una combinación que iba con su personalidad. Yo no era muy Piaf, pero sí algo de la vida en rosa. Más alegre que dramática, con una vida más suave y aburrida de contar.

—Podrías escribir sobre tu vida, es interesante —le dije *out of the blue*, como dicen en Estados Unidos. Y ella desconcertada me respondió:

—No necesito que me des ideas, sabes cuántas libretas tengo con novelas empezadas, ideas rumiando la página, gérmenes de cuento. Pero fue el México brioso de los veinte, el inolvidable París y ellos, también ellos, los que he amado, lo que me desparramó sobre el escritorio. Y sobre todo mi abuela Cat. ¿Tuviste una abuela que haya dejado algo en ti?

Pensé en la que aparecía en las fotos de mi infancia. Fue viuda joven, pero mi madre contaba que siguió atada a la vida con la alegría del dedal y la aguja, la madre de mi madre. Sin tiempo para atender a sus hijas, les había acercado libros para tenerlas quietas y entretenidas. Por eso no me gustaba recordarla. Era la culpable de que mi madre hiciera la vida tras las portadas de los libros. Y mi abuela paterna no aparecía ni en fotos. Nadie la mencionaba, pues se había quedado en Acapulco a la vera de otro hombre que no era mi abuelo.

—Yo solo tengo la cara alegre de la que aparece en una foto. No la he podido extrañar.

—Yo tuve que perderla para que se quedara conmigo. ¿Sabes?, de ella heredé el gusto por las cosas buenas.

El coral con el que cubrió su boca la hizo parecer cruel. Se miró en el espejo y me advirtió:

—No te pongas un tono oscuro, tus labios parecen de alcancía. Y se te notan más las arrugas en las mejillas.

La vanidad es una materia muy resbalosa, nos arrastra con ella. A veces para bien, pero en este momento vi con atención mi rostro en el espejo redondo que la chica había puesto frente a nosotras para observar el efecto del color en la piel. Ya había notado que cuando ladeaba un poco la cara los surcos enmarcaban mi sonrisa; eran años que no se podían esconder. El color en mis labios me puso más Piaf. No quería tener otra edad, solo quería tener la piel de otra edad.

—Todo ha pasado muy rápido —dije en voz alta.

—Buen inicio del cuento —apuntó Katherine sin siquiera mirarme mientras se despintaba aquel tono. Y luego le dijo a la dependienta—: La verdad es que venimos a que se nos ocurran historias, los tubos de labios pueden inspirar una que otra. Mire, que si no conocerán bocas. Bocas que besan pero también bocas secas o que hablan demasiado o que nunca hablan. Si pudieras leer las bocas, México —y ahora sí me volteo a ver—, seguro que no te pasaba lo que ahora. Mira la mía. ¿Te cuenta algo?

Su boca de fresa era menuda pero perfilada y carnosa. Yo sabía de su vida, aunque ella no sabía que yo supiera. Las biografías se escriben cuando los famosos se mueren. Alguien espía en las cartas, violenta los cajones, pregunta a los que la conocieron, hurga en documentos, diarios, fechas de publicación, manuscritos, pasajes de tren, fotos, recetas médicas, cuentas de banco. Un detective deduciendo una vida. Pero me gustaba, frente a los productos de Chanel, solo pensarla en París.

—Algo me dice que tu boca estuvo con un joven en París. Que la edad no fue barrera.

—Para Gene no. Me adoraba. Eso era un problema. —Bajó un poco la voz—. Hacía todo lo que yo quería y eso no me ayudaba a ponerme a escribir. Y también cuando no estaba, porque trabajó en embajadas aquí y allá mientras yo seguía en París, me entretenía en reuniones con gente muy interesante. El mundo estaba en esas conversaciones y no en la escritura.

—*París era una fiesta* —dije, sabiendo que Hemingway todavía no había publicado sus memorias de aquellos días nutricios y esenciales en el París de los años veinte.

—Eres buena para los títulos. —Sonrió ahora con un tono mandarina que me permitía imaginarla hablando con Cocteau o con Ford Madox Ford.

—Ese color te favorece, disimula las arrugas —dije en una falsa broma que exhibía mi vanidad herida.

—Bah, a ellos no les importan las arrugas como a nosotras. Lo sé de cierto. Dicen que a nosotros nos importa más la cabeza y la conversación del otro que a ellos la nuestra. Mentira. Tanta idea acartonada. ¿Tú crees que un joven se hubiera casado conmigo si ese fuera el caso? Y no fue el único, pero sí mi primer marido. Gene daba la vida por mí. Pero a veces los jóvenes son aburridos.

La dependienta comenzaba a impacientarse. Empezó a cerrar los tubos y se alejó rumbo a una nueva clienta que no rebasaba los cuarenta, la piel aduraznada, pelo oscuro. Seguro pensó que le vendería algún producto más rápido que a estas dos señoras que no paraban de hablar y que se probaban con aquel hisopo de algodón una y otra muestra. Entonces Katherine tomó el color mandarina que le favorecía y se lo echó a la bolsa. Luego tomó otro, que tal vez era el Piaf, y lo puso en mis manos para que yo hiciera lo mismo. Mi corazón latió desbocado mientras miraba de reojo a la chica para cerciorarme de que no nos hubiera visto. En ese momento nos daba la espalda para abrir el cajón y surtir a la nueva clienta. Sentí alivio y juventud. Mientras salíamos de la tienda, mis arrugas se plancharon como si estuviera en los pasillos del supermercado donde de niñas robamos los calzones de hule para aquellas muñecas bebé que nos crearon una falsa responsabilidad desde los siete años, o cuando salí de una tienda con otra playera escondida debajo de la mía. Mi corazón seguía latiendo y eso me devolvía la sensación de riesgo y transgresión de otros años. Tal vez la escritura era volver a ponerse en ese momento: riesgo y afrenta. Uno no se puede sentar en sus laureles, los haya conquistado o no. Entonces oímos una voz y las dos nos detuvimos. «Hey Lady, Mam». Pensé que era el momento en que mudaría la gallardía por el ridículo.

—¿No es usted la escritora? —le preguntaron a Katherine.

Se recompuso y contestó con gracia:

—En este momento solo soy una mujer con los labios pintados de mandarina.

Su admiradora se rio al tiempo que le decía a su amiga:

—Ves como sí era Katherine Anne Porter.

Salimos altivas a la luz de la tarde de Nueva York.

—Esto merece una copa —dijo y yo la seguí obediente al bar más próximo.

Ahí frente a la barra supe que cojeábamos del mismo pie, quizás había algo masculino en nuestra forma de estar en el mundo. Nos gustaban las barras, aunque en mi país era imposible estar en ellas. Pero cuando viajaba disfrutaba ese mirador solitario que también podía disparar una conversación sin consecuencias con el barman o con él o la de junto.

El manhattan que bebía, contra mi costumbre, pues no soy de cócteles, se me subió a la cabeza. Me reí con el mismo estruendo que la norteamericana y le pregunté dónde iríamos a cenar «porque no estamos para desperdiciar nuestros sesenta y siete años ni la guaracha», como ella anticuadamente le dice. Pero es 1955.

—Aunque me compré un escritorio para el departamento en París, no escribía —me confesó—. Me angustiaba, pero no le ponía remedio.

A las dos nos ganaba el mundo de afuera. Hemingway había dicho que era tan atractivo vivir que resultaba difícil encerrarse para la incierta escritura. Esto de la incierta escritura es algo que le agrego yo. Aunque a lo mejor él alardeaba de certeza, escribir siempre es búsqueda, un barco hundido en el fondo del agua. No se puede uno pasar de fanfarrón. Aunque a los lectores les gusta ese tono heroico. Pueden exhibirse como arrogantes o fingir que tienen el mundo en la palma de su mano, pero luego la esconden en el bolsillo porque suda, tímida. El éxito es un fantasma.

La importancia de la disciplina y la urgencia de romperla tienen que coexistir para que la página avance. Sobre todo, hay que hacer lo primero. Entonces le recordé que Sor Juana, de la que ella tradujo un soneto y añadió una nota sobre ella en el número de la *Survey Graphic* dedicado a México en 1924, se cortaba el pelo si no cumplía la jornada de estudio que se había propuesto. Era una monja ilustrada. Su boca mandarina ya no estaba conmigo, sino con el hombre de su lado izquierdo. Antes de darme la espalda por completo me preguntó si yo hacía lo mismo:

—Ya estaría pelona —respondí al aire.

27

La guerra había terminado. Esa guerra en la que ella incluso había querido participar como corresponsal. Fue denegada. Varias cosas le habían sido denegadas. La salud. Desde niña aquella fiebre reumática le pasaba factura, le quitaba la visión completa de un ojo, le paralizaba medio cuerpo, la metía a la cama, la ingresaba al hospital. La felicidad amorosa también le había sido denegada. Cierta tranquilidad había regresado a su cuerpo ahora que Reeves volvía vivo de la guerra. «Pero ¿qué es regresar vivo?», se preguntaba Carson en aquella tarde fría de marzo mientras caminaba hacia la zona norte de la residencia de artes donde estaba la casa que ya le había dicho la directora se tendría que vender. A la residencia también le había sido denegada la fértil abundancia que tuvo antes de la guerra. Carson no quería acordarse de 1944: apenas diez gatos. Casi todas mujeres. Los hombres, activos en una guerra que dejó un mundo dividido en rojos y blancos. ¿Podría llamarse blancos a los que no eran del bloque comunista? La carta que había escrito a la Biblioteca de la Universidad de Columbia para que pudieran entrar los negros había sido denegada. Pero en la residencia se habían abierto las puertas para todos. Un enclave para el arte no podía admitir la discriminación. Tenía que ser un lugar donde cupiera también la diferencia de ideas.

Robert Lowell había empezado sus intrigas contra la directora, a la que acusaba de tener una espía comunista entre los invitados a quien favorecía con largas estancias. Conforme Carson avanzaba junto a la fila de árboles en el camino de tierra, con la lentitud a la que obligaba el bastón, distinguió a Flannery O'Connor a lo lejos, precisamente una de las simpatizantes de las ideas de Lowell. Tal vez el catolicismo que profesaban los colocaba del lado del desprecio hacia los chinos, por ejemplo, con quien Agnes Smedley había vivido y sobre quienes había escrito un libro. Ese pelo ondulado y corto, los lentes algo anticuados y el vestido cubierto por aquella chamarra de lana a cuadros, como de leñador, la hacían reconocible. Era inevitable que se cruzaran, porque Carson no pensaba huir de ella. Pensó que la envidia, en cambio, no le había sido denegada. A pesar del éxito con que había empezado su carrera y con que se sostenía después de haber adaptado *El miembro de la boda* a teatro, a pesar del reconocimiento en revistas, de la amistad de un dramaturgo de la talla de Tennessee Williams, le perturbaba la eficacia de los cuentos de Flannery O'Connor. Quizás porque era sureña como ella. También de Georgia, nacida en Savannah, le corría esa falsa aristocracia blanca por las venas, empacada en un catolicismo rancio; desconocía entonces que la amenaza genética del lupus acabaría con su vida a los cuarenta años. La envidia tenía que ver también con que era más joven y tenía un talento brillante. Recién había roto el cascarón para hacerse visible en el mundo de las letras, con cuentos magníficos como «El geranio». Carson desaceleró el paso porque en el costado izquierdo le llamaron la atención unas construcciones aisladas que no había visto antes, podrían ser casas de trabajadores o nuevas cabañas para los artistas. Observó una silueta borrosa tras una de las ventanas iluminadas. Era una mujer recostada en una de esas camas de hospital reclinadas. Le pareció distinguir aquella nariz menuda y ese pelo muy lacio enmarcando un rostro ovalado y fino. Estuvo a punto de detenerse y girar el cuerpo entero hacia la ventana. Y gritar. Necesitaba comprobar que no era ella. Pero ya Flannery la alcanzaba desde el lado opuesto y notaba su asombro.

—Parece que hay alguien enfermo ahí. Uno de los jardineros me dijo que lleva más de seis años. La cuidan y la alimentan.

Carson disimuló el engrudo de saliva en la garganta. No sabía si la maquinaria de escritura de esa otra sureña estaba fabricando una historia o si era la chica del lago.

—No lo sabía —balbuceó.

—Ni tú ni nadie.

—Quizás es un familiar de alguno de los patronos o trabajadores. —Intentó darse una explicación.

—La directora no tiene hijos, somos nosotros —dijo Flannery con una certeza escalofriante.

Había que despegarse de esa ventana y seguir. Carson caminaría hasta el final de ese camino y, cuando Flannery ya se hubiera alejado por el lado contrario y no tuviera posibilidades de descubrir su curiosidad, se daría la vuelta y se fijaría con atención. De confirmar el parecido con la ahogada, le reclamaría a la directora. Por qué no le había dicho antes, cómo es que la mantenían oculta, desafiando la zozobra de las tres implicadas. Sobre todo la de ella, que había regresado varias veces desde el incidente.

Intentó seguir como si nada con ese andar desacompasado. Pero si ella había estado ahí otras veces, por qué no se le había ocurrido caminar hacia ese extremo como ahora. No le era fácil, aunque sí recomendado. Lo hacía del cuarto al estudio, a la biblioteca y al comedor. No deambulaba por ahí. La chica desamparada la llevó de nuevo a la felicidad amorosa que le había sido denegada, porque con Reeves aquello que habían tenido al principio nunca volvió a existir: la manera en que soñaban con la escritura, esa admiración mutua, las caricias. Quedaba un resabio de ternura, los escombros de quienes habían sido y un cuidado malsano plagado de reclamos dolorosos. El libre ejercicio de su ambigua sexualidad también le había sido denegado. Sobre todo para conquistar la felicidad. No le había sido denegado el talento, el éxito y el reconocimiento, pero nunca podía bajar los brazos y dedicarse a flotar. Dio la vuelta al final del camino cuando ya la tarde pardeaba e iba siendo hora de llegar a la cena. No le importaba nada más que comprobar si Beth vivía. Confirmó que Flannery fuera un punto oscuro a la distancia y echó a andar de regreso. Lo hizo lento y mientras se acercaba a la ventana giró la cabeza, pero la luz había sido apagada; con la cortina cerrada no era posible distinguir ya nada. Tuvo el impulso de tocar la puerta pero solo apretó el puño sobre el mango del bastón. Debía estar imaginando todo, ¿acaso después de un día la habían rescatado con vida? Eso era imposible. ¿O había estado a medias, entre las hierbas, sin que el agua anegara sus pulmones? Recordaba que habían buscado ansiosas y sin palabras, apenas sus pasos sobre la hierba y el meneo de las plantas, que después el silencio fue total. Nadie volvió a decir su nombre.

Al pasar por la oficina vio que la puerta también estaba cerrada, a las seis se acababan las actividades, y los que vivían en la residencia se reunían para el momento comunitario de la cena y quizás alguna visita a los estudios o una lectura de los escritores. Le apetecía muy poco. Se sentaría lo más lejos posible de O'Connor. A la mañana siguiente, en cuanto despuntara el día y la oficina abriera sus puertas, tocaría ansiosa. Preguntaría lo que no se había mencionado en tantos años. ¿Qué pasó con Beth?

Notas para una biografía de Lavinia Melín
El río

Lavinia Melín había llegado a la escritura por un camino lateral, terroso. Era poco usual que alguien se propusiera ser escritor desde los trece años y diera los pasos conducentes con claridad y dirección. Si fuera un hijo de escritor o escritora sería más natural, aunque más tarde rompería con el padre y con la madre en aras de la personalidad y la voz propia. No era su caso. Hija del ingeniero Claudio Melín y de la lectora Estela Saenz, antes educadora, había escogido la ruta del padre. Temía el destino de su madre: sin vestigios de la jovencita que le había dado vida a los veinticinco años. Imposible imaginarla con esa silueta bien proporcionada y la cintura que resaltaban los vestidos de falda amplia de la época, como aparecía en una de las fotos del buró de su padre. Ahí era una amante desconocida.

Se había acostumbrado al lento acumular peso de su madre. Cuando invitó a una de sus amigas en la secundaria a comer a la casa, esta le preguntó asombrada quién era esa señora sentada en un sillón junto a la ventana. Lavinia hubiera querido mentir. Muy de pasadita dijo:

«Es mi mamá. Come libros». La invitada no se atrevió a preguntar más y Lavinia sintió la humillación de reconocer que su madre era grotescamente gorda.

Su madre siempre estaba leyendo. Inmóvil en el sillón junto a la ventana cuando ella se iba a la escuela, cuando regresaba, los sábados y los domingos. Su madre engullía libros. Contestaba aludiendo a sus lecturas, estaba a medias en casa, en la vida. Esa figura desbordada la vacunó en la adolescencia contra la lectura; salvo los libros que eran requisito escolar, no se atrevía a detenerse en ellos. ¿Y si le pasara lo mismo? Por eso eligió el camino del padre: un hombre esbelto, atlético, sociable. El ingeniero había querido ser clavadista porque sus primeros años los pasó en Acapulco por el trabajo del abuelo en la construcción. Le fascinaba el espectáculo de los clavadistas en La Quebrada. También le había dicho que aquella tajada en las rocas no era una formación natural, que había sido hecha para que el viento circulara mejor y refrescara puerto adentro a sugerencia del Dr. Balmis en el siglo XVIII, el mismo que había traído a niños huérfanos desde España inoculados con una pequeña dosis del virus de la viruela y, tomando una muestra de las pústulas, las colocaba en otros niños, una forma de vacunar a la población americana. Al principio Lavinia no entendía qué tenía que ver aquel regimiento de niños portadores de la vacuna con el acantilado del clavado, pero su padre dijo que pensar en un canal de aireación evitaba otras enfermedades en el puerto. «Empezaron a puros barretazos, más tarde con Humboldt se usó dinamita y el aire que entró desde el mar saneó los miasmas». El clavadista y el ingeniero se fundían en aquel espacio, pero ella tardó tiempo en comprenderlo.

Se lo había contado cuando se colocaron con toda la gente que observaba, mientras la madre y hermano se quedaron en la terraza del Hotel El Mirador. Su hermano quería comer un pastel de chocolate, lo cual era conveniente para Estela. Él comía los trozos oscuros y ella podía abandonarse a la lectura mientras la luz del quinqué lo permitiera. Entonces leía novelas del siglo XIX, inglesas o francesas, fue antes de que la ocupara el furor por las novelas policiacas y sobre todo por la novela negra cuando descubrió a Patricia Highsmith.

Lavinia se acercaba con su padre a la orilla con muro bajo, frente al despeñadero, y escuchaba su explicación: tenían que calcular muy bien el momento de tirarse, no adelantarse ni atrasarse a la entrada del agua. Sin esa precisión podían romperse el cuello y morir. Entonces ella tomaba la mano de su padre con fuerza. Sentía el alivio de que no hubiera escogido ser clavadista y morirse incluso antes de que ella naciera o cuando era una niña más pequeña. No podía imaginarse a su padre hincado frente a la virgen entre las rocas y luego de pie en la saliente, la concentración iluminada por los reflectores, para perderse como un pájaro a pique en la rajada de las rocas donde entraba la lengüeta de agua.

En los años niños, donde aún no había optado por los pasos del padre ni le repelía la obesidad de su madre, aceptaba los libros que le acercaba ella, especialmente aquellas historias de Tom Sawyer y Huckleberry Finn, que sin saberlo cincelarían un camino futuro.

Como se mudaron de Acapulco a la capital y el sueño de su padre de ser clavadista quedó sepultado, pero no los cálculos que precedían el momento del clavado, escogió ser un ingeniero calculista. Descifrar cuánto tiempo antes se tiene que arrojar el clavadista en relación con la velocidad de la aceleración de la caída y de la frecuencia de la entrada de agua requería cálculos exactos. Por eso dedicó su pasión en proyectar puentes y edificios, pesos y contrapesos, las medidas exactas para que todo funcione, sostenga, perdure. Esos tres verbos lo hacían parecer un dios. No Ícaro volando entre los escarpados de Acapulco y en caída libre desafiando el ritmo de las mareas, sino el que salvaría de la muerte a quien cruzara un puente, recorriera un túnel, habitara un edificio. Cuando le preguntaban si había vuelto a Acapulco de adulta para recordar a su padre después de su muerte, ella negaba contundente. Jamás llevó a Nick.

Tardó muchos años, cuando Nick ya era un adolescente, en entender por qué, cuando sus padres se peleaban ante el reclamo por la pasividad de ella siempre leyendo, su madre gritaba: «La caída del puente de San Luis Rey valió una novela estupenda». A los quince años lo tuvo muy claro, alejaría todo libro que la asemejara a la voluminosa figura de su madre, plasmaría fórmulas en un papel, planos, líneas que la colocaran en exactitud de lo que precisaba cualquier futura construcción. Ese era su clavado al futuro.

Su hermano Andrés engordaba pero no leía. Siempre le intrigó por qué dentro de una familia unos encuentran un íntimo placer en entregarse a un libro y otros lo consideran una pérdida de tiempo. Les achacó un espíritu menos aventurero, aunque ella no era lectora por gusto hasta que llegó a San Luis, Misuri. Los libros que había tenido en sus manos eran asignaciones escolares. Cinco años menor, Andrés fue su protegido y el de su madre y su padre, que le ayudó a poner el primer restaurante. Porque Andrés tenía una vocación de trabajo, de entrega, de trato con la gente. Caía bien. Demasiado bien. Tuvo que aprender a contener su generosidad porque le daba por perdonarle las cuentas a sus amigos. Una forma de contrarrestar las burlas de sus compañeros que le cantaban la tonadilla de la caricatura «Porky, porky, porky pig» fue mostrarles su capacidad de hacer dinero: fue el primero que tuvo su propio negocio. Estudió unos cursos prácticos de administración porque su padre insistió en ello y le hizo bien, le dio un método. A la joven Melín también le dio un método la carrera de ingeniería, que expandió con un posgrado en la Universidad de San Luis.

Aunque su hermano Andrés no leyera, pedía a su madre nombrar sus restaurantes con personajes femeninos de novelas. Lavinia tenía un puente de hierro con su padre, porque estaba hecho de números y sesudos cálculos, aun así le produjo un piquete de celos y asombro que su hermano ideara una conexión literaria con su madre, que vivía cada vez más tras las pastas de los libros. Ella misma derivaba su nombre de un pequeño libro de George Sand, la autora francesa que escogió un seudónimo masculino para publicar, *Lavinia*. Había un restaurante Emma Zunz, otro Bovary, porque no podían llevar el *Emma* los dos. Clarissa, Juliana Burgos. Antes de que la madre se dedicara por completo a leer a Patricia Highsmith y solo Patricia Highsmith, una y otra vez, además de los clásicos del XIX le gustaba el cuento latinoamericano del siglo XX. Tenía un altar para Borges que la oscuridad de Patricia, la tejana, desbarrancó. Hacía poco que Andrés le había dado a Lavinia la noticia de que el nuevo restaurante que abriría en Todos Santos, en Baja California Sur, llevaría el nombre de uno de sus personajes: Bernarda Linares.

Su familia abonó a su camino de una manera involuntaria. Ella había llegado a la escritura por azar, no lo había pensado, tampoco planeado. Impropio de ella, que era dada a proyectar, a cuantificar y a resolver ecuaciones.

Su hermano Andrés la visitó a los pocos meses de haber llegado a aquella universidad norteamericana porque la Semana Santa era momento de cerrar los restaurantes. Fueron felices descubriendo esa comida sureña que se originó en las plantaciones. Los grits de maíz al sartén junto a los huevos estrellados para desayunar, el pollo frito, crujiente y jugoso, las rebanadas de okra, tomate verde frito, el cobbler de manzana. Él fue el primero que advirtió que el tal Jimmy merodeaba a su hermana, su hostilidad le reveló a Lavinia su intuición. «No me digas que hoy volvemos a cenar con el tal Jim», «No me digas que nos va a llevar de paseo por el río». Fue el río el que sedujo a los dos hermanos Melín, tan ancho como el mar. Nunca habían visto algo así. Y menos una barcaza que todavía se deslizara con esas ruedas de aspas. Cuando su pretendiente explicó que el nombre de Mark Twain, quien había vivido en la zona y creado personajes entrañables como Tom Sawyer y Huckleberry Finn, y hasta había inmortalizado ese tipo de barcos, que era lo común por el río, tomó su nombre del grito que daban los marineros cuando introducían una cuerda con nudos que medía la profundidad. «Mark Twain», a dos nudos del fondo, era momento de tener cuidado. Lavinia reconoció el gesto de incomodidad de Andrés, no porque el gringo quisiera apantallar a su hermana, sino por no poder comentar de esos libros que no había leído en secundaria. Pedía a algún compañero que le hiciera un resumen de los libros. Lo intercambiaba por aquellas bolitas de nuez que hacía con facilidad en la cocina ayudado por Clementina, muy gustosa de que el jovencito apreciara sus recetas. Los Melín cruzaron una mirada cómplice porque padecían, preocupados, el cómo su madre crecía desproporcionadamente. A más libros engullidos más se alejaba de ellos.

Pero cuando Jimmy los llevó a la casa de su tatarabuelo con esos grandes pilares de mansión sureña y contó que había sido gobernador, su idea de que quería apantallar a la hermana se ablandó. Le gustaba la buena vida, y tal vez su hermana podría tener esa vida y él ser un huésped frecuente. Tal vez hasta podría poner un restaurante en ese país. Le preguntó a su hermana cómo se llamaba la novia de Tom Sawyer cuando iban de regreso en el auto. «Becky», dijo ella al tiempo que reconocía por dónde iba su hermano. Andrés era rápido para saltar al futuro. Junto a él, ella resultaba paquidérmica. Ni siquiera había notado el entusiasmo de Jimmy por ella de la misma manera que su hermano. Se imaginaba regresando a trabajar en un despacho de constructores como el de su padre o el de algún amigo de su padre. Tal vez hasta dar clases. Pero solo no previó que en sus manos caerían aquel chico sureño que estudiaba con ella y su hermano Andrés, que cuando se despidió en el aeropuerto solo pregunto si la boda sería ahí o en la ciudad de México, sino que mucho menos imaginó que se encontraría un libro exhibido en la biblioteca universitaria cuyo título atizó su curiosidad: *El corazón es un cazador solitario.* Lo escribía una tal Carson McCullers. No fue casual que, cuando tomó la pluma y escribió sus primeros cuentos en los días aciagos de su regreso forzado, los personajes con el nombre de Andrés aparecían aquí y allá. Cuando lo notó, no se molestó en cambiarlo. La visita de su hermano aquel verano había coincidido con el júbilo del amor. Lo quería. Y quería que tuviera tantas vidas como su expansiva alegría y optimismo esparcían.

Andrés tuvo razón. Antes de regresar a la Ciudad de México, en las vacaciones de verano, Jimmy y Lavinia pasaron una semana en aquella casa barco improvisada, apenas una base cuadrada y una pequeña habitación construida sobre ella, en la que se podía dormir y utilizar un rudimentario baño. El constante meneo del agua arrullaba y camuflajeaba el sonido del placer. No notaban el movimiento hasta el amanecer. Aquella casa barco, refugio, amarrada al muelle era cómplice de caricias, confesiones, abrazarse con fuerza, los corazones como calcomanías, conocerse, reconocerse, estrenarse. Por la noche, sentados en aquella cubierta mínima, espiaban las estrellas salpicadas sobre el río. Si acaso alguien pasaba por el muelle fingía no verlos o los saludaba según aprobara o no la intimidad de aquella pareja fluvial. «¿Será que nos prefieren en un hotel de paso?», bromeaba él, «donde a lo mejor nos topamos con el marido de alguien o con la esposa de fulano».

Por las mañanas cogían las bicicletas y aparecían en la casa de Jimmy a una hora prudente en que ya no estuvieran ni su padre ni su madrastra y daban cuenta, con apetito voraz, de aquellos huevos fritos con mucho tocino, el pan tostado embarrado de crema de cacahuate y aderezado con mermelada de zarzamora. La hermana de Jimmy era más chica, los recibía recelosa de que no estuvieran en la casa en aquellas noches en que a ella le tocaba el paquete de la madrastra refunfuñando y del padre defendiendo al primogénito. También tenía ganas de hermana —lo notó Lavinia desde que le prestó su bicicleta—, de platicar con alguien del bikini que anhelaba, de que estaba en sus días y odiaba los tampones, del chico que le gustaba, de la amiga que la había traicionado. Todo eso sucedió a su tiempo. Porque aquel verano Jimmy aceptó el trabajo de despachador de gasolina para las lanchas del muelle, sabiendo que Lavinia pronto se iría y que además él necesitaba ese dinero para poder llevarla a cenar por ahí o al concierto que tenían planeado escuchar en San Luis, Misuri, dos días antes de su partida. Mientras él trabajaba, Meg aparecía en la casa barco con unas galletas recién hechas para invitarla al paseo río arriba por los médanos suaves con aquellos amigos de la familia: una pareja mayor a la que le gustaba la compañía de los jóvenes porque no habían tenido hijos.

Cuando volvió para el segundo año del posgrado, Lavinia iba con las velas desplegadas, navegaba sin contratiempos en una relación que parecía tener un rumbo fijo. Le gustaba estudiar con Jimmy y preguntarle de Oxford, Misisipi, donde Faulkner había vivido, porque la novela *Luz de agosto* la tenía atrapada, quería conocer más de ese sur a la vera del río y comenzaba a fantasear si cuando acabara el posgrado su destino tal vez sería vivir con él por esas tierras. La imagen de su madre engullendo libros era un telón borroso porque su presente eran las horas de estudio, ecuaciones, cálculo, correlaciones, planos y proyecciones, por eso se permitía descansar del estudio con la lectura. Ella y Jimmy compartían la habitación en un departamento rentado, muy cerca del campus universitario donde la tomó por sorpresa la llamada de Andrés. Esperaba, como siempre, escuchar su cantaleta: «¿Cuándo es la boda, porque ya estoy preparando el banquete?, ¿aquí o allá?». Pero esta vez le dijo que la madre no estaba bien. Que había sido muy difícil mover su gran corpulencia del sillón a la cama. Estaba llagada de tal manera que la septicemia, una infección de la sangre, como explicaron los doctores, invadía su cuerpo. El padre, desolado, se echaba la culpa de trabajar todo el día y no haber advertido que durante horas su esposa no se movía. Esos detalles se los explicó después, cuando la recogió en el aeropuerto para llevarla a casa. Jimmy y ella se preparaban para la disertación final de cada cual para graduarse. Ella tendría que posponerlo. Quedaron en que volvería cuanto antes.

Las primeras semanas, Lavinia se compadeció de su madre y sobre todo de su padre, que veía con horror la posible muerte de su esposa. Para el final del primer mes, cuando Lavinia suponía estaría ya de regreso en San Luis, aunque su madre ya había salido del cuadro de extremo peligro, necesitaba cuidados. Andrés tenía que atender los restaurantes, su padre asistir al trabajo, y la única pieza acomodable resultaba ella. Contrataron un cuidador fornido que pudiera mover a su madre porque había que cambiarla de posición durante el día, llevarla a bañar, al escusado. Desde el marco de la puerta de la habitación, Lavinia la contemplaba con ira. Cómo había llegado a ese estado de indefensión. Luego se sentía culpable de no tener piedad. En las noches a veces cenaba con su padre. Le contó de Jimmy, del entusiasmo por su relación, y su padre, a quien ahora le descubría esa faceta débil —no haber demandado otra actitud de su madre—, no hacía nada para que ella volviera: la necesitaba. Condescendiente, le decía que pronto podría regresar, sin mucha urgencia por que ella concluyera los estudios o estuviera con Jim. Su método fue colmarla de lecturas que llenaran sus horas y la acercaran al paisaje que añoraba. Eudora Welty y sus cuentos de río y de deltas; Katherine Anne Porter y los cuentos de *Judas en flor*, una extranjera en México mirando con otros ojos; *El negro artificial y otros escritos* de Flannery O'Connor; Carson McCullers y *Reflejos en un ojo dorado.*

En esas mañanas en que su madre dormitaba después del desayuno, ella empezó a escribir. Un diario, una carta a Jim, un cuento. Para el segundo mes fue evidente lo que al principio pensó un desajuste hormonal, porque su menstruación no solía ser puntual. Pero los pechos le dolían. Rita la cocinera fue quien lo advirtió. «Que se me hace que estás embarazada», dijo con esa confianza de conocerla desde los diez años. Antes de hacerse la prueba o de que el ginecólogo le confirmara lo que ella ya podía leer en su cuerpo, Lavinia le marcó a Jimmy. «Mañana voy al doctor, pero creo que vamos a tener un bebé». El silencio la dobló en el rincón bajo la escalera, junto al directorio telefónico que su madre alguna vez tuvo el cuidado de llenar y a los directorios gordos que año con año llegaban a casa. Había sopesado la posible reacción de quien no ha planeado tener un hijo.

—¿Qué pasa, Jim? —preguntó.

Él recobro el aliento, le contestó entre lágrimas.

—Lo vamos a cuidar.

Entonces el temor pasó a ser una alegre espera. Se hablaban y ella preguntaba: «¿Cuándo vienes?», él decía que pronto. Su madre adelgazó y se podía sentar con más frecuencia y caminar con andadera, su padre estaba desconcertado de lo que iba pasar con su hija. Pero ella se le plantó y le dijo que iba a tener ese hijo y que lo único que quería hacer era formar una familia con Jim, allá. Dijo *allá* con un tono definitivo. Leía, escribía, y sentía que las voces de los autores que leía la acercaban al rumor del río Misisipi. Cuando por fin Jimmy dijo que iría a visitarla, no podía contener su alegría. Él insistió que era mejor que estuviera tranquila con el embarazo, aunque ella prefería ir allá a que él viniera. Le hacía ilusión salir de la enfermedad que habitaba en casa. Su madre parecía haber quedado en un estado de confusión y ni siquiera tomaba los libros en sus manos. La televisión la tenía entretenida, adormecida, egoísta. Poco preguntaba a su hija. Un día que la había visto lúcida se atrevió a decirle si le podía leer un cuento. Lavinia agradeció el gesto involuntario de amor cuando su madre preguntó de quién era. Le recordaba «Miriam» de Truman Capote.

—No lo conozco, mamá. Es mío.

Empezó a reconocer que escribir la estaba salvando.

La chica que trabajaba en la casa abrió la puerta y condujo a Jimmy a la sala donde Lavinia acomodaba el libro que acababa de terminar. «Señorita», dijo en un muy mal español, «buenas tardes». Se sorprendió cuando Lavinia se dio la vuelta, de espaldas su delgadez no anunciaba que fuera la embarazada a quien venía a ver. Aunque Lavinia ya sabía que estaba por llegar, esperaba su aviso para recogerlo en el aeropuerto. Se abalanzó hacia él. El llanto contenido durante meses la traicionaba. No era verdad. Con esos ojos azul agua, el pelo rubio largo y esa sonrisa amplia la recibió en sus brazos.

—Estás a punto de tener a nuestro hijo —balbuceó ante la evidencia física.

—Faltan dos meses —aclaró Lavinia titubeante, incierta de lo que seguía. La azotaban varias preguntas: ¿él vendría aquí a quedarse? ¿Le diría a ella que se fuera con él? ¿Mantendría a los dos? ¿Se casarían? Lavinia sabía dos cosas: ya no se haría cargo de su madre, lo había hablado con su padre, y no pensaba terminar el posgrado de ingeniería. Le habían publicado un cuento en una revista argentina. Leía y escribía. Y esperaba dedicarse a ello, incluso podía escribir en inglés y sabía que en el país de Jimmy las revistas pagaban por cuentos publicados. Se había atrevido a mandar a dos y estaba esperando respuesta.

No quiso todavía presentarlo con su madre en la habitación de la cama de hospital que manipulaba a su gusto. Se lo presentaría a su padre en la noche, cuando él llegara a cenar. Por lo pronto se sentaron en aquella sala donde Lavinia tomó del estante un altero de libros que puso en la mesita de centro. Una torre alta de libros leídos proporcional al tiempo de separación.

—Todos son autores de tu región —le dijo orgullosa—. Quise estar cerca del río.

Percibió aliviada ese olor herbal de hombre pulcro pero encantado con la vida al aire libre. Jimmy se veía inquieto, como si no supiera por dónde empezar la conversación. De cuando en cuando rozaba con sumo cuidado, como si fuera una superficie quemante, el vientre abultado de Lavinia. Parecía proteger el torrente de decisiones que aquella evidencia física proponía a la pareja. Había un hijo de los dos como un futuro certero. Lo demás estaba fuera del campo de visión.

Jimmy recorrió los nombres de los autores y no todos le eran familiares: Edna O'Brien, Peter Taylor, Mark Twain, Truman Capote, William Faulkner y aquellas mujeres de las que siempre le hablaba en sus cartas: Porter, McCullers, Welty, O'Connor.

—Estoy lista para dejar mi casa, aunque no voy a regresar a terminar el posgrado. Quiero ser escritora —rompió la tensión.

Jimmy dio un trago al agua colorada, que supo entonces se hacía con una flor llamada jamaica.

—Creí que querías seguir el camino de tu padre.

Lavinia sabía que aquello era un giro inesperado, lo mismo pensó ella en los momentos confusos antes de tomar la decisión. Había entendido que el camino que estaba eligiendo era una mezcla de su padre y su madre: la mente lógica y calculadora del ingeniero Melín y los vuelos de la imaginación que su madre engullía en palabras. Ella engulliría y vomitaría. Y no estaba enferma de ninguna afección alimenticia. Sin la nostalgia del río y las lecturas de aquellas mujeres cuyas decisiones y rumbo le intrigaban, tal vez no hubiera dado el paso. Sin este tiempo detenido fuera de la responsabilidad universitaria, tampoco.

—¿Sabes? —le dijo—, ha sido bueno este paréntesis para que yo encarara mi propio deseo. Estoy intentando reunir mis cuentos y escribir otros más para un concurso.

Jimmy no acababa de relajarse y disolver la distancia de los meses apartados. Preguntó cómo se sentía con el embarazo, como si no diera importancia a lo que a Lavinia le había costado tanto decidir. Le dijo que se veía espléndida, minimizando su falta de complicidad con el tiempo de Lavinia encargada de su madre y lejos de él. Solo cuando Lavinia preguntó sobre las perspectivas de trabajo, él confesó. Se había enamorado de otra chica, la distancia no había jugado en favor de ellos; una amiga de su prima. Pensaba ir al norte al doctorado, estaba esperando respuestas de algunas universidades. Pero sería con ella. Lamentaba que Lavinia se hubiera tenido que regresar a su país, dejarlo solo.

—Lo siento, mandaré dinero para nuestro hijo —agregó como un corolario que lo dignificara.

Lavinia se mantuvo muy recta y clavó los ojos en los del hombre que había amado hasta ese momento, como dos dagas de obsidiana que los extirparan de sus cuencas. La fuerza de huesos y músculos, las patadas de su hijo en las costillas, el pubis por el que concibió y nacería el bebé, fruto de un amor que se pudría veloz, sin que siquiera hubieran podido acordar un nombre de hombre o de mujer, todo aquello salió con fuerza y de un manotazo volcó la torre de libros. Qué caso tendría presentárselo a su padre, qué caso recibir su dinero para la manutención, qué caso llevar en su cuerpo al hijo de este hombre que tan fácilmente planteaba el cambio de ruta. Odió a su madre, a su padre y a Jimmy. Se dio la media vuelta, entró a su habitación, cerró con llave y no respondió al llamado de nadie.

Dos meses después nació Nicolás. El nombre le vino del personaje que tanto le gustaba en *El gran Gatsby*: Nick Carraway. El único moralmente rescatable. El testigo de la banalidad ajena. Aunque amar como Jay Gatsby no era un acto frívolo, sino sagrado. Desde luego no mencionó la razón del nombre a su madre ni a su padre y mucho menos a Jimmy. Después supo, cuando ya estaba instalada en su propio departamento y su padre contribuía con una cantidad que ayudaba a elevar sus ingresos de trabajos *freelance* de escritora, que Jimmy hacía un depósito a la cuenta de su padre cada mes. Lo habían acordado aquella noche en que ella ya no salió del cuarto. Cuando se enteró, pensó que estaba bien, alguna forma de responsabilidad tendría que tener para su ausencia en el corazón y en la vida de los dos. Madre e hijo.

Conforme pasaron los primeros meses de Nick y el color grisáceo de sus ojos se definió hacia el marrón claro, sintió alivio de que no fueran azules. Solo entonces pudo desvanecer a Jimmy de sus pesares. Más tarde, cuando Nick era adolescente, preguntó por su padre y lo conoció y fue a visitarlo en algunas de sus vacaciones; Lavinia estaba muy lejos de aquella ilusión primera. Era una escritora hecha y derecha, con varios amores que la habían arropado y le habían demostrado que podía volver a amar.

El dolor y la capacidad de amar, ser vulnerable, eran ingredientes necesarios de la escritura. Al fin y al cabo, una aventura incierta.

Lavinia y Nick se instalaron en un departamento que tenían los Melín en la colonia Narvarte. La escritora aceptó la ayuda que significaba no pagar renta a cambio de darle mantenimiento al espacio, y porque había apostado por trabajos alrededor de la palabra: periodismo, guiones, incluso pensó en entrar a una agencia de publicidad, mientras escribía sus cuentos. Un primer volumen de cuentos, un segundo donde el tema de la madre come libros y el padre clavadista aparecían por aquí y por allá, disimulados, y sus lectores los podrían descubrir de cuerpo entero cuando, huérfana de ellos, escribió *Ser hija.* Para entonces ya habían pasado varios años de aquel comienzo en el que dedicaba tiempo a estar con su hijo, de modo que daba preferencia a trabajos que le dieran libertad de horarios para conciliar maternidad y escritura. En su primera novela, influida como ella lo contó a los medios por la lectura del novelista inglés Vikram Seth, *A Diferent Music* escribió la historia donde el director de orquesta era el protagonista. Necesitaba entrevistar a uno para resolver las preguntas y construir al personaje, entender cómo piensa un director. El autor de la novela que la había cautivado conoció a la tañedora de viola que es la obsesión de uno de los personajes, que también es músico. La entrevista derivó en ocasiones varias en que era invitada a los conciertos que dirigía Joaquín Montes. Y luego a cenar. Otras veces a comentar los libros que ella había escrito. Cuando llegó a casa la novela recién publicada y Lavinia organizó un brindis entre los dos, Joaquín le propuso matrimonio. Aunque vivían en la ciudad de los temblores, Lavinia estuvo de acuerdo en mudarse al piso catorce del edificio moderno construido mucho después del 85, solo por la vista, que ponía la ciudad a sus pies y se abría franca hacia las montañas donde algunos días los volcanes eran visibles. Un estudio con aquella vista, la música de fondo en los aparatos especializados, que eran devoción de Joaquín, y Nick feliz de tener un padre que lo llevaba a los partidos de básquetbol y con el que jugaba a las vencidas y había inaugurado complicidad.

Fue cuando cumplió trece años que Nick quiso conocer a su padre biológico, y Jimmy lo invitó a pasar las vacaciones de verano en la casa, a la vera del río, que había heredado. Cuando lo fueron a recoger al aeropuerto, Joaquín y Lavinia no sabían cómo iba a ser la reacción del muchacho porque, durante el mes, si acaso tres llamadas y dos postales habían dado cuenta de que la estaba pasando bien. Al chico le costó trabajo aceptar de nuevo una vida con el padre que no tenía los ojos azules.

Tuvo extraños comportamientos, como despegar los carteles de las películas infantiles que tenía en su cuarto. *El mago de Oz* quedó hecho añicos en el piso. Un día Lavinia lo escuchó patear la puerta. Cuando entró, el muchacho lloraba como un crío sobre la cama. Lavinia comprendió que se sentía traicionar a su padre verdadero queriendo a Joaquín. Como si tuviera que elegir. Ayudado por todos, Nick logró acomodar las piezas. Muy a su pesar, Lavinia tuvo que hablar con Jimmy para que lo ayudara a sentirse cómodo queriendo a los dos.

Para cuando Nick decidió estudiar Física, Joaquín y Lavinia ya estaban separados. Aunque el dibujo que les había hecho un amigo en común donde están espalda con espalda, él con una batuta en la mano y ella con una pluma y un cuaderno, todavía colgaba en la pared del vestíbulo del departamento. Y al pintor le había parecido una pieza bella que no competía ni con su amor por ella ni con sus cuadros abstractos. Ella y Nick se habían quedado y Joaquín se mudó a un departamento más pequeño. Era una historia bonita que se había desgastado con el tiempo y sin una razón muy clara. Era cierto que él viajaba mucho, pero ella también. Cada vez la invitaban más a dar conferencias y presentaciones, sobre todo después de lo bien que fue recibida su novela histórica sobre el ruiseñor mexicano, la cantante de ópera Ángela Peralta y su destino trágico. Su relación mantuvo la cordialidad del comienzo, a pesar de que Joaquín empezó pronto a vivir con una de las cellistas de la orquesta. Lavinia se sorprendió del poder predictivo de la ficción, en una de sus novelas sucedía algo semejante. La tristeza empañó su ánimo y aquietó su vida social por un tiempo. Ya había cosechado una coraza para las dolencias del amor; Nick al lado y sus libros ayudaron. Nick se mostró muy contento cuando supo que tendría un hermanito, y Joaquín nunca abandonó la paternidad que había asumido desde el comienzo de su relación.

Lavinia se concentró en la escritura; inventó un taller de lectura y el grupo se reunía una vez al mes en casa de sus padres porque involucraba a Estela, que con su charla sobre el libro en cuestión dejaba a todos boquiabiertos. Si Estela hubiera vivido después de la pandemia, hubiese encontrado un oficio para su voracidad lectora: dirigir un club de lectura. Ya no era peligrosamente voluminosa pero se movía en silla de ruedas, con la salud mermada pero la disposición lectora impecable. Cuando Estela Saens murió, Lavinia perdió a su más fiel lectora, y el taller adoptó el nombre con el que Lavinia se refería a ella en su texto sobre la orfandad: Come Libros. El ingeniero Melín vivió poco, después de la muerte de su esposa. Lavinia llegó a pensar, como lo plasmó en su libro, que aunque leía muy poco el mundo que le acercaba su mujer, a través de lo leído amueblaba su vida, de manera que el vacío que dejó Estela no era nada más el hueco grande en la cama y en el corazón. Faltaban las palabras con la que se pintaban los días. Así se lo dijo a su hija ya enfermo en el hospital y sin deseos de volver a la casa vacía. A ella le resultó incómodo que le confesara cómo el derroche de imaginación e historias ajenas que le compartía su esposa a él se le metía al cuerpo y lo excitaban. Y entonces se prodigaban caricias y excesos, y colmaban su deseo. Cuando escribió *Ser hija*, después de la muerte de sus padres, Lavinia dudó qué tan sincera debía ser respecto a la sexualidad de sus padres. Le había impactado reconocer el deseo de su padre, incluso a pesar de la corpulencia e invalidez de su madre. Pero «ganó la escritora sobre la hija», así dijo una reconocida crítica sobre su libro. No en el título.

Nick había venido unos días desde San Luis, Misuri, para despedirse de su abuelo y para acompañar a su madre. Luego volvió a la tierra de su padre el de los ojos azules, quien había costeado el posgrado en Física en la Universidad de San Luis, Misuri. Nick Cole Melín se casó con una chica de la misma universidad, pronto consiguió un puesto académico, y nació Felisa Stella. Un nombre mixto entre su bisabuela paterna y la abuela materna. La pareja había pactado que, si era niña, él escogía el nombre; si era niño, ella. Nick encarnaba la historia que pudo haber sido la de Jim y Lavinia. La boda había sido en San Luis, Misuri. El banquete lo había servido Andrés, que coqueteó con Meg, recién divorciada, porque aquella ausencia del río también lo había descalabrado a él. Se lo dijo a su hermana: «Por lo menos alguien se quedó por acá. Y tenemos pretexto para venir». Habían estado presentes Joaquín con su esposa cellista, el pequeño Rodolfo, y a ella la había acompañado su nueva pareja, el pintor con el que mantenía un noviazgo y domicilios separados. No tenía más la voluntad de construir el mapa de rutinas cotidianas.

A los sesenta y siete años, Lavinia vivía sola en el departamento del piso catorce, era abuela de Felisa Stella y de Stephen. «Que tenga la cabeza bien puesta», había bromeado con su hijo cuando le compartió el nombre que le pondrían al nieto. Nick no entendió el guiño literario; como con su abuelo Claudio Melín y su tío Andrés, la lectura no era parte de su mundo. Ella había acumulado premios y reconocimientos; algunos de sus libros, en especial la novela de la cantante de ópera, habían sido traducidos al checo, al francés y al turco. Dejó la coordinación de un centro de escritura creativa porque tenía ganas de poder viajar a sus anchas a ver a sus nietos, a encontrar lugares donde escribir y, sobre todo, a viajar y comer acompañada del pintor, y escribir sobre ello. Pero entonces recibió la noticia: Jimmy había muerto, lo velarían en la casa del que había sido gobernador, que ahora era una iglesia cristiana. Nick le había avisado y ella había tenido que sujetarse en el librero, mareada. Le sorprendió tanto dolor para su amor caduco. Voló para acompañar a su hijo y también para despedir a Jim. Cuando salió a tomar aire después de haber dado el pésame y de recibirlo de quien fuera su cuñada y amiga, Meg, se recargó en una de las enormes columnas del porche de cara al río. Le asombró el paso de los años, la brevedad de la vida, la persistencia del río que había sido cómplice del descubrimiento del amor y, en su lejanía, de ser escritora. Se lo tenía que agradecer al río y a Jim.

Entonces vino la sequía. Cuando tenía todas las condiciones para escribir con tranquilidad, no encontraba la historia. Había aceptado que el pintor pasara más tiempo en casa porque los años los hacían cada vez más frágiles y se podían morir o enfermar, como ocurrió con aquel infarto del atlético Jim. La vista desde el ventanal del departamento la arrobaba. El río de jacarandas floreciendo en la avenida le ablandaba el corazón.

Tuvo claro que nadie se ha ahogado donde no corre el agua.

28

Desde la esquina del café alcanzaba a ver la clínica. Ventanas cuadriculadas. Una caja cúbica, algunas de las ventanas de cara al río Hudson. No sabía si la de Beth. Me había vestido de blanco. Blanco enfermera. Blanco asepsia. Blanco respeto. Blanco pureza. Quizás porque esa era la mejor manera de absorber el mundo sin prejuicio alguno. Sin imponerle un color ni una textura. De negro, el luto habla. De rojo, la ira o la pasión se imponen. El amarillo es un poco desdén y el verde simula ser vida. No hay códigos en el blanco. Es abismo, como la página en blanco. Hay una tranquilidad, que no es lo que necesita el escritor o la escritora. No para pensar. No para que se le ocurra de qué escribir, pero sí para estar frente a la libreta, a la computadora. Yo no vengo a hablar con Beth. Son ellas, las mudas. Están atrás en el tiempo; aunque desde allí no me escuchan, me hablan con lo que han escrito, con lo que se ha escrito sobre ellas. Me atrae esa intimidad del momento escritural en una época en que las señoritas se tenían que comportar de cierta manera, y más, las señoritas del sur. Las *ladylike*. Tenían que ser esposas y madres y anfitrionas y encantadoras y sonrientes. Y, sin embargo, buscaron la grieta, el resquicio. Eran blancas. Eso estaba a su favor. Pero era lo único que estaba a su favor. Eudora Welty ni siquiera pudo tener una casa propia. No se la rentaban a una mujer soltera. Además, tenía una madre que cuidar. Hijas que cuidan madres, o huérfanas sin hijos que cuidar porque no los quisieron o porque los abortaron o no pudieron tenerlos. Y escribieron y yo las miro desde el siglo XXI, la escritura y la vida siguen jugando a las vencidas. Quiénes somos y quiénes fingimos ser para sobrevivir. Y luego resulta que escribir es siempre un aullido en la niebla.

Y una trabaja, y escribe, y publica, y vive, y ama, y escoge habitaciones compartidas y propias, y tiene un hijo y tiene dos nietos y sigue escribiendo o buscando de qué escribir, qué nos atornillará a la silla de la incertidumbre y el deleite, y luego los libros pueden ser migas de pan que se comerán los pájaros del tiempo; o no. Las de ustedes no se las comieron los pájaros. Las leen, y yo estoy aquí mirándolas con el permiso de la irreverencia, del espionaje en su vida pública, intentando devolverlas a lo privado y hacerlas una historia. Tampoco podrán negar nada. Como Beth, respirarán desde las bibliotecas del mundo y de la tumba donde yacen sin poder defenderse ni reclamar.

29

La esperé afuera de la clínica. Y como si la hubiera descubierto con un amante o en el robo de una joya, dio un salto y no tuvo más remedio que aceptar mi invitación a tomar café. Pretendía ocultar que había estado en la habitación de Beth, que había mirado por la ventana pidiendo auxilio al aire. Ahora que estaba mayor y sin proyecto porque no lograba acabar la novela *La nave de los locos*, para la que tenía el título y algún avance, solo le quedaba hablar de sí misma. Tal vez a la chica indefensa le había contado que el dinero se le acababa, que había estado en Hollywood haciendo guiones y lo odiaba, excepto por el dinero. O se había desahogado de su último matrimonio. Beth y yo, sus escuchas.

—No te cases con un poeta. —Fue lo primero que dijo cuando la mujer de uniforme coral vertió el café en nuestras tazas. Los taburetes eran mi lugar favorito en las cafeterías. Me quité los guantes para tomar la taza. Eran de color turquesa. Los miró codiciosa.

—Se dejarán de usar, verás —le dije, tramposa—. ¿Los quieres?

Mientras intentaba ponérselos, revisé sus manos de máquina de escribir, las huellas de los resbalones entre teclas a los costados de los dedos. Sospeché el peso de irla cargando en cada viaje. Una laptop estorbosa. Más humana, sin duda, en su ritmo y sonido.

—¿Quieres que te los cambie por mi máquina de escribir? —Parecía que con las manos las dos pensábamos en el instrumento de nuestro trabajo—. Yo ya necesito una nueva y tú puedes presumir que era mía. —Se ufanó—. Tal vez puedas volver a imaginar y dejar ese rostro atribulado.

Nos reímos, abrió la boquilla de su bolsa blanca y dudó si echar los guantes dentro, como si fueran el justo pago por lo que estaba por decirme, pero acabó cerrándola y poniéndoselos para que yo me hipnotizara con sus manos aqua y su recuento.

—México, ¿cómo quieres escribir con una vida chiquita? Tienes el país. Mírame: vida de pueblo. Huérfana, pobre, casada con un maltratador, y me busqué la grande. Fue la escritura la que me llevó al otro lado de la frontera. No era una aristócrata escribiendo poemas o novelas, así ha sido la vida de otras mujeres. Hasta Edith Wharton, que era una ricachona, se volvió corresponsal de guerra y dejó al marido y a la hija. No tenía que ganarse la vida, es cierto. Yo me volví una profesional de la palabra. Ayudaba ser bonita, no lo niego, o hasta las piernas, que grabó Turnbull paseando por toda la Ciudad de México y que me consiguieron diecisiete pares de zapatos. Pero el dinero venía de los artículos para *Science* y para la sección en inglés de *El Heraldo*. Sobre todo, ayudaba tener amigos como los que tuve en México, acababa de pasar la Revolución y aquello era un hervidero de ideas. Excentricidades. Extranjeros fascinados con la voluptuosidad mexicana, con lo barroco y con lo épico.

Pensé que no pararía de disparar ese jugoso anecdotario, como si tuviera miedo del silencio. De que yo la interrumpiera. O tal vez la costumbre de dar conferencias a los estudiantes tenía aceitado el acelerador del discurso continuo. Pero dio un trago a la taza y se asombró de que estuviera bueno, como me lo hizo saber con un gesto.

—Me ganó la épica. Con el polaco Retinger, *un complejo y fascinante mentiroso*, empezamos la biografía de Luis Morones. No sé, México, cómo has podido escribir con esa vida insulsa. Sin codearte con gente interesante. Dices que también eres una profesional de las palabras: maestra, guionista, articulista. Pero te jactas de un insignificante momento heroico: haber dejado la ingeniería por la ficción, por un montón de palabras. Tenemos en común que la lectura nos sedujo y tocó nuestra puerta para ponernos a prueba con nuestras propias historias.

Yo no recordaba haberle contado que iba para ingeniera y que una madre enferma atiborrada de lecturas e inmovilidad me había traído del río a la ciudad, pues había sido el río y la añoranza del amado lo que me puso a llenar las horas de imaginación escrita. Pero por lo visto, sí retuvo algo de lo que seguramente conté.

—Mientras leía yo no pensaba que era una mujer leyendo ni me importaba si leía la novela escrita por un hombre o por una mujer. Era la mera gloria de estar en otro mundo a través del tapiz de palabras, de su ritmo y su cadencia, de las imágenes que construían, de los diálogos que eran mucho mejores que los de la vida. Los libros estaban en la biblioteca pública. Ese era mi espacio de libertad y regocijo. No pensaba en el futuro. Todo era puro presente, página a página. Leí *Crimen y castigo* y, como Raskólnikov, también pensaba que quería matar a alguien. A mi padre, tal vez, por haber conservado tantos años la memoria de mi madre como un punzón ardiente y vivo, y endilgarnos luego con parientes en casas ajenas porque no podía mantenernos. Siempre estábamos de más. Me casé para tener mi casa. Solo ahí empecé a pensar en las inconveniencias de ser mujer. No porque me lastimara mucho la infidelidad de mi marido, sino porque, habiendo hecho el pacto de que cada quien su vida y cada quien su recámara, él no soportaba que yo hiciera la mía. Era su propiedad.

No paraba de hablar. Me estaba mareando, era como si estar frente a la mexicana le destapara su caja de Pandora. A veces le miraba las manos, que danzaban con energía, subrayando sus esfuerzos, su valentía. Una decisión de ser escritora que descubrió como salvación, como quien no quiere la cosa pero ahí estaba el llamado. La biblioteca y su telar de palabras, la máquina de escribir, para acá y para allá. Huir del marido la hizo escritora. Quería interrumpirla, pero su explicación era un caballo desbocado. Tal vez no quería aterrizar en su momento que se parecía al mío. México había quedado muy atrás, le había dado material para sus cuentos. ¿Y ahora? ¿Visitaba a Beth en busca de historias sin atreverse a confesarme que le pasaba lo que a mí? ¿Le pasaba? Envejecer siendo bella debe ser más difícil. Un fracaso. Y quizás hablar de sus mejores momentos, de sus enamoramientos uno tras otro le devolvía la potencia juvenil que la vida le escamoteaba.

—Tu país me dio el asombro, ahí estaban las ideas para mis primeros cuentos. No entiendo de qué te quejas, búscate la grande, una experiencia que te sacuda. No todo es un cuadro de Vuillard. Si antes París era una fiesta, ahora está en Nueva York. Pero en el bluf no están las historias. Solo la comparsa etílica para habitar los días de manera exótica. En algún lado tiene que estar la fiesta.

Quería gritarle que en mi país se vivía *una fiesta de balas*, de cuerpos colgados, de jóvenes de corta vida, de éxito efímero, de mujeres desaparecidas. No le veía lo épico a mi tiempo por ningún lado.

—Es un mundo turbado, el mío. No creo en las grandes hazañas —me atreví a interrumpir. Pero no me escuchó. A ella qué más le daba, en su tiempo no conoció escritoras mexicanas.

—Y quizás ya es un poco tarde —siguió vehemente—. Quizás la escritura es tu momento épico. Nuestro —añadió con más humildad—, es el acento de nuestra mirada. Ya la vida social no nos canta al oído.

—Ya no tienes un lugar que conquistar. Tienes un nombre. Y un estante con tus libros. Pero la escritura es siempre el presente. Por eso la necesitamos. Sobrevivimos a través de la imaginación que se erige con palabras y abre boquetes de luz en la grisura de nuestro tiempo acotado —le dije, encabalgada en su discurso.

—No puedes tener los ojos del extranjero en tu país. ¿O siempre será necesario ser extranjero a todo para que el asombro nos regale historias?

—Entonces se quitó los guantes como si fuera a empuñar un rifle y matar al tigre blanco de Kilimanjaro.

—No todos somos Hemingway. —Hundí la cara en el café. Me había fatigado el recorrido de su vida.

Estiré la mano para que me devolviera los guantes, decepcionada por no destrabar el pozo de historia. ¿Dónde estaba la cubeta que se baja al fondo para subir el agua? Me los entregó resignada.

—Conste que te ofrecía mi máquina de escribir.

No le respondí, la dejé con sus disertaciones sobre una vida emocionante y en riesgo, y pensé en el prólogo que hizo para el primer libro de Eudora Welty cuando era una joven escritora que la conmovía. Había escrito que la autora no necesitó vivir en Nueva York para sentir que vivía la experiencia propia de un autor serio. Sus temas estaban en el sur. En casa. Una vez que regresó a Jackson, Eudora se quedó ahí para siempre. Una vida tranquila, con mucha interacción social, donde lo oculto, lo discreto, lo no dicho se tenía que ver bajo la lupa de cierta sensibilidad. Katherine parecía haber apreciado esa sutileza. El bisturí que descascara las formas de salón. Además de la edad y nuestro gusto por el cuento, coincidíamos en esa apreciación.

30

Era difícil no reconocerla con aquel rostro que proyectaba su dentadura y su cuerpo larguirucho. Sin embargo, no fue hasta que chocaron nuestros hombros que distinguí a Eudora.

—Disculpe —dijo. Y torciendo el cuello para mirarme sin dejar de seguir adelante, me reconoció—. Voy deprisa, lo siento —añadió.

—Llegarás tarde a la clínica —le dije sarcástica.

En ese momento supe que había abandonado los sesenta y siete años, y una maliciosa forma de ser de años anteriores había vuelto. Eudora se detuvo. Con ese vestido amarillo crema parecía un poste clavado en el asfalto. Su desconcierto fue mayor cuando levantó la vista y en la ventana del café detrás de mí vio el perfil de Katherine.

—Por favor, no escribas nada de esto. —Mi silencio fue una respuesta incómoda—. Ella te lo dijo, ¿verdad? Creí que ninguna hablaría. Si lo vas a escribir, por lo menos hazlo con la justicia que merece ese momento. ¿Aunque tú crees que importemos tres escritoras culpables de desconcierto?

Estaba nerviosa.

—*Desconcierto* —enfaticé su palabra—. Permitir que alguien se ahogue es otra palabra.

Eudora endureció la quijada. Imaginé que ese rostro severo y lastimado seguramente se manifestó cuando su gran amigo del pueblo, su amor de juventud, le escribió desde Italia que ya no seguirían juntos.

—¿Qué tal si nos vemos más tarde? —le propuse como una chantajista profesional.

—Será mañana —me dijo seca.

Nos veríamos en la puerta de la iglesia de San Patricio y de ahí caminaríamos a algún sitio, le dije. Era ingenua convocando el peso moral de una iglesia.

—En el Museo de Historia Natural —reviró decidida e intentó no mirar a la ventana, por si Katherine levantaba la cara y las dos tuvieran que asumir que yo conocía su secreto.

Fijamos las tres de la tarde y dándonos la espalda partimos cada quien para su lado. Había sido afortunado encontrarme con Eudora, porque era más cómodo caminar de cuarenta y seis años. El paso más brioso ayudaba en el calor de agosto. No iba a regresar hoy a mi tiempo ni a mi casa. No tenía ganas de visitar mi escritorio, como dice Seamus Heaney que hay que hacerlo. Los escritores aferrándonos a las argollas de la experiencia de otros.

No podía andar con esos zapatos. Venía de la era del calzado diseñado para ser confortable. Las piernas eran las sacrificadas. Apenas podía imaginar las piernas de Katherine retratadas dieciséis veces, y los mismos pares de zapatos de regalo. No podía más con los tacones azul celeste que jamás me hubiera comprado en mis cinco sentidos, aquí en el anonimato me resultaban tan graciosos como incómodos. Me recargué en el pequeño árbol en la vereda de la acera y los desprendí como calcomanías que el sudor adhiriera a la planta de mis pies. Temí que tal desacato me llevara a donde había que escribir *sin prisa y con desesperación*, según Karen Blixen, alias Isak Dinesen. Un escritor es el nombre que decide tener. Un escritor finalmente también se inventa a sí mismo.

La sombra de aquel pequeño sicomoro me llevaba por los meandros de lo que estas tres mujeres y yo teníamos en común. Escribíamos. Y eso nos emparentaba mucho más con los hombres que escribían que con todas las mujeres. Quizás ser escritor es una especie. Vengo del tiempo en que *escritor* significa escritora y escritor, y no puedo desperdiciar palabras para explicarlo. Por lo menos no mientras pienso. No regresé a escribir *sin prisa y con desesperación*, frase que aún me cuesta digerir, sino que me quedé atada al sicomoro pensando cómo pasar el tiempo hasta las tres de la tarde del día siguiente, cuando me vería con Eudora. Se prepararía para una confesión, yo para otra cosa. Así que miré mi bolsa y decidí gastarme los dólares de mi monedero rojo en el Oyster bar del Plaza. Resolver dónde dormir resultaba mejor con los cuarenta y seis años de Eudora puestos. Caminé descalza unas cuadras y luego no tuve más remedio que calzarme los tacones azules. Porque la alternativa de comprar unos zapatos bajos, que descubrí en uno de los escaparates de la 59, mataban la posibilidad de las ostras. Enfundada nuevamente con el calzado azul bebé, caminé la última cuadra hasta la entrada lateral que llevaba directo al restaurante. Elegí la barra. Una barra es una trinchera. Desde ahí se otea el mundo, se distingue al enemigo y al aliado. El barman siempre corresponde a lo segundo y permite una conversación sin futuro. Pedí el surtido del día y una copa de chardonnay —el espumoso reventaría mi presupuesto— y le dije: «Hola, Harry», pensando que se acordaría que había estado ahí con Carson.

No sé si por Capote me enteré que a la baronesa Blixen solo le gustaba comer ostras y vino blanco. Yo hubiera querido esa excentricidad para mí. Tal vez cuando llegara a la edad de Blixen. O si conquistaba a un barón o a un duque. Un hombre de negocios. Pero lo mío no era el tino práctico. Siempre quería gente con proyectos creativos, audaces, que despellejaban el alma, que ponían al sol la sensibilidad, no para que se secara, sino para que ondeara vaporosa. Todos, incluida yo, bastante inútiles para hacer dinero. Ciertamente no podría ser ese mi horizonte alimentario. Aquella docena grisácea, lúbrica y fresca me convocó al ritual de tomar la aspereza de la concha, acercarla a la boca y contrastarla con la resbalosa carne marina.

La última vez con Carson no las pude terminar. Inventé que me había sabido mal la que escupí en mi mano y que desconfiaba de la frescura y, ahora, en la forma de la concha, retándome a tomarla, veía la lengüeta aquella que mi padre me mostró desde lo alto, aupada en su espalda. El pedazo de agua que se metía en el desfiladero para recibir a los clavadistas, a lo lejos la terraza iluminada donde la gente se amontonaba. Y nosotros subiendo del lado oscuro. «¿Alcanzas a ver la virgen?», me preguntaba mientras ascendíamos por el camino entre las piedras, cada vez más un muro recto: «No veo nada», contesté, antes de que él preguntara: «¿No oyes ladrar a los perros?». «Carajo, Claudio», dijo una voz más arriba de nosotros, «¿qué haces aquí con una niña?». Papá se detuvo. Miró hacia el clavadista que lo había reconocido y se quedó impávido, sin poder dar un paso más. Intentó curvar el cuerpo y agarrarse de una saliente, conmigo a la espalda. Cerré los ojos y su cuerpo tembló bajo el mío.

El de junto debió haber visto la lucha entre el deseo de comerlas y resistir la tentación. Y luego, cuando alcé la primera y la dejé provocar mi lengua, el triunfo del placer sobre el miedo, porque sorteó los tres bancos que nos separaban y me comentó: «Parece que están buenas». Había vuelto en mí. Su sonrisa diagonal era juguetona. Los ojos pequeños y achispados, el corte de pelo castaño impecable delineaba una cabeza con rostro ovalado y cuello brusco. Tomando la segunda concha y sin mirarlo, le dije:

—No pienses que te voy a convidar.

—Ni por un minuto. —Se rio y cuando parecía que un plato de ostras venía para él, lo deslizó frente a mí, añadiendo—: Pero yo sí.

Ahí empezó el resto de la noche. En el elevador me pude descalzar, en su habitación frotó mis pies con una crema que calmó su protesta enrojecida. Luego ya no fui yo, sino la mujer del bar perdida en carnes con aquel abogado de Pensilvania que dijo llamarse Brian y al que le correspondí con un «Yo, Lucinda».

Cuando la insolente luz del amanecer neoyorkino me dio en la cara, de él solo quedaba una nota en la almohada contigua: «Oyster Lady, solo llama para el desayuno, te lo subirán a la habitación. Mi tren salía temprano».

Al pie de la cama, el par de zapatos de azul recién lustrado me esperaba.

31

No sé para qué vengo a verte. Yo ya escribí una novela que tiene que ver con un sordomudo al que le hablan, aunque él ni siquiera escucha. A todo mundo le da consuelo expresarse, decir algo que no pueden gritar al mundo, que no pueden decir en otro lado que no sea frente a ese rostro, aparentemente candoroso, que recibe las palabras. Pero yo tenía veintitrés años cuando escribí aquella novela que se llamaba *El mudo* y que salió como *El corazón es un cazador solitario.* ¿Y, qué te voy a decir a ti, Beth?, tú lo sabes. Tú me conociste justo cuando yo había publicado ese libro que me hizo famosa de pronto y, cuidado, quiero prevenir a los jóvenes contra el éxito temprano. Entonces no estoy muy segura para qué vengo aquí, a lo mejor para recordar que, aunque me falle la salud, mi cerebro piensa, escribe, echa a andar una maquinaria, como estos días en que he estado con Tennessee adaptando mis novelas a teatro y empezando de cero una obra de extraño nombre: *La raíz cuadrada de lo maravilloso.* A veces, cuando mi mano no puede escribir, dicto a una máquina que graba. Pero no es igual escribir dictando que escribir con la mano en el cuaderno, en la máquina. Se piensa diferente. Se organizan las ideas con mucha más precisión porque hay una superficie, como si fuera un mapa, que las ordena en el espacio, que traza una cartografía. En lugar de que retumben caóticas como cuando estoy contigo, hablándote, viendo tu delgadez, la manera en que envejeces, aunque no te des cuenta. Ya no eres la chica del lago. Ya no eres la chica de la toalla amarilla, la de los textos inconexos. La que nadie nombramos, la que tratamos de descifrar, mientras nos evitamos. Venirte a ver es uno más de mis penduleos en la vida. Penduleo entre la salud y la enfermedad, la que me tiene aquí sin poder mover la mitad del cuerpo, sin poder moverme ya mucho. Tercer derrame cerebral. ¿Cuánto más viviré?

Dostoyevski también dictaba porque no le daba tiempo de escribir, tenía deudas y un libro que acabar de prisa para la paga. Luego se casó con la secretaria a la cual le dictaba *El jugador*. Lo entiendo perfectamente. No me voy a casar contigo porque ese es otro de mis penduleos. Hombres, mujeres, hombres. Un solo nombre: Reeves, mi marido, mi no marido, la vida y la muerte. Mi intento de suicidio. El suicidio de él. Penduleo del sur al norte. De la libertad de la escritura a la esclavitud de un cuerpo enfermo. De un corazón que le es leal a ese amor primero, de alguna manera, al que la fatiga ha drenado. Es peor que la ley de gravedad, que la atracción de los planetas, que los opuestos que se repelen. Entonces no sé qué idea vengo a resolver aquí frente a ti. Con Tennessee

Williams podríamos escribir en cada extremo de la mesa de su casa en Nantucket, él en una obra nueva y yo tratando de adaptar *Frankie y la boda* a una obra de teatro. Necesitaba al experto, sobre todo al amigo.

Escribir teatro no es mi mejor momento. Es como si yo hubiera dado mi resto mucho antes. Casi cuando empecé. Yo soy la balada del café triste. Ya no puedo con el placer solitario de escribir. Necesito de otro, de otra. También siempre necesité de Reeves para leerle mis textos y que opinara, para que me diera seguridad. En la residencia, no quisiste acompañarme, pero yo iba con frecuencia al bar del hotel Estados Unidos. Me sentía un poco Hemingway, allá en el Floridita, escribir y luego cargar pilas. Así es la cosa. Pero ahora dicto, escribo desde la boca. Tal vez escriba sobre mi vida porque algo me dice que el vaso se está quedando medio vacío. No nací con el vaso muy lleno de ninguna manera y me gustaría tocar el piano de nuevo. Volver a soñar con ser la pianista que quería ser. Tal vez eso es lo que tengo que escribir, del piano, el piano y la imposibilidad de tocarlo cuando ya decidiste que eso es lo que quieres hacer con tu vida. Un diálogo a solas con el instrumento. «Too late», me diría Capote.

Te ves tan blanca como las sábanas que te arropan. Pareces un cuadro de Hopper. Apenas una luz que traza un triángulo sobre tu cara o sobre tu hombro. Y yo aquí, no por culpa, porque volví a la residencia muchas veces después de tu desaparición y, aunque decía que no te iba a buscar, siempre te buscaba. Eras una historia que escribir.

Notas para una biografía de Lavinia Melín
Las pistas de un crimen

Cuando Lavinia Melín leyó *El corazón es un cazador solitario,* al que se sumó en aquel verano de estudiante *La balada del café triste,* le asombró enterarse de que su autora solo tenía veintitrés años cuando lo publicó. La había descubierto en la biblioteca de la universidad, en aquella mesa de escritores sureños. Carson McCullers era una chica blanca de Columbus en Georgia.

Supo que Carson McCullers en realidad se llamaba Lula Carson y que el apellido venía del marido, Reeves McCullers, porque así se usaba en Estados Unidos, si no sería Smith. Inventar el nombre era también una ficción. Tal vez cada libro que escribía la inventaba un poco como autora. De Carson, por vía de William Faulkner, cuya *Luz de agosto* era de sus novelas favoritas, deslizó el dedo en el mapa y pasando por Oxford llegó a Jackson, Misisipi, porque ahí la llevaron los cuentos de Eudora Welty. Los cuentos siempre eran heridas de engañosa costra. Nunca acababan de decirlo todo. Se parecían al misterio de la vida. La señorita Welty no se había casado y tuvo que volver a su casa natal cuando su padre murió. Su nombre no lo cambió, más bien fue elegido para llamar Eudora al primer programa de correo electrónico en la computadora. Lavinia supuso ser de las pocas que recordaban ese detalle. Un lector de ella, que conocía el cuento sobre el cartero y estaba metido en la tecnología, bautizó así al programa de correo. Le resultó un guiño para ella, que leía a estas mujeres del sur de Estados Unidos. Si de leer mujeres que ya hubieran publicado en los cincuenta se trataba, estaban sus paisanas Elena Garro y Rosario Castellanos, Amparo Dávila, Inés Arredondo, Nellie Campobello y la muy olvidada Guadalupe Dueñas, que a ella le gustaba mucho. Pero a ellas las descubrió después del amor por el río, por Jimmy y por la escritura. Les había reconocido una mirada y un uso del lenguaje que no se podía desdecir de la herencia de piedra, de la solemnidad de los dioses de un mundo cribado por el castellano que no borró las raíces antiguas. Había una cierta condena implicada en los destinos de los personajes de los cuentos y novelas de estas mujeres.

La identidad. Lavinia a veces dudaba si la escritura tenía nacionalidad. En una presentación fuera de la Ciudad de México de aquella novela suya cuya trama ocurría en otro país, un asistente furibundo le reclamó y dijo que él no iba a leer algo que no sucediera en su país. Eso le hizo pensar en su pertenencia o en su falta de pertenencia. El desconcierto era similar a cuando ganó un concurso y alguien del jurado le contó que al leer su manuscrito habían pensado que era hombre. Ella no pensaba que se escribiera desde una circunstancia biológica, pero le intrigaban las maneras de capotear la vida siendo mujer y escribir y hacerse de un nombre. Detrás de la escritura reconocía la circunstancia, el cuerpo, la zozobra de quien había ordenado el mundo para caminarlo. De un tiempo acá, le había dado por hurgar en los procesos y momentos en que el texto y el autor tienen un pacto íntimo, delicado y también turbulento.

A Lavinia le había gustado ponerse en el pellejo de gente común y corriente, de pequeños poblados insulsos del sur de Estados Unidos: vendedores de seguros, una pareja de bebedores, un periodiquero, una niña que aprende piano; leyendo a esas dos escritoras hasta que por el mismo mapa, recorriendo ese sur estratificado, esclavista, católico, protestante y santero, se topó con Katherine Anne Porter, a quien poco se leía en México a pesar de que sus cuentos habían nacido de la experiencia mexicana, del asombro y la intención de comprender quiénes y cómo éramos aquellos que le proveímos de material para encontrar una voz literaria. Nacida en un pequeño poblado de Texas, con una vida nómada, había sido aguerrida y aventurera. Se dejó el apellido del padre y no el del primer marido que la maltrataba, aunque el padre no levantó cabeza después de enviudar. Si acaso la autora encontró un nombre alterno, Miranda, en sus cuentos.

Lavinia se deleitó al saber que las tres sureñas habían vivido en Nueva York largas o cortas temporadas. Nueva York les era necesario, era preciso salir del pueblo chico.

Porter, la mayor, había publicado en la década de los veinte; Carson, la más joven, en los treinta; Eudora en los cuarenta. ¡Y las tres habían coincidido en la residencia artística de Yaddo en el norte del estado de Nueva York! Eso afianzó la fraternidad de Melín con las muertas, la curiosidad que sentía por ellas porque ella también había sido aceptada para pasar un mes de primavera escribiendo. Conocía el lugar. Con sus años, la curiosidad biográfica había ganado terreno. Valoraba las vidas ajenas de esas mujeres, aunque no sabía qué hacer con esas curiosidades en el ocaso de la imaginación. Repetirse, aburrirse de ella misma era un peligro en la vida y en la escritura. Sacó su cuaderno de notas y trazó un cuadro. Lo llenó con los nombres, las fechas de nacimiento y muerte, lugares, coincidencias de las tres escritoras, como si estuviera siguiendo las pistas de un crimen.

Entonces fue que se le ocurrió.

32

Katherine siempre se ha mudado con sus discos. No bastan los libros, los cuadros, algunos muebles. La música es indispensable. Mira por la ventana, otra vez Nueva York, siempre Nueva York. Tal vez es imposible desprenderse de la escena, como si se perdiera de algo, como si dejara de salir en la foto. Alice Raveau a todo volumen en *Orfeo y Eurídice.* Siempre le había gustado el reclamo doliente de Orfeo: «¿Qué haré sin Eurídice?», quien horadaba su cuerpo, un empaque resistente, con todo y la influenza y esas continuas afecciones respiratorias. Tal vez México con sus preguntas, con su acento del sur de la frontera en un inglés correcto, casi escolar, había desempolvado los recuerdos. Ella que se ufanaba de vivir en el presente y no mirar atrás porque, si se le ocurría hacerlo para comprobar que no se le escapaba o se atoraba en él, la vencía entre lo perdido y lo inacabado, entre los muertos y las casas que había ido dejando agónicas, con los maridos y amantes que la desecharon o que ella despidió. Tanto pasado doblaba el cuerpo como el zacate bajo el viento del desierto. Ahí en el desierto de Mojave, donde también se le había ocurrido comprar casa, de adobe, encantadora. Pidió una hipoteca, firmó un contrato y luego «Disculpe, aquí no me quedo». Demandas, los abogados la libraron lo mejor posible. Quizás su divisa era *aquí no me quedo.* Quizás la culpa la tenía el poeta, ese guapo nicaragüense, un dandi de las letras por quien perdió piso a sus treinta años en la Ciudad de México. El embarazo, un hijo era el ancla que hubiera necesitado. Aunque quién sabe.

Pero ahora que México había aparecido para recordarle esos años de ilusión aceitada, de mirada ingenua y mucho deseo, y una tajada de futuro ancha como desembocadura del Misisipi, le cayó el peso de las mudanzas. La anegó la tristeza de Orfeo por haber perdido a tantos Eurídices en el camino. Su error fue confiar en que ahí seguían, aunque de verdad no quería que vinieran tras ella. Los quería fuera de sus días, pero no de su vida. Siempre necesitaba aire, y el pasado era un ancla con su cuota de nostalgias. Ay, por qué viniste a remover el pasado, México. *Che farò senza Euridice?* El italiano resultaba tan desgarrador. Una suerte que la lírica de la ópera no se traducía para cantarse. Estaba concebida para el molde de la lengua en la que surgía. Eso creía. Un hijo con el cretino de Samuel hubiese sido un pretexto para una casa fija en algún lugar. México, Nueva York, Managua, París, Los Ángeles. Con Erskine habían tenido esa acogedora casa en Baton Rouge, tapizada de libros como era propio de una escritora y un editor. Disfrutaban ese gran comedor para recibir gente. Una buena casa. Pero no bastaba, ni la juventud de ese hombre culto ni la estabilidad del espacio y lo enriquecedor de las vidas llenas de gente interesante. La residencia como respiro, siempre, y luego la casa de South Hill en Saratoga. Cuando la compró estuvo segura que ahí se quedaría el resto de su vida. Once habitaciones, victoriana, porche espectacular, sótano y buhardilla. Le dieron un buen precio, hipoteca, préstamos. Empezó a pagarla. Los adelantos de los libros se destinaban al pago de la casa. Qué ilusión. La empezó a habitar, pero el invierno congeló las tuberías y las reventó. Cómo repararlas, cómo hacerla vivible. La casa siempre era una ficción más grande que sus posibilidades reales o su deseo más profundo. A lo mejor Eurídice era en realidad su madre; había vivido sin ella, sin su regazo y su abrazo y su voz y sus manos peinándola. ¿Cómo? Su abuela había sido un parche cariñoso para esa carencia, y se aferró a ella como a un mástil en la tormenta. Y la abuela murió, y ella era todavía una niña. Papá no era una casa. Papá era un hombre devastado por la viudez y sus hijos sin madre. Y aquí y allá, con familiares, en internados. Por supuesto que tener una casa suya era un motivo de vida. Pero desistió de esa compra de Saratoga. Adiós. Tampoco volvería con Erskine, que la visitó en la residencia y se solazaron en su mutua compañía. Lo suyo era hacer maletas. Once para la casa del desierto, un poco menos para Los Ángeles, cuando trabajó los bien pagados guiones. Quizás las maletas eran la casa, las Eurídices donde se acumulaba el pasado que siempre la acompañaba. En realidad, si mirara el camino recorrido, perderlas importaba poco porque eso era lo que deseaba: abandonar el peso de su propia vida e inventarse con un nuevo amante... o un nuevo libro. Eurídice era Miranda, ese personaje hecho de ella misma. *Pálido caballo, pálido jinete.* Las guerras, la epidemia. Cómo iba a querer que la acompañara con su ominosa circunstancia. Ahí estaba su alumno... veintisiete años, ella cuarenta más, justo cuando se había dicho no más amores. Si eso no era ser un ave fénix, no podía suponer qué era.

Estiró las piernas en la cheslón, la bata de satín azul acariciaba su cuerpo. A Gene le había dicho que quería una de color humo porque adoraba ese color. Le regaló en cambio un perfume Molinard. Qué daría por tener todavía aquel aroma de lavanda tan amigo de su piel. París había sido un destino pasajero, una casa del glamur. Un sueño que había habitado con frecuencia. Imposible escribir en París. No era posible encerrarse en una ciudad tan bella, aunque Gertrude Stein sí lo lograra. Bueno, llenaba la casa de gente. La muy ladina fingiendo no saber quién era ella cuando envió a aquel amigo para que lo recibiera en su mecenazgo intelectual. Un escritor joven. Una casa siempre suponía un dinero como el que no tenía, como el que su nuevo editor le pagaría cuando acabara la novela, con la cláusula de que se abonaría poco a poco para que no se le volviera a ocurrir lo de la casa, mejor ropa, mejor cuadros, joyas. Compraría ese anillo de esmeralda que siempre había querido. Alice Raveau desgarró el aire en la penumbra de la tarde, que pardeaba, no encendería las luces. Estaba en deuda con ella misma. Con la no escritura. Con esa novela que se pobló como el barco de la desventura y la tragedia antes de la Segunda Guerra Mundial, de alemanes, mexicanos, españoles, cubanos viajando de México a Alemania en busca de sus felicidades, una Alemania que ya esbozaba la crueldad insólita que nadie acababa de comprender y de la que querían escapar. El nazismo. En la novela siempre importaban los individuos, y un barco, donde el encierro era una condición, produciría las conversaciones inevitables, los roces, las visiones de un mundo a la deriva. Lo tenía en la cabeza y muy poco en papel. Y cuando se asomaba a las páginas escritas para retomar la historia, una fatiga, una sensación de despropósito, de no creer en su mundo de palabras porque quería escribir una gran novela, ella a quien el cuento se le daba con naturalidad; ver el mundo en episodios reveladores la poseía y encadenaba a la inacción. Eurídice era su novela. Cerciorarse de que seguía ahí la hacía perderla cada vez.

33

El problema de tener cuarenta y seis años otra vez era que miraba desde mis sesenta y siete, lo cual me hacía difícil pensar lo que a esa edad ocupaba mi cabeza. A lo largo del tiempo se quedan detalles y momentos anclados por algún tipo de emoción. No son fotografías sueltas, sin embargo lo que pensábamos entonces sobre esto o aquello entra a la licuadora de una forma de entendimiento, llamémosle sabiduría. Todo ello para sobrevivir de la mejor manera. En la escritura se naufraga también. Me pasa ahora.

Rara vez hay ahogados resucitados. La palabra *sobrevida* no es lo suyo. Ellas podrían escribir de la ahogada tal vez, pero las implica. Sobre todo ahora que, desde su estado vegetativo en una cama, solo las confronta con los párpados cerrados, como escultura de Jaume Serra. Un día podría despertar y denunciar su ineptitud, que la olvidaron en ese momento y también después, para conservar un nombre limpio o para que las conjeturas les dieran un pretexto de escritura. Lo inexplicable siempre es un acicate. Los muertos de mi ciudad no son muertos de agua. Podría escribir del niño que se ahogó durante las clases de natación en una escuela. No lo advirtieron los responsables. Pero no puedo escribir de desgracias infantiles. Los dientes de una sierra me parten en dos por el esternón. Los niños y su dolor... No puedo con ello. Mucho menos si es por una guerra irracional como las que siguen sucediendo en este tiempo. No puedo escribir de los niños violentados. Escuché a Hiram Ruvalcaba leer un cuento. Un cuento valiente, pero el dolor me cercenaba mientras aquel padre apretaba contra su pecho al bebé acartonado. Nuestros muertos de agua son borrachos que se enfangan en los canales de Xochimilco. También hay muertos en el Canal Nacional, donde todavía está abierto al cielo. Pero los muertos flotan. También ellas creían que Beth debería flotar después de unos días, inflada por los gases de la descomposición. Se les zafa un zapato y sube a la superficie, pero Beth llevaba el traje de baño que se hundió con ella. Los desaparecidos de mi país no lo hacen en el agua. Mucho menos en ríos como el Misisipi y el Hudson. Cuando las muertas y los muertos aparecen son fiambres descuartizados ocultos en bolsas de basura, como desechables ataúdes negros; ni siquiera la dignidad de flotar como Ofelia, muerta de amor por Hamlet, les es concedida. Son huesos en el desierto, bien lo decía Sergio González. Son cuerpos apilados en fosas que nadie busca. Son madres aterrorizadas por sus hijas que no volvieron a casa, por sus hijos levantados y que no salen a flote en los lagos ni en los pantanos ni en los mares del litoral. A veces ni en las noticias. Nuestros muertos son de tierra, se pudren sin que nadie lo note, hechos pedazos o enteros, y por ahí una playera, un listón de pelo, un arete, montañas de zapatos son los rastros de esa vida.

No puedo escribir de algo tan inexplicable como no saber el paradero de una persona. Una amiga que conocí la primera vez que puse un pie en Madrid dejó de escribirme, y nadie responde al timbre del teléfono. Me inquieta no saber su destino, si darla por muerta y colocar el pésame en sus deudos y recordarla con cariño, o si molestarme por esa violenta manera de irse de mi vida sin decirme «Ya no quiero verte ni saber de ti». Pero no es una muerta ahogada en el Manzanares ni en el estanque del Retiro.

Los patos de Central Park hunden sus cuellos en el frescor del agua para presumirlos como bufandas verde tornasol que brillan al sol. Se irán en invierno para regresar a pasar un verano en la urbe. Nuestro empeño más elemental es darwiniano. Sobrevivir. Si acaso legar nuestros genes más aptos para la continuidad de la especie. Pero escribir es también sobrevivir, es una protesta contra el paso del tiempo. Me quité los zapatos azul celeste y husmeé la huella de las manos del amante furtivo que los acarició. Entonces pensé que unas manos por sí solas, aunque no sepas nada de la vida del que las lleva y las usa, pueden prodigar consuelo y placer. Qué gesto tan dulce la caricia de los pies. Me levanté la falda hasta la rodilla y todavía más para espiar mis muslos. Total, en esa banca con los muchos que pasan, con algunos que han dejado la cabeza en alguna guerra, nadie se espantaría de una mujer que vino a asolear la blancura de sus extremidades. Las vi, azorada por su firmeza. No tuve conciencia en esos años que mantenerlas firmes significaba un trabajo, una inversión de movimiento y fuerza. Las di por un hecho. El cuerpo entonces era una virtud que yo no había solicitado y que me respondía bien. No solo para moverme, sino para portarlo con cierta presunción, aunque me afligía el volumen de mis muslos. Si hubiera podido tener la mirada que tengo hoy, me hubiese embarrado los vestidos sobre una cintura breve y un torso liso. Menos mal que mi vestido de época denotaba la cintura, porque la moda es de falda amplia, lo que me sería muy conveniente en el tiempo del que vengo.

Esa cojera que contrapunteaba el bastón, su figura esbelta y más desaliñada que el común de las mujeres paseantes la delataban. Carson caminaba en dirección a mi banca. Ella no me había visto pero, con el brusco movimiento de mi falda para tapar las piernas, advirtió mi presencia y se detuvo.

—No te bastaron las carreras de caballos. ¿Me estás siguiendo?

Casi no la escuché, me preocupaba la transición de mi fisonomía que tenía que colocarse diez años atrás.

—¿Tú crees que no te vi las piernas? Fuertes. No te estoy coqueteando. Desde que las mías son bastante inútiles, me fijo en las ajenas. Me fijo más. —Se rio y se sentó a mi lado, respiró, por unos minutos pareció honrar la quietud—. Las dos venimos del sur y aquí estamos en este parque del norte. ¿Viniste a cazar mariposas? ¿Crees que aquí están las ideas flotando en las veredas?

Miré mis manos con alivio. Ni una mancha, las venas sumergidas como peces abisales. El callo de mi dedo índice engrosado por la escritura manual desde la escuela me confirmaba que sí era yo en ese cuerpo. Tenía ganas de espiar de nuevo mis piernas. Las miraría como si fueran las de otra pero estaría muy orgullosa de saberlas mi sostén. Para ello requeriría que McCullers siguiera su camino pero entonces quizás ya no retendrían los treinta y ocho años en que me había colocado. Se desplomó y el bastón cayó al piso. Al levantarlo advertí que el vestido me quedaba más suelto. Como un batón. Después de dar a luz, había recuperado la dichosa cintura, como si fuera un trofeo. Tienes cintura, no tienes cintura, la pierdes, nunca la tuviste, cuerpecito de boiler, de reloj de arena. Tan sobrevalorada como la virginidad en otra época. *Meterte en cintura* es ponerte en orden. Ceñirte a los apretados límites.

—Lo bueno es que no escribimos con las piernas —pude por fin contestarle.

—Pues tú podrías.

—Si fuera bailarina mi caligrafía podría ser interesante —le seguí el juego.

—Sí, cabeza es todo lo que se requiere. Y que no haya una guerra que te la haga papilla.

Sabía que estaba pensando en Reeves. Cómo antes de la guerra era uno y cómo regresó voluble, irritable, deprimido. Lo habían herido en Normandía, luego en Inglaterra en 1944 y, al año siguiente, lo relevaron por razones médicas y lo reasignaron al campamento Wheeler en Georgia. Volvió a Inglaterra como capitán, luego quisieron vivir en Francia juntos.

—Virginia Woolf exploró ese antes y después de la guerra con Septimus Warren, el poeta que volvió de la guerra —dije.

Los escritores podemos hablar de los personajes como si fueran conocidos de uno. Referencias comunes.

Había hecho una mala ecuación Reeves-Septimus. En *La señora Dalloway,* Septimus estaba casado con una sombrerera que vestía cabezas. O las contenía. Las disfrazaba pero no pudo hacerlo con la de su marido, que recitaba versos en las bancas de Hyde Park para conjurar a aquel soldado que se le aparecía herido. Chamuscado. Medio cuerpo.

—¿Sabes qué? —le dije mirando a los paseantes—, me gusta la expresión que tienen ustedes: *out of your mind.* Fuera de tu mente, así no lo decimos en español pero qué perturbador resulta afirmar que no estás ahí. Como si tu mente y tú se disociaran, y ella hiciera lo que se le pegara la gana. ¿Pero dónde queda uno?

No sé por qué me había dado por hablar de la locura, de los desaciertos mentales con quien había estado viviendo a la vera de ellos. Cuando la guerra terminó, Reeves y Carson se volvieron a casar y se embarcaron a París, pero un año después volvieron los dos en camilla: el segundo infarto cerebral había paralizado su lado izquierdo, Reeves padecía *delirium tremens.* Luego estuvieron un rato en Nueva York y, cuando ella no aguantaba, huía a la residencia o a Nyack con su madre y hermana, luego quisieron comprar casa en Bachivillers, cerca de París. Y cuando la vida parecía mejor, ella regresaba a su país. Sobre todo porque le había propuesto suicidarse juntos. Vaya egoísmo. «Me perteneces hasta la muerte, hagámoslo juntos. Salto al vacío. La muerte no nos separará». ¿Habrá pensado todo eso? Pero si Carson había librado los diversos derrames provocados por la fiebre reumática de infancia, si su vida no podía ser muy larga, como yo ya lo sabía, ¿por qué se iba a adelantar? Ella tenía libros por escribir. Reeves ni siquiera lo volvió a intentar. Sobrevivir o suicidarse. La noticia de su suicidio le llegó a Carson a través del océano; debe haberle clavado un dolor tan intenso en el alma que agudizó el sarcasmo como escudo para seguir andando los días sin el hombre al que amaba de manera viciosa, encadenada e inevitable.

Yo había escogido a un músico y luego a un pintor para compartir la vida. No le veía a ninguno madera de suicida. Amaban la vida. Y no les había tocado ninguna guerra. No estaban fuera de sus mentes.

La vida de Carson me había colocado en la fragilidad del organismo. Me empezó a preocupar lo que significaba fisiológicamente que mi cuerpo volviera a producir estrógenos, que el pelo oscureciera brillante, que las glándulas mamarias fueran más glándulas que grasa, que los párpados se abrieran sin cortinajes torpes. Necesitaba explicaciones lógicas. Venía de la ciencia. Causa y efecto. Me estaba volviendo muy aburrida. ¿Y si me daba cáncer por volver a producir estrógenos y luego bruscamente dejarlo de hacer? A lo mejor regresaba con ideas para escribir y mi cuerpo, una piltrafa sin energía para que, aunque recuperara las historias y las palabras y la lógica y la intuición y lo impredecible que sostenía a una novela o un cuento, pudiera sentarme a escribir: con las manos y los ojos y el cuello y la espalda.

Me levanté deprisa.

—Me tengo que ir —dije preocupada. Era verdad, Eudora me esperaba en la puerta del Museo de Historia Natural. Y me echaría ocho años encima dentro de unos minutos. La vi partir. Me subí la falda y espié orgullosa mis dos recias columnas antes de que Carson desapareciera del horizonte.

34

Eudora abrió la ventana que daba al parque y colocó en el alféizar la mascada azul que llevaba atada en la cabeza. De una bolsa grande de papel estraza, como Mary Poppins, extrajo diversos paquetes, cada uno envolviendo un embutido distinto: salami, pastel de ternera con trozos de aceituna, jamón curado, pastrami, queso suizo, mostaza de Dijon y un frasco con pepinillos agrios.

Aquello era un banquete donde apenas cabíamos sentadas una frente a la otra con la espalda medio recargada en el marco de la ventana y las piernas colgando hacia adentro. El alféizar era suficientemente ancho para que hiciera de mesa y asiento al mismo tiempo y nos acercara al verdor de Central Park. Me contó que su amigo el paleontólogo trabajaba ahí y que le había prestado la llave de su cubículo ahora que estaba en trabajo de campo. Al entrar a las oficinas del Museo de Historia Natural, había dicho que ella le estaba ayudando a Andrew Wyss con la transcripción de unos documentos. Hallazgos fósiles en el desierto coahuilense en México. Tal vez yo sabía de los hallazgos de unos huesos de mamut, me preguntó Eudora.

—Qué va —contesté, disimulando que incluso conocía el Museo del Desierto cerca de Saltillo, que fue creado décadas después, y una tienda donde compré fósiles de la región.

—Lástima no estar enterada —pretexté—. Qué gran amigo que te convida su espacio de trabajo para que escribas —dije con el pepinillo en la boca porque disfrutaba enormemente el sabor avinagrado mezclado con el eneldo.

—Aquí muy cerca está la delicatesen, donde venden todo esto.

—Me quieres sobornar —la destanteé.

Se quedó callada, con la vista recorriendo las copas de los árboles como si estuviera frente al mar. Aunque ella era mujer de río y de viajes, estaba anclada a la casa de Pinehurst, en Jackson, porque su madre requería de sus cuidados y compañía.

—Aquí puedo escribir a veces —me confesó—, cuando estoy en Nueva York. Visito a mi agente, después de trabajar cenamos y nos emborrachamos un poco.

Vertió un poco de vino tinto en uno de los vasos que su amigo guardaba abajo de la estantería del café.

—Supongo que no bebes —me dijo sarcástica cuando vio mi mirada atenta al color borgoña. Sacó otro vaso—. Solo que esto no debe estar en el alféizar. La única advertencia de Andy fue no poner nada de cristal ni filoso que pueda caer sobre alguien.

Tomé el trozo de pan de centeno para acompañar la profusa selección de Eudora, le puse un poco de mostaza y luego las carnes. La servilleta de papel voló discreta, como si nos advirtiera que los tres pisos de aquel cubículo del Museo de Historia Natural, que servía de restaurante privilegiado, tuvieran sus bemoles.

—Hay que tener cuidado —me insistió.

—Eso digo yo.

Pensó que me refería a sus visitas a Beth. Porque, molesta, dijo que si quería preguntarle algo. Ya no miraba el horizonte con la cabeza gacha, parecía concentrarse en las incrustaciones verdes de aquellas rebanadas de ternera con aceituna.

—Quiero saber cómo fue tu comienzo. Eres una escritora reconocida ahora a tus cuarenta y tantos años. Pero siempre se comienza por algún lado y creo que en tu país es diferente al mío.

Dio un trago largo al vaso con vino, como si sintiera alivio por no tener que explicar qué era ver a una chica en estado vegetativo en una cama de un hospital y saber que la última vez había sido entre risas junto al lago de la residencia artística. Un suspiro precedió a su respuesta.

—En 1936 yo tenía veintiséis años. Y ese fue mi momento de despegue. Había intentado publicar algunos cuentos antes, sin suerte, el de la revista escolar no cuenta. Pero ese año estaba yo aquí en Nueva York, que es mi segunda piel. Toqué puertas en una galería fotográfica y para mi sorpresa al dueño le gustaron mis fotos y tuve una exposición. Porque lo mío era la fotografía, ¿sabes? Luego el dueño abrió otra galería en otro rumbo de la ciudad y me habló para decirme que quería que presentara trabajo nuevo. Yo retrataba gente en la calle. También la gente durante la Depresión. La gente es muy interesante. Tú lo sabes, tu escribes. Es como si la foto me permitiera sospechar algo de ellos.

Recordé esa foto de cuatro mujeres negras de perfil que llevan unas alas puestas, pues van a ir a una ceremonia religiosa. Es un cuento en sí misma.

—Pero ese año también —siguió como poseída por el recuerdo de lo que había sucedido casi veinte años atrás—, «Muerte de un viajante» se publicó en el número de mayo de la revista *Manuscripts.* Fue un momento extraordinario. Publiqué diez cuentos en un año, en diferentes revistas. Tú sabes lo que es eso para un escritor, era yo una fotógrafa y como escritora una desconocida, pero publicar en revistas es como sembrar. Vengo del mundo rural. Que una planta dé fruto toma tiempo. Y de pronto mis cuentos estaban creciendo, despotricados en *The Southern Review.* «Hombre petrificado» ganó el premio O. Henry, y aquellos cuentos fueron el material que reuní en mi primer libro *Una cortina verde y otros cuentos.*

Le serví vino cuando vi su vaso vacío. No pensaba interrumpirla.

—Perdona que te hable de mí así, exaltada. Lo bueno es que esta comida no se enfría. Pero nunca nada vuelve a ser como al principio. La primera vez que ves publicado el cuento que escribiste en tu solitario rincón en la casa donde creciste, donde tachaste palabras, donde volviste a mecanografiar la historia completa, titubeaste cuando la metiste a un sobre y la enviaste a la revista, sentiste el filo de un cuchillo cuando fue rechazada y de pronto alguien dice: «Me interesa»... Me buscó el editor de la revista para decirme que quería aquello que había rechazado. Era como si hubiera recapacitado o hubiera valorado algo diferente. Yo escribía del lugar que conocía: el sur, esos caminos de largas carreteras vacías, los caseríos donde la vida está suspendida, blancos y negros mezclados. Creo que escribía de los pequeños sueños que nos mantienen a flote.

Me gustaba oírla. Conocer los detalles: la cartografía de la escritora. Hubiera querido correr a abrazar a Capote, tomarme un martini con él, aunque no me gusten, para decirle que era maravillosa la oportunidad de hablar con las escritoras muertas. Conocer sus batallas. Recordé el panorama para una escritora cuando comienza (y a Katherine que insistía en que no quería que se le llamara mujer escritora, para distinguirla de *writer*, sin género en inglés, escritor, con género en español). Pensaba en los comienzos de cualquiera, sea escritora o escritor. La revista *El Cuento* que fundó Edmundo Valadés era caótica, salía cuando podía, pero recibía cuentos y uno tenía la esperanza de que entre aquellas obras —que si no hubieran sido traducidas de otros idiomas no las hubiera leído— apareciera el tuyo publicado. Ocurrió una vez. El cuento se llamaba «Contra natura», después lo bauticé de otra manera. A lo mejor escribir es *contra natura* porque le apostamos a la palabra para detener el tiempo, para que se repitan las cosas, para que sucedan con lentitud o velocidad; para hurgar en los detalles, poner una enorme lupa en el lunar de un personaje o en la manera angustiosa con que respira después de haber tocado de puerta en puerta como aquel vendedor de Welty.

—«Muerte de un viajante» me puso a la vista de lectores. Yo conocí al personaje de mi cuento. Un vecino era vendedor y vestía traje y corbata. Llevaba coche y, donde no se podía entrar, se largaba a caminar por caminos de tierra. Un día se perdió.

Los vendedores de puerta en puerta eran héroes de su tiempo, peregrinos contra viento y marea llegando a su destino. Una puerta, un maletín y un «No» o un «Sí». Seguramente una limonada. Pero había familia que mantener. Eso se había acabado, pero no podía revelarle el futuro, que era de donde yo venía. Por eso su cuento era todavía más conmovedor, lo escribió sin sospechar que algunos trabajos dejarían de existir. Congeló al héroe caminante con su dignidad implacable, muriendo en el frente. En su batalla.

—Es curioso en quién se fija uno desde muy joven, y siente curiosidad por un tipo de vida. Los viajes con John Robinson hasta Nueva Orleans, cuando vendía seguros, me dieron material para otras historias: «Los autostopistas», «Los primos del Delta». Eso fue después del libro. Las guerras hacen estragos. Aquellos amigos que nos reuníamos en los veranos cuando todo mundo regresaba desde sus diferentes universidades tienen que ver con que eligiera ser escritora. Nos reuníamos a ver florecer una cactácea que echa flor a la medianoche, una sola vez en el verano. Ese era el pretexto, esperarla noche tras noche, mientras oíamos música, hablábamos de libros, jugábamos. Yo adoraba el jazz.

—Y a John, un hombre guapo.

Me miró extrañada:

—¿Lo conoces?

Vaya torpeza la mía, había visto fotos en los libros sobre Eudora y me gustaba su sonrisa franca.

—¿No me lo acabas de decir? —Quise salir por la tangente.

—Ya estoy medio borracha y seguramente lo leíste en mis ojos, pues me encantaba verlo conducir a través de los caminos desolados del Delta. Ahora vas a leer mis cuentos espiando mi vida.

Nos sirvió a las dos el resto de la botella. El alféizar de la ventana era todo lo que nos separaba del vacío, el verde del follaje disimulaba el fondo marino. El hombre me desprendió de la espalda de mi padre que no decía nada. Me robaba, cómo iba a suponer que me salvaba del hombre encorvado y tembloroso, del que empezó a llorar. Pensé que la altura me había confundido y que mi padre era el que me llevaba en sus brazos y el de la voz, el que sollozaba en cuclillas. Entonces escuché el ruido de las piedras y di un salto hacia adentro antes de que me engullera el escarpado. Tiré el vaso de vino en el suelo y Eudora me reprochó.

—Eso era todo lo que había que cuidar.

Entonces fui mala:

—¿Vas a escribir de Beth?

Me miró perpleja, traicionada.

—Todo esto para nada —dijo furiosa mientras envolvía los restos de embutidos, los metía en su bolsa de Mary Poppins y apuraba el resto del vino—. Es hora de irnos, pronto vendrán a hacer la limpieza.

¿Por qué se había disparado mi lengua? Estaba lanzando anzuelos para tener un tema del que escribir en ese futuro que ella no conocía, porque a los cuarenta y tantos años me sobraban ideas y me faltaba tiempo entre el trabajo, el hijo y el disfrutar la vida. Capote parecía estar aconsejándome de manera turbia. Estaba haciendo lo que él hubiera hecho...

Con mi malevolencia había perdido su confianza y muy probablemente la posibilidad de vernos de nuevo.

35

No fue difícil darme cuenta de la coincidencia en el horario que las tres escritoras habían elegido para visitar a Beth. El lunch americano: las doce del día. Me vestí de blanco con una especie de chaqueta de manga corta cruzada hecha de algodón y una falda tableada que daba abajo de la rodilla y que me disimulaba entre los uniformes de las trabajadoras de la clínica del Hudson. Incluso el bolso que llevaba detenido por mi mano era de un tono pistache aséptico, así es que cuando llegué a la puerta aquel día y, con naturalidad, di la vuelta a la derecha frente al escritorio en recepción, sin estar segura de si me dirigía al ala de los pacientes, nadie me detuvo. El cinismo y lo caradura se los aprendí a Capote. Ese moverse como si el mundo te perteneciera y no fueras un huérfano de padre que no sabe muy bien en qué techo resguardarse, porque el glamur es fingido y la sofisticación con bufanda de seda, un aprendizaje tardío pero necesario. Pensar en Capote mientras caminaba por esos pasillos anchos y bien iluminados me daba fuerza para el fingimiento. Las habitaciones ocupadas tenían el nombre afuera. En México, el anonimato era preferible a que entrara un convoy y asesinara al que se las debía. Beth no le debía nada a nadie y pensé, sobre todo, lo que ya sospechaba. Subí unas escaleras y en el siguiente pasillo me crucé con un hombre que empujaba un carrito de acero con platos de comida. Paso firme, voy a lo mío, le digo «Buenas tardes», no me responde y yo camino hasta la puerta sin nombre, del costado que mira el río. Preferí esa vista.

Abrí la puerta precavida, por si estuviera ocupada la habitación y aún no hubieran identificado al enfermo. La cama de hospital, la mesilla a un lado, las cortinas que bloqueaban la ventana: todo era de un blanco nube que mareaba. Tuve la sensación de marchar entre la neblina al punto de no regreso. Corrí las cortinas: el sol atosigaba la corriente gris del río, y la otra orilla era apenas un hilo con relieve. Me descalcé deprisa. Saqué de la bolsa aquel antifaz de ojos, el cubrebocas blanco y la oculté bajo la cama. Sin tiempo ya de más, con solo la nariz por rostro, entré bajo las sábanas y me cubrí hasta la barbilla. Hundí la cabeza en la doble almohada. Entonces respiré el silencio como si quisiera forzarlo cuerpo adentro y pensarme incapaz de reaccionar. Cuando alguna de ellas entrara, porque ahora se cuidaba Eudora de no coincidir con Katherine y Katherine de no hacerlo con Carson, fabricarían a su propia Beth. Apostaba a la suerte, cuando escuché el ruido de la puerta al abrirse.

Temía que fuera Katherine la que llegara porque mi pelo permanecería canoso, tan distinto al de una joven de apenas veinte años como era la Beth de la residencia. Fue ella. La delató el arrastre tejano de su acento cuando me saludó con un «How are you, honey?». Apelé a su deseo de hablar y no de reconocer a Beth, cuyo nombre no aparecía en la habitación; tal vez podía escuchar una verdad, así que me dediqué a respirar con un ritmo suave, de cuarto blanco, de espera, de nada. Sentí el alivio de no tener que reaccionar. No era necesario ser amable ni indiferente. Supuse que se acercaba a la ventana porque algo dijo del ir y venir de los barcos, que su vida era así: de acá para allá, con domicilios distintos desde la muerte de su madre, su abuela, el padre colocándolos en casas de parientes en alguna ciudad de Texas, en un internado, hasta la casa del primer marido y la huida y visitar a la prima y luego México y de regreso y México y de regreso, Nueva York y el segundo marido… Y el tercer marido. Y París y Berlín y Luisiana y Nuevo Hampshire y Los Ángeles… Luego habló, quizás mirando aún por la ventana, pues su voz se escuchaba lejos.

—Y yo pensé que ser la mujer de un poeta, de alguien que escribe y está atento a las palabras y adora el recogimiento, pero también necesita la vida para exprimirle algo de qué escribir iba a ser la compañía ideal. ¿Por qué no, querida, la escritura misma es suficiente compañía? Demasiado joven para advertirlo. Tampoco basta lo que leemos y lo que leemos que piensan otros escritores sobre el abismo, a veces inútil, del esfuerzo de la escritura, porque necesitamos una respiración al lado, una tibieza, una piel. ¿Para qué el deseo que nos esclaviza?

Poor thing, tú te perdiste de todo ello y no sé si te salvaste. Tienes el rumor del río como compañía segura, como música permanente. ¿Y si hubiera escogido el ballet? Di clases en México. Había una manera de sentir mi cuerpo, de moverlo, domesticarlo, intentar producir belleza solo con el efecto visual de mis movimientos. Aquello era hermoso: escribir con el cuerpo, escritura pasajera. Aunque a esta edad mía ya no podría bailar. Pero ahora las palabras danzan en la página y en mi cabeza sin mucho entusiasmo, buscan algo nuevo que no encuentran, y se repiten. Se arrastra una novela como una maleta cargada de piedras. No puedo refrescar mi mirada para ver desde otro ángulo o violentar mi forma de escritura para sacudirme a mí misma. Una se vuelve tan una misma que da asco, siendo que escribir comienza como salvoconducto para ser otros.

Estuve a punto de suspirar fascinada por aquella revelación. Quería decirle que tenía razón, que había puesto palabras a lo que yo pensaba pero que no sabía que pensaba. Me contuve, y su silencio me asustó.

—No despiertes. No vale la pena. A menos que el amor te baste o que la escritura te baste para salvarte de la ausencia de la madre y de los hijos malogrados.

Ella, como yo, pareció percatarse de un sonido tras la puerta seguido por la entrada de la enfermera que venía a hacer los chequeos de rutina. Katherine dijo que ya se iba y salió del cuarto y del Hudson y de la falsa Beth, y tal vez se alejó lo suficientemente rápido para que no descubrieran que no se había registrado aludiendo al familiar enfermo que visitaba, para que no supieran que había aprovechado el cambio de turno de la hora de la comida, como yo lo hice. Por eso no escuchó la alarma que tocó la enfermera cuando, dispuesta a tomarme la temperatura y checar la presión, notó que estaba vestida de calle y que era una impostora.

36

La mascarilla de ojos no me permitía ver lo que sucedía a mi alrededor y procuré permanecer inmóvil, como si deveras estuviera en estado vegetativo, aunque las aletas agitadas de la nariz delataban mi temor. Por el número de pasos que escuché, calculé tres personas en la habitación. Una voz femenina, la más cercana a mí, supongo que la enfermera que dio la señal de alarma, explicó:

—Esta habitación no está asignada a nadie. No aparece el nombre en la puerta. Yo no la tengo anotada en mi bitácora. No sé qué padece esta paciente ni qué hay que administrarle.

Otros pasos se acercaron a la cama. Con suavidad extrema, unas manos me levantaron la cabeza y me despojaron de la mascarilla y el cubrebocas. No pude fingir más mi estado comatoso porque mis ojos contemplaron a ese doctor joven, que se dirigió a mí con mucha conmiseración, como si estuviera ante un caso grave.

—¿Nos puede decir su nombre y cuándo ingresó a esta clínica? ¿Quién la atendió y dónde dejó sus pertenencias?

Sacudí la cabeza con una negativa acompañada por mis ojos asustados. El doctor ordenó a la enfermera que me tomaran los signos vitales. Mientras una señorita apretaba la liga para checar la presión y otra introducía un termómetro en mi boca, el doctor desabotonó los dos botones de la parte alta del saco de cuello redondo y colocó el estetoscopio con dulzura sobre mi pecho. Observé cómo asentían, anotaban y el doctor me dijo:

—Todo parece normal, esté usted tranquila. Le vamos a dar un calmante para que descanse en lo que averiguamos su situación.

Otra mujer que yo no había distinguido, desde el quicio de la puerta, vociferó:

—A veces viene gente a dormir.

El doctor la miró severo.

—Esta mujer no parece una vagabunda.

La de los rizos volvió a hablar desde la puerta:

—Algunos no lo hacen porque vivan en la calle. Quieren un descanso.

Me pareció una idea brillante, algo que hubiera querido apuntar en mi libreta vacía que estaba en el bolso debajo de la cama. Querer descansar en un anonimato absoluto, en un lugar aséptico y silencioso, solo para alejarse del bullicio cotidiano. Mis pensamientos tiraron de mi lengua.

—Es buena idea —dije.

El doctor festejó con una sonrisa.

—Aparte, soy escritora —me justifiqué.

El doctor, la enfermera y la señorita de los rizos cruzaron miradas como diciendo «Ya sabemos de qué se trata esto». La enfermera preparaba la inyección: una gotita salía de aquella jeringa que apuntaba el techo y que después aterrizaría en mi nalga o en un brazo.

—Doctor, no necesito nada —dije.

—Díganos su nombre —me contestó.

Pronuncié mi nombre y apellido, Lavinia Melín, lo cual no les indicaría nada, y me seguí defendiendo mientras veía la cara decidida de la enfermera. La mujer de la puerta dijo:

—No hay que gastar en medicamentos, simplemente se tiene que ir de aquí.

El doctor quiso ser ecuánime y ético, y ponderó con un tono de autoridad:

—Hay que considerar el error humano.

La de los chinos agudizó la voz y dio dos pasos hacia el centro del cuarto, de manera que la podía ver de cuerpo completo: busto muy pronunciado bajo una blusa rosa pastel que desentonaba con su carácter violento y desaseado. No había en ella una pizca de compasión humana.

—Doctor, ¿está usted diciendo que no hago bien mi trabajo? Conozco este tipo de gente que abusa del cambio de turno a la hora de la comida. He pedido que nos pongan refuerzos, pero las autoridades no atienden nuestras necesidades, y usted quiere desperdiciar nuestro escaso presupuesto con una falsa paciente.

No sabía cómo iba a reaccionar el doctor, pero aproveché esa rendija que en estos tiempos diríamos «de oportunidad», mientras la enfermera seguía con su arma en la mano esperando la instrucción del doctor para disparar.

—Soy una falsa paciente. Vengo del futuro.

Otra vez ese cruce de miradas. Les parecía una demente. El doctor dijo que precisaba ayuda. Claramente quería defender ese punto de vista, mientras que la administradora sostenía que era una usurpadora.

—Soy una usurpadora —dije porque la palabra me atraía. Era rimbombante. Y sonreí pensando en un cuento que se llamaría «La usurpadora».

El doctor defendió su punto de vista:

—Señorita Warhol, supongamos que entró en un momento donde nadie pudo registrar su presencia y que se autoacomodó en esta habitación. ¿Debemos darle la espalda a alguien que necesita atención médica?

Ya no me estaba gustando la situación, entonces señalé debajo de la cama. La enfermera, con la jeringa en la mano derecha, flexionó las rodillas como una bailarina, estiró la otra mano y sacó el bolsito verde pistache. Se lo entregó a la recepcionista como si fuera la evidencia de un crimen.

—Vengo del futuro —insistí—. Puede ver mis credenciales.

La recepcionista empezaba a creerle al doctor; colocó el bolso al pie de la cama porque el broche requería sus dos manos para poderlo abrir y extrajo mi cartera. Varias tarjetas que le parecieron extrañas pero en ellas aparecía mi nombre y una fecha.

—Es la fecha de vencimiento —argumenté ante la perplejidad de su mirada. —Doctor, dice 2025.

Hasta los rizos se le alaciaron con el desconcierto.

—Soy escritora, invento otras realidades —me defendí.

La señorita Warhol no estaba dispuesta al ninguneo, así que siguió hurgando. Cansada de sostener la jeringa, la enfermera preguntó:

—Doctor, ¿le aplicamos la inyección o no?

Empezaron a marearme, mi vista yendo de una cara a otra, y la señorita Warhol había hecho un desastre de mis pertenencias. Confirmó que yo era una mexicana con una licencia para manejar que me habían dado en el año 2010.

—Pues *la escritora* amuebla muy bien sus mentiras. Yo creo que necesita doble inyección porque no solo es una impostora, sino que se ha armado con la documentación necesaria para que le creamos que viene del futuro. Qué diría usted, doctor, ¿esquizofrénica astuta? —preguntó insolente.

El doctor se dio por vencido.

—Aplique la inyección.

—No —grité—. Soy una impostora, ya me voy.

La recepcionista se rio con una boca desmesurada:

—¿Va a regresar al futuro? —se burló de mí. No parece de esos que cruzan el río y les llaman mojados. Bueno, ya se le habría secado la ropa desde el Río Grande hasta Nueva York.

La enfermera, cuyo gafete decía Elsa López, la miró herida y pareció encontrar una razón para que yo estuviera en esa cama.

—Yo también quiero una mejor vida —le dijo al doctor mientras desistía de la inyección, que colocó en una charolita metálica, como lo confirmó el sonido—. Mi familia llegó de Puerto Rico.

De pronto pensé que estaba en una obra de teatro: el teatro Off-Broadway tenía fama de producciones experimentales. Y ahora que sentía el alivio de que no me dejarían babeando con la sustancia contra la locura, me estaba gustando. Como en una buena puesta en escena, no sabía en qué iba a acabar. Imaginé a la de los rizos haciendo algo insólito como desabrocharse dos botones, decir que ella también venía del futuro y que esperaría al doctor en la habitación para que aliviara todos sus males. Era una pésima solución. Me reí. Elsa López, que tenía el mismo nombre de una maravillosa poeta canaria, me miró desilusionada, como si desbancara nuestra identidad migrante.

—Disculpen, es que se me ocurrió una tontería.

El doctor ordenó con firmeza:

—Señorita, procedamos.

Pero otros pasos irrumpieron en la habitación y un hombre rubio y escandaloso entró y dijo mirándome de frente:

—Te he buscado por todos lados, nos esperan en el almuerzo de la baronesa Blixen.

Ignoraba cómo había llegado ahí Capote pero no me sorprendía porque, al fin y al cabo, era quien me había dado la posibilidad de transitar entre distintos tiempos. Eso me había metido en este lío. Y luego, con una presunción propia de él, miró a su alrededor y dijo:

—Perdonen la descortesía, tal vez me reconocen, soy Truman Capote y esta mujer es una escritora y nos esperan en casa de otra escritora, una famosa danesa. A veces tenemos que vivir situaciones descabelladas para poder documentar una realidad y escribir sobre ella. Espero esto no les haya causado muchos inconvenientes.

La de la blusa rosa efectivamente se desabotonaba los primeros dos botones, que insinuaban el nacimiento de su profuso busto, y decía agitando las pestañas como una araña que reconoce a su presa:

—Yo lo he visto en televisión, señor Capote.

—Yo también te he visto viéndome —reviró, gracioso.

El doctor se ponía de pie y casi se le cuadraba al rubio chaparrito:

—De haber sabido me traigo mi *Otras voces, otros ámbitos.*

—Mejor *Desayuno en Tiffany's* —agregué porque amaba ese libro, que no había sido publicado aún.

—Vieras que no es tan cómodo para desayunar. —Me salvó Truman.

Todos soltaron la carcajada mientras abandonaban jeringa, compostura y vigilancia a mi persona, que se deslizó de entre las sábanas, se abotonó el saco cruzado, se alisó la falda y, con los pies colgando, localizó sus zapatos bicolor; se escurrió entre los que melosos rodeaban a Capote y devolvió sus pertenencias desparramadas en la cama dentro de la bolsa. Advirtió que no había ningún espejo en el cuarto, así que recordó el tubo de labios y la polvera que usó para llegar a ese tiempo y se aplicó un rosa violento. Capote, como jugador experto, la miró por entre los hombros de los tres admiradores, aunque Elsa López no sabía muy bien por qué lo tenía que admirar. Y le dijo a mi persona:

—¿Lista?, ya nos esperan, querida.

Usó la palabra *darling*, que se arrastra como una caricia y que reverberó hacia la salida mientras yo me tomaba del brazo de mi protector y aquellos tres, al fondo del pasillo desnudo, contemplaban nuestra salida sin entender del todo qué había pasado.

37

Capote nunca me dijo si estaba permitido tomar algo del pasado y traerlo al hoy. En realidad todo sucedió después de la visita a la librería. Hurgué entre las revistas y en *Mademoiselle* me topé con el cuento de Carson McCullers. No solo las revistas literarias publicaban ficción. Sonreí por la casualidad. Me quería sentar en un café a disfrutarlo así es que, después de pagarla, busqué un sitio. Llevaba la revista pegada al cuerpo con la emoción de paladearla, de oler el papel fresco y la tinta de imprenta, de saber que el cuento llega a sus lectores por primera vez. Las publicaciones periódicas como trampolín. Gozar una revista impresa ahora que la lectura del artículo se ha movido a pantallas. Quizás esperaba quedarme un rato más en las calles neoyorquinas porque temía que, volviendo a mi estudio, aquel cuento tuviera que ser leído en retrospectiva. Es decir, en alguna antología que lo recogiera y no como un pedazo que recién se asomaba al mundo. Eso me gusta del cuento: a veces hace su aparición sin el resto de las piezas cortas que lo acompañan, como si fuera una primera bailarina o la soprano estelar en la ópera. El cuento no nació para libro. Su escenario eran las publicaciones periódicas, lo sabemos por Chéjov y por Poe, y desde luego en la tradición norteamericana los grandes escritores y los que han conquistado un lugar y un prestigio han sido publicados previamente en alguna revista. Todo eso pensaba cuando pasó el autobús y, como una ráfaga, revoloteó mi pelo de treintañera y de pronto estaba parada frente a mi casa con el pelo veteado de canas y las venas caracoleando en las piernas pero con la revista apretada a mi pecho. No sé si contravenía alguna de las reglas que Capote decidió al traer el pasado a mi angustioso presente sin hilo para mi escritura. Entonces fue que noté que la revista era de 1956 y temí que esos desajustes en la visita al pasado trastornaran mi regreso a Nueva York. Pero un cuento se escribe antes de que se publique: o lo traía Carson en la cabeza o en su máquina de escribir, me consolé.

Abrí el ejemplar justo en el título en inglés: «Who has seen the wind?», que traduje en automático para ver si el título se sostenía en español, «¿Quién ha visto el viento?», dos *W*, dos *V*... interesante. No creo en las confabulaciones del destino, pero el personaje del cuento es un escritor que publicó una primera novela con mucho éxito, una segunda que pasó desapercibida y que desde hace más de ocho años se sienta frente a la máquina y solo teclea letras en desorden y no escribe y bebe y no escribe y va a una fiesta y cuenta lo que va a escribir. Comparte la historia que va a escribir y su amiga le revela que eso ya se lo contó hace varios años. Se da cuenta de que no ha escrito una línea. Su esposa, que es editora, sostiene la economía de la casa. Se van de la fiesta y en el taxi él dice que se sigue a otra fiesta. Últimamente hace eso, a cualquier fiesta. Ahí se encuentra un escritor joven que le dice entusiasmado que ha publicado un cuento y, con la amargura a cuestas, se encarga de maltratar sus anhelos de llegar a ser un escritor con reconocimiento.

Siento el frío de la noche decembrina, se me cuelan los copos de nieve mientras camino con Ken Harris por las calles porque ya me gasté hasta el último centavo y no tengo cómo pagar un taxi para regresar a casa y tampoco tengo el abrigo suficiente y mis manos se enfrían y las meto dentro de la chamarra y quisiera comprarme un café en esas tiendas que están abiertas a altas horas pero tengo que caminar hasta la casa. Llego con la idea de ahora sí ponerme a escribir, hacer lo que me he propuesto. Aviento la revista. Me pongo un abrigo porque me he quedado fría y me siento frente a la pantalla de mi computadora, que me insulta con su blancura de «Nuevo documento» que me pregunta: «¿Qué vas a buscar en el engrudo de palabras que no sabes ni a dónde te llevan? ¿Una borrachera de frases inútiles?». Hubiera querido ser Proust para escribir una obra que nunca se detiene hasta que prácticamente se detiene tu vida. Un proyecto. La vida misma es un proyecto pero nos tiene muy ocupados. Y escribir es una balsa que se cuece aparte; es difícil transmitir esa vida dual donde las palabras abren grietas en la realidad para construir otra. Recuerdo el júbilo de encontrar una frase que captura la temperatura del ánimo, la angustia del personaje. Lo que ha hecho McCullers en la historia que acabo de leer tal vez refleje aquellos años en que su marido quería, como ella, ser un escritor, pero bebía y había venido de la guerra, igual que el personaje del cuento, y pensaba que no tenía de qué escribir. Pero aquí el problema es mío. Y resulta que yo me estoy pareciendo a Reeves. Bajo a la cocina, busco la botella de tequila en el congelador y me sirvo un caballito. Lo necesito. Todos los días. Un ritual para gratificar el estar en la vida. Cuando me voy a servir el segundo me asusto. No sé si he cometido el error de traerme esta revista que ahora me va a transformar no solo porque comparto la angustia de la no escritura con el protagonista, sino porque me va a volver una bebedora. Va a agudizar mi veta social donde me escondo en la alegría de estar con otros y no enfrento la escritura.

No siempre ha sido así. Katherine lo ha padecido, querer ser la reina de la fiesta. Harris tiene treinta y tantos años, yo sesenta y siete, ¿no puedo darme la oportunidad de no escribir? Siento una opresión en el pecho, uno no puede optar por dejar de hacer aquello que ha sostenido una manera de estar en el mundo. Uno no puede relegar su identidad. Entonces regreso la botella al congelador y decido usar el método del protagonista. Por la ventana del estudio arrojo una a una las hojas blancas que, de escribir en máquina, estaría tachando, anotando al margen, arando como campos al sol. Caen como copos de nieve en la ciudad de dos mil quinientos metros de altura. El lento bamboleo del papel me hipnotiza con su danza blanca. Puedo dedicar un ensayo como Vila-Matas a los que *prefirieron no hacerlo,* a los Bartlebys de la literatura. Por cierto, hombres todos ellos. Pero me resisto. El caballito de tequila me ha achispado y cuando voy por la hoja cincuenta, que de estar escrita sería tal vez la quinta parte de una novela, escucho el timbre. Es la vecina. Me devuelve el legajo, preocupada, porque seguramente el viento las tiró. Le doy las gracias y finjo alegría con esa rebanada de una novela desnuda entre las manos.

38

¿Los escritores siempre estamos pidiendo más de la vida? ¿O todo el mundo está pidiendo más de la vida? Con su cabeza platinada, después de dos manhattans, Katherine se me acercó en exceso.

—Aquí se está bien —dijo restregando que nos servía de ancla y mesa—. ¿A ti no, México? En las de tu país no se podía estar; alguna vez me llevó Fito a una del centro y los hombres guardaron silencio cuando entré. Me miraron incómodos, pero siguieron bebiendo, escupiendo en el piso, orinando a la derecha como animales.

—¿Fito? —le pregunté.

—Pensé que sabías que Best Maugard y Chamaco Covarrubias fueron los culpables de que cambiara mi viaje a París por México. Aquí no pasaba nada, bueno, había acabado la guerra pero allá lejos. Hubo muertos nuestros pero nos volvimos ricos y luego seríamos pobres por la Depresión, todo en quince años. En México lo mejor estaba por hacerse, me dijeron ellos. «En París vas a ser una más en la mesa y a lo mejor cruzas unas palabras con Ezra Pound o con Picasso, si estás de suerte te toparás con alguna escritora como Jean Rhys, ¿o acaso quieres hablar con el pedante de Hemingway o la matrona de Gertrude Stein?». Me presentaron a Ford Madox Ford, él si era un escritor generoso. Lo conocí aquí. En tu país, a otro compatriota insufrible: el poeta Hart Crane. Aunque no hay que hablar mal de los muertos.

Yo iba despacio, con un solo manhattan, me daba miedo la descompostura, sobre todo, porque podía empezar a hablar como una lunática del siglo XXI, no una borracha de la mitad del siglo XX. Después de la escena en la clínica había aprendido la lección. Pero era sabroso aquel coctel oscuro, te ponía a rodar los pensamientos, entornar los ojos y elevarte como rascacielos. Daba la impresión de que uno estaba en el lugar más de avanzada del planeta, como si desde la punta de una nave espacial miraras altanera al sinfín de planetas y estrellas. La soberbia es uno de los derivados de la bebida, por lo menos conmigo. Escuchaba a Katherine en la Cedar Tavern. Habíamos acordado reunirnos en el café del Hotel Brevoort. Con un café y un pastel de zanahoria, Katherine empezó por dictar una conferencia sobre el cuento corto como solía hacerlo en las universidades a las que era invitada. Antes de que yo inventara un pretexto para huir de la solemnidad, ella se percató a tiempo.

—Ponderar es cosa de inseguros —se dijo y propuso irnos a un mejor lugar.

La barra como una especie de malecón donde se zarpa hacia las palabras resultó ser el mejor aliado para hablarnos desde el corazón de la escritura, ¿o de la escritora? El manhattan hacía su efecto.

—¿Qué tal ser la nena de Felipe Carrillo Puerto? —me solté.

—Creo que ya te lo he dicho, soy adicta a los hombres, a ser mirada, halagada, y a la adrenalina del enamoramiento… Felipe me invitó en tu ciudad a remar al lago de Chapul…

—Chapultepec —la ayudé.

—También fuimos a bailar. Y luego me invitó a un congreso de mujeres en su tierra. Era un hombre muy moderno. Tan atractivo. Le gustaban las gringas güeras. Ya sabes, Alma… con ese nombre, pues se le incrustó en el pecho. —Hizo una pausa y continuó—: Además de los manhattans, las esmeraldas, los perfumes, los relojes de arena y los hombres, también soy adicta a escribir. Por eso prefiero el cuento, más vertiginoso, menos largo matrimonio. ¿Tú has escrito novela, México? Es peligrosa. Desnuda ineptitudes para construir tramas poderosas, profundidades que se sostengan. El cuento siempre toca fondo. Es pura zambullida.

Zambullida… zambullida. Mi corazón retumbaba contra el torso desnudo del hombre que me había desprendido de la espalda de mi padre para que avanzáramos. «¿Cómo se te ocurrió traerla al lugar del clavado? Ahora me tendrán que esperar para que los pueda bajar». Los pasos castigados de mi padre nos seguían. De pronto divisé a la virgen rodeada de flores. «Ya la veo», dije. Y luego, el tropel de las piedras ensuciando la noche. El hombre que me cargaba me apretó fuerte, como si quisiera esconder el sonido que los dos acabábamos de escuchar. Entonces dijo su nombre al aire. «Claudio». ¿Cómo regresar al hoy? Las palabras te podían colocar en otro lado. Acapulco, La Quebrada. Mi padre no respondió.

—México, no creí que mis filosofías de cuento te afectaran así. Estás pálida.

El hombre del torso desnudo insistió. Silencio.

—Si me preguntas qué prefiero —le dije aliviada de reconocer el bar en el que estábamos y con dificultad para dar una respuesta rápida—, a veces pienso en forma de cuento y a veces de novela. Pero el cuento me da una satisfacción súbita que se parece a este manhattan. —Levanté el vaso—. Ahora entiendo por qué me gustan las barras. Te puedes sujetar de ellas. —Calibré mi obsesión una vez recuperada la velocidad de las palabras.

—La novela da cruda —añadió, orgullosa de su aforismo y ajena a mi zozobra—. Pero te estaba hablando de ese poeta gringo, como dicen ustedes, que fui a conocer en la casota que me prestaron en Mixcoac. No era lo más funcional, pues había que tomar el tranvía para ir al centro porque era muy de campo la zona. El poeta borracho y riquillo, buen poeta por cierto, me fue a tocar en la madrugada y a gritar, a decir que era una zorra porque no le abría. No pensar en los vecinos y creer que el inglés es una espada que da derechos sobre los demás es una actitud de conquistador imperialista. Y la repudio. Por eso había gringos a los que no querían y gringas a las que nos querían, como Alma Reed, que le robó el corazón a Felipe, pero eso ya te lo dije. —Se rio.

Como si esos recuerdos le devolvieran cierta claridad, sobre todo la energía de las historias que cosechó para su primer libro de cuentos, *Judas en flor,* titubeó:

—México era un estreno continuo, y tú estás aquí gimoteando porque no sabes de qué escribir. Sírvame otro, por favor —le dijo al cantinero—. Y no vayas a escribir de mí. Estos momentos privados son entre nosotras.

—No voy a hablar de ti como Hemingway hizo con Fitzgerald —le aseguré—. Estate tranquila.

—¿Tú cómo sabes que habló mal de él? —se inquietó.

Otra vez se filtraba una incidencia del tiempo, porque las memorias de Hemingway de aquel país que era una fiesta se publicaron póstumamente, y en 1955 él andaba en Cuba. Todavía no ganaba el Nobel ni se disparaba en la cabeza. Entonces quise usar mis privilegios de venir del futuro pero con discreción. Tal vez para calar cómo reaccionaría con una noticia que sucedería pero que no se presagiaba:

—Un día se va a dar un tiro y no va a poder ser el héroe de sus días, en lugar de echarle tierra a Scott. El hombre que escribía con los dos extremos del lápiz, con esa disciplina para vivir y para escribir.

—A lo mejor hay algo que aprenderle. Él tampoco está aquí. Si no lo encuentras en España, Ernest está en Cuba o en África. Aquí solo importa el dinero. Y todos bebemos después del trabajo o antes del trabajo. Y si protestas y eres extranjero, tu destino es el de Sacco y Vanzetti. Si eres rico y ocioso, aunque buen poeta, te descarrilas como Crane, que llegó a la luna con sus poemas y luego al fondo del mar en ese barco de regreso a Nueva York. Ese sí que no soportó la vida.

—Mi amiga poeta escribió sobre él, sobre su muerte —dije sin revelar el nombre de Moscona

—Me gustaría leerla.

—Está en español.

—Yo leo español.

Le mentí que conseguiría un ejemplar. Cómo me gustaba ese libro: *La muerte de la lengua inglesa.*

—Otro manhattan —secundé a Katherine, que sonrió.

—Solo hay una razón por la que acepto tus constantes invitaciones a vernos y charlar. Porque te puedo hablar de tu país. Cuatro veces estuve ahí, la primera me llevó el guion de un ballet que se estrenó con mucho éxito; la segunda, el reportaje que me pidieron, y la tercera, organizar el contenido de una exposición de artesanía mexicana para la ciudad de Washington. Tener hambre ayuda. Por lo menos a buscar motivos para estar aquí y allá. Mis mejores momentos han sido cuando no me mantienen los hombres. Cuando vivo con ellos y la vida social me consume, no puedo ni escribir, el problema es que sola también me consume la vida social. Aunque me gusta ser anfitriona también, porque escribir es solo escribir. Fastidia. He tenido que ganarme la vida y avanzar cada línea del texto con el mismo empeño. Si hubiera escrito tanto como he amado a los hombres, habría varios estantes en las bibliotecas. A lo mejor sería como una Jack London —se rio—, pero ¿quién quiere metros en la estantería de una biblioteca? ¿Qué es lo que queremos? —Se dirigió al barman, que no supo si tenía que servir un nuevo coctel—. Yo creo que averiguarlo es lo que nos hace escribir.

El segundo manhattan invitó a un silencio apaciguador como para poder mirar alrededor y, entonces, descubrí un grupo singular. Me pareció reconocer a alguno de los pintores de la época: ¿Frank Stella sería aquel?

—Pero como los hombres —Katherine imbuida en sí misma, levantó la cabeza después de un rato—, tu país me decepcionó. Cada uno traicionó al otro. En sus ideas, en sus luchas, en sus intenciones. Y me quedé desnuda de propósito. Pero con un manojo de historias. Con algo de qué escribir.

Si un tercer manhattan me soltaba la lengua como a Katherine, desconocía el derrotero de nuestro encuentro y la posibilidad de otro. Tenía ganas de decirle que ya sabía de su falsa Beth. Que solo le importaba soltar sus verdades frente a cualquier enfermo mudo. Lavar una culpa y, al desahogarse, desahogarla, literalmente. Me abstuve. No me sorprendió la frase de Katherine que parecía venir de la condena del tiempo:

—Tú y yo ya no tenemos tiempo de ser bonitas. Y sí, ese es el pintor Frank Stella. ¿Te lo presento?

Notas para una biografía de Lavinia Melín
La historia de un mudo

Lavinia sabía que cometía un desacato si hacía de personas de la vida real personajes de su novela. No eran precisamente cualquier persona, sino escritoras con una vida pública, reconocimiento, traducciones, biógrafos que han dedicado años a explorar exhaustivamente documentos y reunir cartas, entrevistadores que tuvieron la oportunidad de hablar con ellas, críticos que escribieron sobre sus libros. Y ahí estaba ella colgándoles muertitos, tratándolas como ellas a los personajes de sus cuentos y novelas. Necesitaba un punto de apoyo, el lugar donde la barreta hace palanca sobre la piedra, un método para encontrar el momento donde la vida y la obra se juntan, donde frotar dos piedras produce un chispazo y nace el fuego. Su fosilizada imaginación la obligaba a analogías involuntarias. La humanidad cambió a partir del descubrimiento del fuego, un escritor lo es cuando da a luz al texto. Lavinia abrió las piernas como si se fuera a producir el milagro. Necesitaba comprender lo que hay detrás de algún cuento y encontrar un pequeño hilito de dónde agarrarse. Escribir es a veces acrobacia, soltarse en el aire y pescarse de un columpio, a tiempo.

Eudora Welty fue al concierto de Fats Waller en los años treinta. Había olvidado dónde leyó ese dato porque carecía de esa disciplina de investigador que elabora fichas. Subrayaba, apuntaba en libretas y luego no sabía dónde estaba esa nota o qué libreta había usado, se perdía en sus propios mapas, pero qué importaba la fuente. Lo suyo no era un asunto académico, descubrimientos sí, que ahora estaban ocultos por el vaho de la creatividad desvencijada. Se preguntó si sería la fatiga o el aburrimiento de sí misma o una cierta desilusión del mundo. Había pensado que un escritor es un guerrero, aunque tenga solo un estertor de esperanza.

Eudora joven había ido al concierto del cantante negro y su banda bluesera; de ahí surgió el cuento «Powerhouse». Lavinia no encontraba la palabra en español para bautizar al músico como Welty lo hizo en el cuento. *Estación eléctrica* no la convencía. Tampoco era el nombre verdadero del compositor y cantante que arrebata el aliento y hacía bailar a quienes lo escuchaban. Sospechó a la joven blanca, larguirucha, yendo a esa sala de baile, donde el público eran blancos y nadie se atrevía a bailar más que unos viejos; eso dice el cuento. Lavinia la podía ver ahí, en trance con Powerhouse o el verdadero Fats Water. Puede espiar lo que observa la joven, emocionada por la música que está escuchando, sin saber que ese concierto producirá un cuento. Ve la corpulencia de aquel hombre, la forma en que abre la boca y eleva la voz, y a veces son gritos y de repente suelta las manos y solo toca una nota y entorna la mirada. Dedos como pencas de plátanos, ojos de párpados córneos como de lagartija. Eudora lo recuerda cuando está tallando piedra contra piedra, memoria contra página. Lavinia celebra la información de la biógrafa que le permite ver detrás de ese cuento, la escena viva de la mujer que fisgonea a Fats Waller y a los músicos. Han complacido a la audiencia que solicita canciones porque ya Powerhouse es famoso y, en el intermedio, se van a tomar una cerveza al café de la salida trasera. Pero Powerhouse acaba de contar ahí en el escenario que recibió un telegrama que dice que su mujer Gypsy ha muerto y está firmado por alguien que no conoce; el músico, lejos de casa, sospechando traiciones, tullido por los celos. De eso trata lo que platican mientras beben cervezas y ríen, y Powerhouse está pensando en su venganza y empieza a llover y la mesera pregunta si es verdad que Gypsy ha muerto y al rato vuelven al auditorio que los espera. Eudora está colocando en el papel la egoísta manera en que el público, ella misma, bebe la música de otro, su entrega y su talento, mientras en casa alguien tiene que aguantar el silencio de las horas solitarias. La fama, el éxito.

Lavinia quiso escuchar a Fats Waller. Alineada con los oídos que se cimbran de la muchacha, que a lo mejor está acompañada por John —su amor de juventud—, reconoció una de sus canciones favoritas. «Ain't Misbehavin'». Conocía la canción, pero no que era de Fats Waller. La había usado en una de sus novelas. Ese andar tanteando qué escribir le devolvía sorpresas. Coincidencias involuntarias. Se topó con «Honeysuckle Rose», los que lo escuchaban en el cuento la pedían. Lavinia añadió a sus preferencias «Two Sleepy People». «Demasiado enamorados para decir buenas noches». Cambiaron sus días: Fats Waller a la hora de despertarse, Fats Waller después del baño, Fats Waller para el tequila de antes de la comida, Fats Waller al atardecer. Quería estar en el instante del destello, la chispa exacta en que Eudora siente que ahí hay una historia. Podría ser la manera en que los músicos se miran durante una pieza, un simple gesto que revela las complicidades del escenario y de la vida que han tejido. Eudora escuchando, Eudora echando a andar la máquina de la sospecha, de lo que no va a atestiguar pero que es pasto de preguntas e intentos de respuestas. Todo para que cuando Fats Waller quiera regresar a casa al lado de su mujer, sola la mayor parte del tiempo, la muerte le salga al paso y le devuelva un fiambre, una cosa grande y fría, un negro descolorido. Lavinia supo de la corta vida de Fats Waller; regresaba en Navidad a festejar en familia. Tomó el tren rumbo a Alabama. Iba enfermo de bronquitis. Tosía y quería llegar a casa, saber que Gypsy no se había muerto ni lo traicionaba con otro, que aquello del telegrama era un puro juego con la distancia y el desconcierto, y con quererla y con tenerla. «Two sleepy people too much in love to go to sleep», «Demasiado enamorados para irse a dormir». La voz arrastrada y potente, y esa boca enorme y el piano terso bajo sus manos. Pero llegó mudo para siempre. Murió abordo, sin que un telegrama pudiera llegar a su mujer antes que el cuerpo ancho y poderoso de su amor. Tenía cuarenta y cinco años.

Hurgó en el corazón de Eudora mientras escuchaba y veía y sentía la explosión de la melodía y el pie marcando el ritmo contra la duela. Seguramente apretó la mano de John Robinson, ebrios de música, como cuando escuchaban detrás de su casa en la adolescencia piezas de *blues* con el grupo de amigos. En el traspatio de casa, en el traspatio del país, los negros habían labrado una vereda musical irresistible.

39

La bolsa color pistache todavía pendía de mi antebrazo, aunque estaba sentada frente a mi escritorio. El asa me había dejado una marca, no sé cuánto tiempo llevaba con ella. Noté que no estaba bien cerrada. Seguía desordenada: el cepillo de pelo con el tubo de labios, un pañuelo arrugado (los clínex son una invención posterior a los años cincuenta) y la pluma Pilot, que había resistido el viaje en el tiempo, y un papel doblado que no reconocí como mío. Lo extraje. Con una letra menuda y redonda, manuscrito, aparece el nombre de Beth seguido de una minuciosa descripción física: mujer, esbelta, piernas atléticas, cara triangular, frente amplia, ojos oliva, cejas café oscuro y pobladas, mentón redondo, boca regular, labios carnosos de intenso color coral, pómulos notorios, pelo castaño oscuro, lacio y espeso, cae sobre los hombros. Edad: veinte años; estatura: uno setenta y tres metros. Tiene una pequeña cicatriz en forma de la península de Baja California en el lado derecho del ombligo, los dos dientes del frente ligeramente separados, el lóbulo de la oreja derecha dividido en dos por el peso de un arete, por lo que solo lleva uno en la oreja izquierda.

Es una descripción similar a la de los desaparecidos, adheridas a los muros de las paredes de mi ciudad, como fosas abiertas, cementerios sin lápidas. Solo faltaba la leyenda «La última vez que se le vio estaba sentada en la orilla de un pequeño lago en una famosa Residencia Artística en el estado de Nueva York, llevaba un traje de baño amarillo con escote cuadrado y lentes oscuros con marco blanco». En esos machotes estándar de la búsqueda aparece la fecha de la última vez que se le vio y las categorías que algún familiar debe llenar: sexo, complexión, tipo y color de ojos, tipo y color de cabello, edad, estatura, nariz, cejas, labios. No aparece ningún detalle que aluda a la vida: tono de voz, forma de caminar, apariencia al descansar, estridencia de su risa. Retratos hablados que alguien hizo o que se desprenden de una foto, donde se describe la ropa que llevaban en esa última ocasión. Carson me dejó una foto hablada de Beth como un perfil imposible para escribir una novela sobre ella. En aquel perfil de Beth, apunte de escritura, faltaba añadir lo que las tres escritoras supusieron cuando nadie la reclamó: es huérfana, vive con una tía y la tía está mal mentalmente, la internaron. Ya no tiene a dónde volver, no hay casa, no hay domicilio conocido, no hay herencia, no hay nada hacia atrás, eso o su padre es un hombre rico, su última madrastra no la aguanta. Se deshacen de ella a menudo. Están de viaje, dando la vuelta al mundo. No se enterarán. ¿Cómo se puede escribir de alguien desprovisto de historia?, ¿qué es una cama vacía en cualquier lado que solo escucha, como el mudo de la novela de Carson? Pero algo sabía McCullers de su personaje Singer… el que canta. Aunque no tenía voz y oídos, para todos era alguien que escuchaba y devolvía una verdad. Sabía cuánto amaba al griego, Antonapoulos, el otro sordomudo, y cómo se entendía con él. Sabía de la soledad de un sin voz que aglutinaba la soledad y la desesperación de los otros.

Beth no es la historia. Es un cartel en un muro. Es un aullido. Un hueco. Si tuviera una madre, esta buscaría respuestas. Habría ido a la residencia, a la policía, a la clínica; las escritoras, tras los barrotes o demandadas bajo sospecha; la residencia, clausurada. La madre estaría cavando en el fondo de ese lago, que se habría secado, porque había que encontrar el cuerpo de la hija del mentón ovalado, de la cicatriz como península de Baja California. Esa madre pasaría día y noche frente al camellón de la clínica con un gran cartel demandando que le devolvieran a su hija viva. Contra toda esperanza.

Tomé una foto de aquel tapiz en el Eje Central donde aparecen los sin paradero uno al lado del otro. Así juntos, da la impresión de que se acompañan, que no están tan solos en su casi segura muerte. No puedo escribir de ellos porque me lleva al horror de verlos morir, de su inocencia sometida, su futuro cercenado, al momento en que se les cierra la vida por la voluntad de otro que no atiende súplicas. Un devorador de personas. Muchos. Miles.

Se comen la vida cruda, se la sirven y son intocables. Es el monstruo de mil manos.

Algunas imágenes son de hombres. La mayoría de mujeres. Algunos tienen más de cincuenta años, la mayoría menos de treinta. No puedo con el alud de preguntas, espacios vacíos en las casas, en el corazón, enjambre de pesadillas de las madres y los padres que sospechan el sufrimiento y su manera de morir. Que viven con la imposibilidad de salvarlos, de despedirlos y recordarlos de mejor manera. Les deben algo a sus hijos sepultados en la niebla de la verdad. No puedo escribir de los desaparecidos. Me duelen como hijos de todos. Tal vez pudiera escribir de esas madres que con la punta de la pala buscan la evidencia, el pedazo de cráneo, de zapato, de tenis, un vestigio de ADN para poder decir «Aquí está mi muerto, aquí está mi muerta». Las imágenes de las ausencias cuentan la historia. Son el cadalso del horror, el espejo empañado donde mirar las tinieblas de la condición humana. Deshacerse de la vida del otro. No dejar rastro. Hacer pensar a los que quedan que su ausente es una invención. Que no existió, que están locos. Que fabricaron a alguien.

El asesinato de la familia Clutter en Kansas parece un juego de niños frente a la barbarie. Capote, ¿qué hubieras hecho con ese tapiz de rostros que paradójicamente a veces sonríen porque alguien sacó la foto del cajón o del teléfono, una evidencia de un día alegre que mereció ser prolongado en el retrato? Pensabas que *Plegarias atendidas* iba a ser tu obra monumental, por la que serías recordado. *Plegarias atendidas* es un buen título para este muro de desaparecidos hace cinco años, cuatro años, dos meses. Una historia que se cuenta sola y que ocurre en mi país de hoy.

40

Me pidió ir al Knickerbocker a las siete de la noche. No estaba para cafés, no estaba para que la vieran. Cojeaba, la mano izquierda engarrotada. Por suerte alzaba el vaso con la derecha, dijo. Nuestra comunicación para citarnos ocurría los jueves en distintos cafés cercanos a la clínica. Las tres escritoras se habían acostumbrado a mi presencia de la misma manera que a la supuesta Beth en una cama de hospital. Les había dicho que me gustaba escribir en el frescor del Roland, por la mañana, que era la misma hora a la que Katherine iba. El Roland era un sitio un tanto insulso, con un café bebible, donde nadie se preocupaba por que te fueras pronto. Quizás la cercanía con la clínica le había dado su vocación de antesala de familiares o amigos visitando a un paciente con trastorno mental o recuperándose después de la visita, de la falta de esperanza. A la hora del lunch me mudaba a la sandwichería de enfrente, donde rejuvenecía porque era la hora Eudora, excepto el día que tuve la mala suerte de que se adelantara en su visita a Beth. Las tres habían escogido el mismo día para acercarse con su falso familiar, coincidía con el día en que dejaron de verla en la residencia, con el rumor que esparció Flannery después de que Carson dejó escapar frente a ella un «¿Entonces es ella?», creyendo que sus pensamientos no tenían voz.

No podía dilucidar la manera en que lo que supuso Carson, luego lo supo Eudora y también Katherine. Eudora había acompañado a Katherine cuando empezó a amueblar la casa de South Hill en Siracusa, habían hecho un viaje juntas por el Misisipi en coche. ¿Cómo no habrían hablado de Beth? ¿Sería cuando Eudora se hospedaba en el Barbizon y coincidía con Katherine? Cada una había escogido distintas horas del día, según sus hábitos, para visitar a Beth. Katherine temprano, Eudora cerca de la hora del almuerzo y, por fortuna, Carson en la tarde, porque para esa hora, en lugar de estar cansada, mis treinta y pico años me tenían con mucho vigor y deseo de seguir el día. Sospechaba que la leyenda de una desaparecida en el lago, encerrada en una de las cabañas, llegó a oídos de las tres y que Helene dio el nombre de la clínica después de que cada una llamara.

Llevaba la libreta que había comprado en Woolworth, un cuaderno escolar marmoleado, porque mi Moleskine de los Rolling Stones me delataría, y pasaba el día ahí, a veces recibiendo un saludo de ellas, un gesto, pero evitando a toda costa que aquel fuera el sitio para charlar. Ellas se disculpaban de interrumpirme y yo aprovechaba para lanzar un «¿Cuándo nos vemos y dónde?». Aceptaban por mera formalidad, o por tener con quien hablar de sus afanes de escritura, o por distraer su dolorosa visita a la ahogada, o por solidaridad con aquella escritora hueca de tema. La libreta de época se había vuelto el salvoconducto de esos días. Bastaba abrirla y apuntar en la esquina: Café Roland, Katherine; Betty's, Eudora, o Ciao para McCullers.

No podía permitir que notaran que yo sabía la razón por las que las tres coincidían en la visita a la clínica y, de todos modos, había fallado con Eudora, que se adelantó, y Katherine, que se instaló en mi mesa. Pero si no, ¿cómo decidir nuestras próximas citas? Esperar una comunicación por correo era impensable por la lentitud y porque el servicio postal de 1955 no podría llegar a mi ubicación en el 2023 en la Ciudad de México. Joana, la mujer que me atendía en el café, ya estaba acostumbrada a mis menús de desayuno, Lorry a los del lunch y, en Ciao, Enrico me recibía con un vermut.

Ansiaba la llegada de esos jueves en que, más que el entusiasmo por estar en Nueva York en aquella época, viajaba en la temporalidad de mi cuerpo y mi mirada. Sabiéndolo, disfrutaba de mis párpados más elásticos y mi mirada menos cansada, de mi vientre tensándose sobre los músculos trabajados y mis senos presumiendo gallardía carnosa conforme se acercaba el momento de Carson. Cada jueves mudaba de objeto que comenzaba a repetir para transportarme. Polvera, guantes, lentes, las medias de rayas eran insoportables para el calor. En las mañanas de jueves tanteaba en la libreta posibilidades para mi escritura —no quería que se pareciera a lo que había hecho hasta ese momento, pero tampoco una experimentación críptica y sin sentido—, retrocedía en mis anteriores búsquedas, la novela histórica, la autoficción, la novela de viajes, de crecimiento, de desamor: gérmenes sueltos como disparos; notaba que mi apetito del mundo, mis ganas de él y mi sed de aventura no tenían consonancia con los cambios físicos. Diría que la que toma la pluma y desgrana los apuntes está fija en el tiempo, como una foto que se repite en la postura, la caligrafía. Apuntar es quizás el hilo atemporal. Hacerlo es vital.

Carson me hizo señas desde la calle aquel jueves antes de irse a la clínica. Me iba a proponer el lugar para vernos por la noche. Le costaba subir los dos escalones de la entrada. Me acerqué.

—¿Te gusta el jazz?

El bar estaba en la esquina de Washington Square y, aunque había barra, las mesas pequeñas eran más amables para su condición después de aquel infarto cerebral y para atender a los músicos.

En vez de ser yo la que preguntara, ella se adelantó:

—¿Siempre supiste que querías escribir?

La respuesta la sabía de sobra. Para mí era una manera de estar donde no podía. Primero el río, primero Jim. Luego donde fuera, menos al lado del mar. Capote conocía bien mi condición peregrina. Pero yo sabía que Carson quiso ser pianista y le reviré la pregunta.

—¿Te imaginas tocar el piano con esta mano cucha, con el cuerpo averiado? Además no era tan buena.

Los músicos ya se colocaban frente a sus instrumentos, una discreta esquina con un piano, un bajo y una batería.

El negro del piano saludó a Carson con una inclinación de cabeza.

—Roy es magnífico.

—Yo nunca pude tocar un instrumento ni leer las notas —le dije—. La danza me llamaba más. El lenguaje del cuerpo. Las manos y el braceo del flamenco. Pero nunca pretendí ser bailarina.

—Con la escritura se hace coreografía —añoró lo imposible.

—Con el texto, música —la consolé.

Carson suspiró, mirando las manos del saxofonista sobre el cuello de cisne de su instrumento y como si el jazz le hubiera soltado las bridas del pensamiento. Dijo:

—La música no cuenta una historia, acompaña estados del alma. Emociones. No hay nada más difícil; la plástica también lo logra. Las palabras son concretas.

Era demasiado sagaz para sus treinta y ocho años. Yo había escrito cuentos y cuando los leía en voz alta notaba la cadencia de las palabras. Si surgía un hallazgo en el fraseo, era producto del ritmo y la precisión de las palabras, un destello que atizaba algo. «Tampoco era tan concreto», pensé.

—No explicamos nada al narrar. Convocamos un escenario.

Carson ya no me oyó, se hundió en su burbon y yo en mi copa de vino. Y si ella descifraba el instante en que las palmas rosadas de Roy hacían contacto con el marfil de las teclas, yo me concentraba en la pulsión de las cuerdas del bajo, en esos pellizcos que dejaban la vibración en el aire. Y no pensaba en emociones, sino en cuerpos moviéndose, sudando, caderas, pelvis, cuello, hombros, lento, callado. La batería parecía anudar a los otros con percusiones no escandalosas, como goterones de agua en el paisaje.

—Mi maestra de piano de Columbus es mi amiga. Nos encontramos a veces.

Sabía de Mary Tucker y su importancia en la vida de Carson, de su primer cuento: una niña que no logra acometer los movimientos de los dedos en el piano, que se raja.

Pensé en lo que había escrito Sor Juana en su respuesta a Sor Filotea sobre la maestra que le enseñó a leer y a escribir en la escuela: «Amiga: Ella puede testificar porque aún vive».

Mary Tucker habría testificado sobre la relación de McCullers con el piano, sobre su decisión de dedicarse a escribir, sobre su salud física. Se escribe pensando y se puede dictar, como Carson lo haría después del tercer infarto cerebral. Pero nada de eso ocurría aún, y era tanto mejor no tener idea del devenir de la vida.

—¿Has tratado la novela? —dijo cuando la pieza acabó.

—Me sobran preguntas en un cuento que quiero escribir, tal vez se vuelva novela. —Recordé el tiempo aquel.

—Esas no se acaban. —Se rio.

En medio de esa plática cálida, casi íntima, que se aderezaba con la densidad de la música, la oscuridad de la calle, los aplausos, los tintineos de copas, para el tercer burbon Carson me miró desafiante.

—¿Qué quieres de mí?

Me descolocó. Caí en cuenta de que tenía el pretexto:

—Siento lo de tu madre. ¿Se puede vivir sin ellos? —Aún no sospechaba mi orfandad.

—Estoy por verlo. Ella siempre me supo escritora. Leía. Me cuidaba. Le escribía una carta diaria de mis viajes. Ya no quiero volver a la casa de Nyack, donde vivíamos mi hermana, ella y yo.

Pero sabía que yo le mentía, que quería saber algo más.

—¿Quieres saber qué es el éxito temprano? ¿La invalidez? ¿Pasar tres meses en un hospital? ¿Mucho tiempo en cama?

Quería saber quién era ella detrás de todo ello, quién era cuando escribía, fuera de su biografía. En el pacto con la imaginación y la palabra, por encima de la fragilidad física. A solas.

—Te quiero espiar —le dije con temeridad.

Me entendió mal.

—Ya sospechaba que tú eras como yo, que cuando miras las manos de Johnny en el bajo estás pensando en mis manos sobre tu piel, mi mano torpe y mi mano buena.

La miré asustada.

—Te equivocas —reproché.

Su sonrisa maliciosa me hizo olfatear el peligro.

Abrí mi bolsa nerviosa y saqué la polvera que me había llevado ahí, me escudé tras el espejo. La cara recuperaba las marcas de sol y las líneas de la frente, el sin color de mi pelo. Necesitaba salir de aquel tiempo.

41

Me dijo que si la acompañaba a su cuarto de hotel porque no soportaba los zapatos. Me iba a llevar al Lower East Side de la ciudad, ahí donde después de la Depresión se paseaba tomando fotos.

—No entiendo por qué con mi altura me empeño en elevarme más —me dijo mostrando los tacones toscos que llevaba puestos.

Era cierto, me sacaba media cabeza pero las mujeres no nos ponemos tacones para vernos más altas; tiene que ver con el equilibrio del largo de la ropa y el pedazo de pierna que se asoma, con una sensación de pedestal, quizás. También con la belleza del zapato: entre más lejos de una pantufla o chancla, mejor.

—También me podría quitar yo este sombrerito —le dije aliviada por la posibilidad de desprenderme de aquel bonete, sujeto a mi cabeza con horquillas, que me emparentaba con las aves. Lo había escogido dentro de mi caja de objetos *vintage* porque los guantes eran insoportables en el calor, el color de los labios también tendía a desvanecerse.

Parecía que Eudora ya me había perdonado el trago amargo de señalar su negligencia en la residencia literaria. Mientras caminábamos se me ocurrió decirle que *negligencia* era una bonita palabra. En inglés tampoco suena mal. Tiene densidad, como si reclamara algo. Yo era una escritora que no escribía, llevaba un rato dándole vueltas al ojo del huracán ahí donde no pasa nada. Era negligente. ¿Estaría deprimida? Pero la verdad es que la que caminaba junto a ella, Lavinia de cuarenta y seis años, estaba en un momento efervescente, como la escritora de Jackson. Cuando me había enfrascado tres años en la vida novelada de una cantante de ópera, había sido un momento afortunado empatar la vida y el conflicto que quería contar con la forma caleidoscópica que ensayé. Muchos ojos y voces, como en racimo, para mirarla por aproximación, por diferencia. La pasé bien. Renté un espacio en otro edificio en el mismo conjunto donde vivía porque necesitaba aire de mi hijo adolescente. Portaba ese cuerpo a sabiendas de que ya era otro momento de mi vida y escritura. No podía dejar de pensar en el desamparo de ideas. Que la realidad no te acercara un instigador suficientemente atractivo para que te sentaras a escribir no solo por el tema, sino por la forma... pero, si no hay tema, ¿para qué quieres la forma? Eudora se detuvo, colocó dos dedos abiertos de la mano derecha frente a un ojo mientras cerraba el otro. Apuntó al grupo de muchachas que se habían detenido ante el vendedor de pretzels. El olor tibio de los garigoleados de masa era un imán.

—Ahí hay una foto —me dijo. Y seguimos como si nada.

Me quedé mirando al grupo porque tal vez había más que una foto, las chicas no parecían locales. Se les notaba en los asombros, su vestimenta era exagerada. Como si quisieran parecer más grandes y más citadinas que sus escasos veinte años provincianos. No podrían gastar en ningún tipo de restaurante, y aquellos panes que introdujeron los migrantes alemanes saciarían con deleite su hambre en Manhattan.

—Le estás siendo fiel a Cortázar—le dije con un guiño.

—¿Cortázar? —me preguntó ajena a ese apellido.

—Ya ves que compara la fotografía con el cuento, la novela con el cine…

Mientras aventaba las palabras, se cuajaron en mi boca. Cortázar seguramente estaba escribiendo en París pero no había publicado ni era posible que ella hubiera leído una versión al inglés.

—Es un cuentista argentino.

—Lo siento —se disculpó—. No leo en español. En cambio, tú me llevas ventaja.

—Sí —le dije—, y he visto a uno de tus personajes hacer la pinza que acabas de hacer con los dedos. La chica está tumbada junto al lago y observa a una familia que acaba de interrumpir su soledad. Me gustó cómo mira y piensa esa chica que se ha enamorado por primera vez.

Eudora sonrió. Todo escritor quiere la complicidad de la otra orilla, alguien que tome las palabras como si fueran una cobija y se envuelva con ellas. Como si en ese arropo cupieran el escritor y el lector. Supongo que hasta olvidó la molestia del talón por el zapato, porque caminó con más brío y, cuando llegamos al Barbizon y subimos a la habitación —que siempre alquilaba y procuraba que le dieran la misma, según me dijo, porque era silenciosa y cabía entre el compás de sus dedos abiertos pegados al ojo—, me preguntó:

—¿Puedo leerte un cuento?

Debe haber notado mi sorpresa, porque no esperaba ni esa confianza ni que en ese momento tuviera que escuchar con toda atención.

—Eres una escritora. Lees y hablas inglés. Tengo dudas.

Las dudas eran lo de menos cuando ya tenías un texto en la mano, una versión en borrador de un mundo. Algo que palpita escurriendo vida. Le dije que me honraba con aquella petición y me senté en la orilla de una de las dos camas. Se sentó frente a la mesilla que daba a la ventana pero se dio la vuelta. Había tomado las hojas que reposaban junto a la máquina de escribir.

—¿Ya no viajas con tu cámara?

—Esta es mi cámara, pesa —señaló la Olivetti—, es incómodo cargarla, pero cuando estoy trabajando en algo no puedo postergarlo. Me invitaron al cumpleaños de unos amigos, y veo a Diarmuid, mi agente y amigo, siempre que vengo. Aunque sea una visita de pocos días, a un cuento no lo puedo soltar como a una novela. Te apergolla.

Me dijo que me pusiera cómoda; me quité los zapatos y recargué la almohada en la cabecera mientras estiraba las piernas. Eudora empezó…

No supe en qué momento me quedé dormida, supongo que Eudora no se dio cuenta, porque cuando abrí los ojos ella seguía leyendo. Entonces levantó la mirada de las hojas y se disculpó por aprovechar la lectura para tachar algunas palabras.

—Flaubert es el responsable del método de revisión leyendo en voz alta —dijo, satisfecha de detectar errores, y siguió con un hilo de palabras que yo no podía colocar en la lógica de los sucesos ni de la atmósfera que retrataba. Me dio angustia tener que dar una respuesta porque la falsedad se iba a notar.

—Tengo que pasar al baño —inventé.

Entonces Eudora reaccionó: sentía que aquello que se había propuesto leerme era demasiado largo y que la verdad necesitaba más trabajo.

—Te confieso algo —le dije cuando salí del baño, donde me refresqué la cara—, prefiero leerlo en silencio. Me cuesta trabajo seguir la lectura solo con el oído en un idioma que no es el mío.

Había encontrado la solución, aunque me había perdido de ser la receptora de un cuento en proceso de Eudora Welty. Ya no podría decir que alguna frase respondía a alguna contribución mía. Pero todo indicó que no pondría en mis manos un cuento en proceso.

—Salgamos —dijo ella de repente—. Hace demasiado calor en este cuarto y me está dando sueño.

Me coloqué el ridículo bonete, mientras Eudora buscaba zapatos más bajos.

—Ahora soy yo la que se tiene que refrescar —dijo y, mientras Eudora pasaba al baño, no resistí abrir la libreta que estaba el otro costado de la Olivetti. Recorrí algunas hojas hasta que algo que abultaba la libreta me llevó a abrirla en ese sitio. Sobre la página un título: *Las no palabras de Beth.* Una serie de papelitos sueltos estaban prensados en esa hoja, parecían arrancados de una libreta. Mi corazón saltó como el de un detective que olfatea la cercanía de una pista.

Los tomé para revisarlos, pero escuché la puerta del baño. En un solo movimiento cerré la libreta y el puño que los escondió.

—¿Lista?

Cuando salí de la habitación detrás de Eudora, los metí a la bolsa.

42

Las horquillas en el pelo me estorbaban y fue cuando entendí que me había quedado dormida con el bonete puesto, doblada sobre el escritorio. ¿Cómo había ocurrido? Lo llevé mientras caminamos por el este de Manhattan hasta el lugar donde había estado la galería en la que expuso Eudora a los veintisiete años, Lugene Opticians, Inc. Era como si desandando sus pasos ella rozara sus deseos más jóvenes y todavía tuviera nostalgia por ese disparo fotográfico, por el hallazgo del ojo producido por un artefacto tecnológico. Era más rápido ese apretón del botón, aunque revelarlo tomara tiempo, que sentarse a extender en palabras los desvelos de la imagen. La epifanía de la fotografía la producían los químicos y la luz. La del cuento en el equilibrio entre el manchón de palabras y el silencio que iban dejando.

Nos dedicamos a caminar haciendo ángulos con el dedo índice y el medio para anticiparnos al obturador. ¿En qué momento de nuestros pasos los zapatos bajos de Eudora le permitían largas zancadas, me detuve o me senté, y dejé de estar con ella? Supongo que en algún reposo tuve curiosidad por los papeles que me había metido a la bolsa y que mientras Eudora se distraía, o tal vez pasaba al tocador en alguna cafetería, mi memoria no era certera, yo aproveché para extraerlos y revisar su contenido. Quizás cuando ella regresó y advirtió la velocidad con que los apretujaba en el puño supo que yo escondía algo. ¿Me habrá preguntado? Abro la mano. Los papeles parecen arrancados de una libreta que cabe en una bolsa. Pero están en blanco. Cinco hojas en blanco. Una No Beth en mis manos. Defraudada, debo haberle espetado que sus papelitos estaban en blanco mientras ella reconocía que eran los de su libreta. Tan dama como era, no me la imagino gritándome ni descompuesta, pero sus últimas palabras pudieron ser: «¿Acaso pensabas que las ideas de otros sirven para tu escritura?».

Herida, le contesté mientras, grosera, abanicaba las hojas vacías frente a su rostro. La escena se volvía con precisión:

—Este es el lago, oculta lo que hay bajo su superficie. Es tu manera de decir «No sé nada de aquella chica que se ahogó una tarde frente a tres escritoras que guardaron silencio».

Se quedó de pie, el mentón con un temblor contenido, entonces levantó la mano derecha frente a los ojos, abrió los dedos en pinza y nombró la foto:

—Escritora con ridículo bonete.

Al levantar la cabeza de mi escritorio, abrí el puño y solté los papeles, húmedos por el sudor de mi mano. Separé cada hoja y la alisé sobre el escritorio, una después de la otra como si fuera un juego de naipes que pudiera anunciarme el futuro. El de mi escritura. Es difícil escribir de lo que no está o que tal vez no fue. De aquello que dudamos que haya pasado. Para no sentir que pisaba una ficción desmesurada, tomé la pluma y plasmé manuscrita la *B* mayúscula para que ocupara dos de aquellos papeles y distribuí la *e*, la *t*, la *h* en el resto de los papelillos. «Bueno», me dije, «hay que empezar por el nombre».

43

¿Qué haces con una noticia como esa? ¿Qué haces cuando te recuerda la oscuridad, una especie de ave negra enorme que te envuelve con sus alas desde niña y tapa toda luz de tu vista? Además, te arrastra, te lleva entre sus patas a algún lugar incierto, y no puedes hacer nada más que ovillarte, esconder la cara. Podrías caer, y no quieres. Todavía quieres estar en la vida. Carson llevaba un cuarto de la botella de whisky. Su amiga salió del departamento después de avisarle del suicidio de Reeves, como si depositara un cuchillo para que ella misma rajara su garganta. Aquella botella que también le llevó no mitigaba el dolor. Quería romperla y con el filo de las aristas rasgarse las venas. Llorar resultaba poca cosa para un dolor semejante. Volvió a hacerse un ovillo en el sillón verdoso de la veranda de la casa de Nyack. Pidió que la dejaran sola. No necesitaba a mamá en ese momento, a Rita tampoco, para que le recordaran que ese hombre la lastimaba, que su depresión la arrastraba a ella, que la guerra y el éxito de McCullers, porque él también había querido ser escritor, lo habían mermado. Era cierto que no era aquel chico del que se enamoró a los diecinueve años, con el que se juntó primero para probar el sexo, así lo dijo a sus padres, y luego, si funcionaba, casarse. Ese chico con el que se fue a Charlotte y trabajó en su novela y amó el resto del día. Escribir y amar, un ritmo como el del bastón que sostenía la invalidez de su pierna izquierda. Había escrito *El mudo*, que después se llamó *El corazón es un cazador solitario* por un poema que encontró su editor y que había escrito la escocesa Fiona Macleod, que en realidad era William Sharp —a Carson le había fascinado el juego de la ambigüedad hombre mujer—, y luego continuó con *Reflejos en un ojo dorado* y, en medio y después, los cuentos y *La Balada del café triste*, y siempre Reeves, fuera de foco o en el centro de su vida.

Era cierto, se había casado, divorciado y vuelto a casar. Él nunca había sido una balsa estable, aunque al principio y antes de la guerra y cuando vivían juntos, sí. Era tierno, la amaba. Se lo había dicho en su última carta: «Desde luego si quieres que nos divorciemos lo haremos y en los términos que quieras, de todos modos no habrá un solo día de mi vida que no me despierte pensando en ti y me vaya a dormir también con tu imagen». Las palabras eran ahora astillas imposibles de recoger. Necesitaba el amor de Reeves y ahora la traicionaba con su muerte, en un hotel en París. Vaya desperdicio para una estancia en esa ciudad que los dos amaban, en cuyos alrededores habían comprado una casa porque Carson ahora tenía dinero, ¿y para qué servía? Estaba en la casa de Nyack que compartía con mamá y Rita y la cuidadora de mamá y de ella. Se sirvió de nuevo, no bebería de la botella como algunos personajes de sus cuentos. Se había acostumbrado a partir de Reeves y llegar a él. Como si fuera un muelle. Si tenía doctores del cuerpo, Reeves era enfermero de su corazón. Y a veces podía ser muy rudo y no comprender su amor por otras personas: Annemarie, David Diamond, que le pidió matrimonio cuando estuvieron divorciados Reeves y ella, y luego lo conquistó a él. No le importó, podían amarse los tres. Y no era físico, era una necesidad profunda del corazón. No lo sabía explicar. Ella era un poco Amelia, que daba la vida por el jorobado contrahecho y mentiroso. Amelia transformada por su idea del amor. Oyó el graznido de esa ave que olía a carroña, y se aferró a los brazos del sofá. Ausencia de una palabra a la que no la acostumbró el entrenamiento previo. Las otras muertes, la de Lamar, su callado padre, ni la del personaje de su novela, el sordomudo Antonapoulos que dejó tan solo a John Singer. Ni la de su abuela que olía a verbena. Se podía acurrucar junto a ella por las noches y su abuela la salvaba de la negrura, como esa botella que no lograba adormecer su tristeza, ni la de su abuelo, ni la de su padre, ni la de su marido. La botella no era el olor a verbena en los brazos de su abuela. Ahora era una viuda, una escritora viuda. Tal vez siempre lo había sido, porque algo no se llenaba ni con la escritura ni con la compañía de los otros, ni con el reconocimiento, ni con las cartas que le escribía a su madre cuando estaba de viaje.

Pensó que tenía que tomar el autobús e irse de ahí, a algún lado, lejos del ave negra que la había dejado en lo alto de un árbol en esa noche larga donde estirar las piernas, incluso intentar alcanzar la botella, sería desplomarse y morir. Entonces cerró los ojos y pensó en el vestido rojo que se había puesto la señorita Amelia en lugar de los overoles de trabajo para que el primo Lymon la viera. Y así hecha un ovillo y sin moverse, sonrió.

44

La reconocí por aquella cabellera platina, casi falsa. Una especie de trofeo metálico. Mientras caminaba hacia ella en el restaurante de ostras de la estación de tren, pensaba en la diferencia entre el dorado y el plateado. El primero refulge pero no tiene la connotación prístina de la plata. Seguí abriéndome paso entre los comensales gracias a aquel cabello niquelado que me atraía como el parpadeo de un faro. Solo que, a diferencia de las embarcaciones marítimas que así advertían la proximidad de la costa en la oscuridad para no chocar con ella, yo iba directo al fulgor. Mi extrañamiento provenía de qué debería ser a Carson a quien encontrara en una barra donde se comían ostras clasificadas por sus procedencias en cubetas de metal: Nantucket, Maine, Providence, la bahía de Chesapeake Bay, la isla del Príncipe Eduardo... pero aún faltaban dos años para que la gran comedora de ostras que era Isak Dinesen, alias de Karen Blixen, y McCullers se conocieran, y no sé si a Carson le gustaban antes de ese encuentro. La escritora danesa solicitó aquella comida a Carson, que era miembro de la Academia de las Artes de donde la habían invitado, con el deseo también de conocer a Marilyn Monroe. Carson dijo que era amiga de Marilyn y la reunió con la actriz y su esposo de entonces, Arthur Miller, en su casa de Nyack. Hay fotos que consignan ese momento pero que la propia Carson no conoce aún. Ha leído a la danesa africana y le gusta tanto como a Eudora le gusta Virginia Woolf y a Katherine Ann Porter, James Joyce. Carson debe envidiarle la vida en fincas de café en Kenya, de cacería con el experto en rastrear la huella de los animales. Le llamarán la atención sus grandes ojos enmarcados en kohl negro y el turbante que arropa su cabeza como si la cabellera no importara. Estaba pensando todo ello cuando me tropecé con el amasijo de canas frente a mí y descubrí que la que comía ostras era Katherine Anne. Dijo que había pedido la primera media docena surtida porque a ella le gustaba que la sorprendieran y que no puede haber más incertidumbre que lo que depara una concha.

—¿Siendo tan toscas y feas quién iba a suponer la delicia que resguardan? No sabes cómo será su consistencia, su sabor, su relación con el mar hasta que te la llevas a la boca.

Ni siquiera volteó hacia mí cuando elevó la concha rugosa y deslizó el molusco sobre la lengua. Me pareció curioso que el animal que engullía casi fuera del color de su pelo. Quise comerlas, despreciar su soberbia, que ya no vinieran cargadas de rocas desprendidas, de lengua de mar, de padre sollozando. El hombre del torso desnudo pregunta otra vez: «¿Claudio?».

Le dije que lo sentía por llegar tarde, pero no le dije que la verdadera razón fue que no me podía hacer el nudo de la corbata, que intentaba holgar mientras me sentaba en el banco alto dispuesta a desafiar al mar que me traían las ostras. Mi idea era llegar con McCullers tal vez a su casa de Nyack, donde en un futuro se tomaría la foto de esa comida fuera de serie entre cuatro figuras de la vida cultural y artística del momento.

Me había costado trabajo conseguir una corbata de los cincuenta pero por fortuna mi cuñado —aunque ya tenía otra pareja, él seguía siendo mi cuñado— guardaba en el clóset las prendas que había usado a lo largo de su vida. Cada vez incursionaba menos en esa variedad arqueológica de su propio vestuario, pero por alguna razón no se deshacía de él. Lo llamábamos al orden para que desterrara aquella profusión de prendas viejas. Pero ahora que me había sido útil su coleccionismo, agradecí que entre lo acumulado hubiera corbatas. Debe haberla usado en algún baile de secundaria. Escogí la corbata ancha, con tonos mostaza y verdosos, lisa en la parte de arriba y con franjas en el extremo que se cuatrapeaban como si fueran teclas de piano. Debió haber sido una corbata muy moderna para los años cincuenta. Estornudé atosigada por el polvo y pregunté si podía usarla. Sin duda, estaba seguro que no iba a haber un momento en que la portara más en su vida, se burló. No entendía para que la quería yo, supuso que para disfrazarme.

Aparecí junto a Katherine con una falda tableada, un saco gris, camisa blanca y aquella corbata mal anudada.

—No te va el gris, México. Tu ropa tiene que contrastar con tu pelo salpimentado.

Me gustó mucho que adjudicara a mi pelo un color específico. Aunque me desilusionó no tener un cuerpo joven y una risa despreocupada, si hubiese sido Carson la de las ostras. La palabra canoso era muy imprecisa. Porque viéndolo bien había toda variedad de canas. Por ejemplo, las de Katherine eran parejas: nevadas y brillantes. Me senté a su lado en la barra como si no me importara su comentario y con deseo de una copa de vino cuando noté que ella ya había ordenado el vino blanco del cual iríamos bebiendo.

—Dijiste que tú pagarías. Si no, una copita era suficiente para mí. El azul marino te iría mejor si vas a usar saco. Y esa corbata no le favorece ni a tu peor enemigo —soltó. Yo nunca había dicho que pagaría, porque esta cita ocurrió sin mi intervención. ¿Sería Capote haciendo de las suyas?

Noté que ella vestía un azul turquesa muy luminoso que parecía haber escogido para contrastar con su pelo. Le debía hacer caso. Teniendo la misma edad, ella lucía mucho mejor que yo.

—No creas que las canas son por haber tenido hijos como tú. Porque dicen que los hijos sacan canas. Y yo los procuré sin suerte.

—A mí se me oscureció el pelo cuando me embaracé —le contesté—. Y solo conocí mis canas porque hubo una epidemia.

Dejó la ostra que se estaba acercando a los labios y me miró desafiante:

—No me digas que tus canas también salieron con la enfermedad.

Tardé en reaccionar, había sido en el encierro de la pandemia que descubrí cómo era mi verdadero pelo sin ocultarlo con color.

—Era momento de descubrir si yo me gustaba así —le dije.

—Pues parece que te gustaste, entonces llevas mucho tiempo canosa.

Hablábamos de dos epidemias diferentes. Ella había estado hospitalizada cuando la influenza española en 1918. Ante la confusión yo no podía explicarle que solo hacía tres años de una nueva epidemia mundial, porque sus ojos se agrandaron como si alguien más pudiera comprender qué significaba a los veintiocho años emerger de aquel encierro con la salud comprometida y el pelo totalmente blanco.

—Pensé que yo era la única en el mundo a la que le había pasado.

—Ya ves que no —mentí—, pero las oculté mucho tiempo.

—Esta mata platina daba la impresión de artificial, y ya no tenía que hacer nada más en la vida que llevarla con alegría. Mi piel era joven, no había esa correspondencia con la cual ahora nos llaman personas mayores. Pero sírvete más vino y sírveme a mí también.

El mesero se adelantó cuando estiré la mano y llenó nuestras copas al tiempo que traía para mí media docena de ostras con la variedad del día.

Katherine roció el polvo oscuro del pimentero sobre la última ostra que le quedaba.

—Es de buena suerte.

—¿De verdad? —le pregunté.

—No lo sé, pero lo estamos inaugurando.

Nos reímos. Porter sin duda podía inaugurar muchas cosas, se inauguró ella misma cuando se cambió el nombre por el de su abuela, cuando llegó a vivir al Village, después de haber estado en Chicago. Imaginación no le faltaba. Había tenido amantes y esposos mucho más jóvenes que ella, seguramente adoraban su pelo estandarte de nieve.

Cuando terminamos, me pidió que me quitara la «ridícula» corbata si íbamos a caminar juntas por las calles de la estación. Le dije que eso era imposible, porque lo era. Así como mientras me anudaba la corbata aparecí en una cita que no recordaba haber hecho, porque era muy difícil tener memoria de lo que pasaba cada vez que veía a una de las escritoras y mudaba de edad, lo que sin duda ocurriría si me desprendía del objeto salvoconducto es que volvería a mi estudio y a mi siglo.

—No puedo, prometí a quien me la prestó que hasta que no escribiera la siguiente novela no podía dejar de usarla cada vez que saliera a cenar. —Encontré la salida.

Katherine meneó la cabeza.

—Ustedes los mexicanos y sus promesas religiosas. Son capaces de caminar de rodillas para jurar a la Virgen que no volverán a beber. Para ustedes vivir es un acto de fe.

Estaba destripando más allá de la molestia que le causaba mi corbata.

—Pudiste haber escogido una más lucidora. —Se dio por vencida.

Le expliqué que su poca gracia era un acicate para que me diera prisa en la escritura y poder liberarme del yugo que significaba traer el adefesio colgando del cuello. Ay, mi cuñado, ni siquiera en su época la corbata resultaba bien.

—Nunca se me hubiera ocurrido hacer algo así —dijo mientras echamos a andar hacia el andén después de que yo pagara la cuenta. Nos detuvimos en aquel vestíbulo descomunal bajo la bóveda azul cielo donde refulgían las constelaciones hechas de incrustaciones doradas.

—Me encanta detenerme en este vestíbulo espacioso que da la sensación de abundancia, de vastedad.

Parecía que ella nunca había hecho una reflexión semejante, porque también se detuvo, miró hacia el cielo falso y dijo:

—Todos necesitamos un cielo, tal vez eso es lo que te gusta. ¿Y por qué no te olvidas de escribir y ya no te preocupas de que no tienes una historia que te atornille a la silla? ¿Es necesario estar escribiendo siempre? ¿No basta con lo que has escrito?

Las dos mirábamos el juego de las formas en esa bóveda tan inalcanzable, pues las preguntas nos cuadraban a ambas. Las dos compartíamos el peso de estar en lo que seguía, de que teníamos que inaugurar un nuevo mundo de palabras. Era la única forma de estar vivas.

Escribir es siempre una mirada al futuro. Ahora que nos acercábamos a los setenta años, podría desde el más allá (de donde yo venía) contarle que Philip Roth había decidido dejar de escribir a esa edad, aludiendo a la energía que demandaba la escritura de una novela. Se desató libre. Y aquí en cambio estas dos mujeres añosas, pelo platino y pelo salpimentado, no queríamos renunciar a las palabras, adictas a la sensación de vida inagotable que nos proporcionaban.

Pero ya Katherine caminaba veloz delante de mí, sospeché que le habían caído mal las ostras, cuyo misterio también radica en sus consecuencias, y que buscaba un baño. Ya me había pasado con otros estómagos que reaccionan mal ante los moluscos grisáceos, babosos y exquisitos. Pero la vi seguirse de largo y me hizo señas, apresuré el paso y llegamos a uno de los andenes donde un tren aguardaba. Los pasajeros se apeaban, preguntó a uno de los guardias a qué hora saldría el tren y le dijo que faltaban cinco minutos. Se dirigió al siguiente vagón y subió por la escalinata, mientras yo me quedé paralizada en la plataforma. Me hizo señas. La seguí como si atendiéramos el guion de una película hasta que se sentó en un par de asientos vacíos.

—¿Por qué vamos a Filadelfia? —Pensé si habría algo ahí de lo que ella quería escribir o que ella pensara podría interesarme como tema.

Me ignoró mientras miraba por la ventana al tren deslizarse estación afuera como pasta de dientes estrujada del tubo.

—No tenemos boleto —le dije alarmada.

—Nadie va a molestar a dos viejecitas. —Se confió. Aunque no parecíamos viejecitas, no como yo pienso la palabra. No sé si nos verían así los más jóvenes. Pero se equivocaba, y no solo se equivocaba, sino que me traicionó. Cuando el guardia empezó a recorrer el vagón pidiendo los pasajes, se levantó y me dijo: «Ahora vengo», como si las ostras reclamaran sanitario.

Tan mentirosa como ella, le dije al guardia que mi amiga traía los boletos. Dijo que esperaría y pasaron cinco minutos, y pasaron diez y Katherine no regresaba. El guardia me dijo que debería ver si le pasó algo.

—Tiene razón.

Me asomé a los baños al final del vagón siguiente, pero no había nadie. El regusto mineral de las ostras se me arremolinó en la lengua. Recorrí otro vagón con el deseo de encontrarla sentada, pero ni sus luces. El guardia había revisado los pasajes de los siguientes vagones y me alcanzó.

—¿Su amiga se salió por la ventana del tren? —se burló.

Veinte minutos más adelante el tren se detuvo en una estación. Tuve que bajar porque ni siquiera traía el dinero para comprar un pasaje a un lugar al que no quería ir. Solo me alcanzaba para el regreso a Manhattan. Caminé por el andén hacia las taquillas, a todo lo largo del tren que saldría de nuevo. En el primer vagón descubrí su cara con aquel halo de luz que le daba el pelo rizado y blanco; agitaba la mano para despedirse de mí. Me paré en seco mientras los estertores de la máquina anunciaban el movimiento. Katherine necesitó escapar de mi corbata, de mi asedio para aliviar la sequía creativa, como escapó del marido. Escapar ha sido su estrategia para sobrevivir. Pero estaba molesta, porque me dejó a la deriva en un tiempo que no era el mío.

Deshice brusca el nudo de esa corbata que, además, me apretaba el cuello en esa tarde pegajosa del verano y la lancé hacia la ventanilla donde todavía estaba el rostro de cuija sonriente de esa escritora indescifrable.

No pude devolverle la corbata a mi cuñado y tampoco fue necesario comprar el boleto de regreso a Manhattan.

Notas para una biografía de Lavinia Melín
Una mujer de cuerpo entero

Año con año hacían esa reunión. Tenían un pretexto común: eran escritoras. Intercambiaban libros, regalaban chismes, quejas de los editores, de las librerías, con el mundo de los libros, con las injusticias literarias, y depositaban asombros. Conversaban sobre lecturas imprescindibles. Jugaban a arrebatarse regalos insólitos. Dejaban de ser gente seria y eran niñas con los rizos alborotados y las rodillas mugrosas, les salía la envidia, lo molestonas y lo sentidas. Dejaban sus cargos públicos en una bandeja y sus agobios familiares en otra, y bebían y se reían y decían que deberían hacer eso más seguido. Pero sabían que era muy probable que esta fuera la única vez porque el año se las tragaba como los dientes de un molino en las esquinas de la ciudad que compartían, o la enfermedad las distanciaba, o los compromisos y unas podían y otras no podían y a veces podían casi todas, como esa vez.

Lavinia Melín regresó a casa azorada, con un libro entre las manos que no sabía si quería leer, con el peso de la mentira que se había dicho mientras la hacía pública. «Estaba escribiendo una novela que la tenía enfebrecida, como era un proyecto distinto no podía revelar nada por aquello de las supersticiones, solo podía adelantar que tenía que ver con el oficio, con ser escritoras». No había confesado su marasmo, su ineptitud para encontrar una historia que la tuviera al filo de la butaca, como dijo otra que, de un viaje de familia, había sacado la novela que concluiría en unos meses. Algunas enumeraron cuánto habían publicado en el año, una poeta intentaba una novela, la novelista poeta era traducida al francés mientras las otras narradoras solo circulaban en español.

El desconcierto en Lavinia venía de las palabras de la anfitriona: había enviudado hacía poco, después de estar al cuidado de la larga enfermedad de su marido, y estrenaba una nueva relación a sus casi ochenta años. Estaba feliz. No estaba escribiendo nada y no le importaba no escribir nada. Aquella felicidad ajena la puso contra las cuerdas del ring, ella fue incapaz de decir lo mismo. Era verdad que su vida pasaba por un momento grato. Madre, abuela, acompañada por un artista plástico con proyectos interesantes. El espacio que habitaba ahora tenía un pedazo de cielo donde fantaseó que la escritura se desplegaría con la calma y el brío necesario. En aquel pedazo de cielo se distinguían Orión, Venus y Júpiter en las noches de invierno. Le podría dedicar un tiempo menos deshilachado. No tenía que proveer el cuidado cotidiano a nadie. Si acaso a las plantas, aunque el pintor, tan atento a matices de color, las regaba. Mientras ella había mentido, la anfitriona derrochó sinceridad en la llaneza de su explicación, en los libros que la precedían, en el lugar que tenía en la escena de las letras; lo que importaba era que la pasaba bien con una pareja con la que conversaba, viajaba, amaba y era amada. Era una mujer de cuerpo entero.

Lavinia se preguntó sobre el papel de la escritura en su vida y decidió que tenía que resolverlo.

Solo se le ocurría hacerlo escribiendo.

45

Me costó dinero pero era adecuado para la ocasión. Sombrero pastillero púrpura con redecilla al frente, casi un clásico, por lo que pude encontrarlo en la tienda departamental. Pensé que era absurdo gastar aquella cantidad para una sola ocasión, aunque Capote me diría que la imaginación tiene su precio. Pero aquel objeto era palpable. El problema fue que me lo puse en la cabeza y, cuando estiraba la redecilla para que cubriera mi rostro, los pasos briosos alrededor mío y el inglés por el altavoz me alertaron. Se anunciaba la salida de un tren. Pensé que era una pesadilla en que yo iba y venía de una ciudad a la que nunca llegaba. Por un momento sentí la brizna de una historia que podía desoxidar mi voluntad de escritura. Porque para lograrlo, para sentarse a batir las alas de las palabras se necesita el pacto de la idea, la chispa y la voluntad. Un acuerdo espontáneo.

Aún no me daba cuenta de que mi tocado era demasiado formal para el vestido de Príncipe de Gales con doble abotonadura al frente. Me seguía intrigando el pase al pasado, ¿cómo era que un solo objeto instalaba el resto del atuendo de época? Sabía que mi brasier era de los de copas con costura en espiral, lo que acorazaba mis pechos y resultaban más conspicuos y pispiretos. Habría que corregir esa frase cacofónica de *pase al pasado*, una parte de mi cerebro parecía estar escribiendo y la otra terminando de alzar la red ante el trajín de aquellos hombres de traje y sombrero, algunos con portafolio, muchos llevando un periódico, algunas mujeres acompañándolos, muy pocas solas. Tomaría el tren a Nyack porque no era la estación Central, sino la estación Pensilvania. Era agosto y a lo mejor estaba a tiempo de llegar al funeral de Marguerite Smith, la madre de Carson. No hay que romperse una cadera a cierta edad porque es probable que la cadena de complicaciones nos saque de la vida para siempre. Cojeé contagiada por la conciencia ósea mientras compraba el boleto de la próxima partida. La mujer de la taquilla me dijo que lamentaba mi pérdida, como si aquel bonete comunicara un luto reciente. Agradecí.

Esperé en el andén indicado para que abrieran las puertas de los vagones y localicé el mío. Nunca pensé que visitaría aquella pequeña ciudad, al borde del río y del lago, a dos horas de Nueva York. En Nyack también vivió un tiempo Mark Twain y nació el pintor de las soledades urbanas, Edward Hopper. Me parecía curioso que Carson la hubiera escogido como morada para su madre y su hermana y para ella misma en los ires y venires con Reeves y al hospital o a trabajar con Tennessee Williams. Precisamente estaba en Cayo Hueso con el dramaturgo cuando le avisaron que su madre se había caído. Hizo a un lado las adaptaciones al teatro de sus propias novelas. Dejó a la señorita Amelia, al primo Lymon y a Martin con la palabra en la boca, y suspendió aquellas lecturas nocturnas en voz alta para que su amigo ajustara el diálogo a la exigencia del escenario, a los movimientos, el ritmo a la estructura. No se escribe teatro como se escribe una novela. La de Tennessee y ella era una buena alianza. Carson volvió a casa de prisa. La cuidadora que le habían contratado a su madre un año atrás no había podido intervenir para evitar una caída. Por lo menos hubo alguien para hacer notar la emergencia.

Cuando me acomodé en el asiento, la mujer frente a mí inclinó la cabeza en señal de saludo. Nuestras rodillas apenas y tenían una palma de separación y eso era intimidante. El tren echó a andar. Tenía ganas de ver el paisaje adusto, sin grandes montañas como las que rodeaban el Valle de México. Me quité el pastillero, vaya nombre: *pillbox hat*, y lo coloqué con suavidad en el asiento de junto. Lo sensato hubiera sido desplazarme para evitar el cara a cara de las rodillas con mi vecina de asiento, pero las dos queríamos la ventanilla. Es lo mejor del tren, un paisaje continuo, como un espectáculo para uno solo, y el arrullo del traqueteo. Una vez afuera de la ciudad comenzó el desfile de los árboles y la aparición intermitente del río que nacía en el lago Lágrima de las nubes, en las montañas de Adirondack. Me encantaba saber dónde nacían los ríos. Ahora me parecía más evidente esa curiosidad. Buscaba orígenes, el surtidor de una novela.

No solo las rodillas de la mujer me incomodaban, sino la manera en que miraba mis manos. Fue entonces que comprendí su azoro. Aquellas manchas de sol cosechadas en el tiempo, aquel oleaje de piel en los nudillos, las venas como tuberías a punto de reventar desaparecían como si fueran efectos especiales del cine. Por primera vez estaba yo atestiguando la regresión de la edad. Sus ojos se incrustaron en mi rostro, que intentó refugiarse en el paisaje tras la ventanilla, pero las medias lunas en mis mejillas y los rayos en las orillas de mis ojos se retraían, la piel henchida de humedad recuperaba el brillo y la lozanía que le restaban los años. Cuando me topé con su mirada, porque no había nada que yo pudiera hacer más que sentirme feliz por verme joven de nuevo, ella abrió los ojos enormes; se puso de pie como si estuviera ante un monstruo y no una mujer de pelo castaño oscuro, de ojos sin párpados cansados, de sonrisa sin el encuadre de dos rayas profundas. Desapareció en el pasillo apresurada, poniendo distancia entre lo que quizás era yo o su propia locura.

Estiré la pierna hasta colocar el pie en el asiento de enfrente. Sabía que por debajo del vestido las piernas estrenaban musculatura, los capilares como enredaderas moradas se sumían en el torrente de una sangre viva y feroz que estaba conquistando los placeres de ser madre, de tener un amor y de haberse decidido por la escritura. Los años se desprendieron como escamas y me sentí imprudente por esta felicidad cuando viajaba para dar el pésame al cementerio de Oak Hill.

Cuando eché a andar hacia el cementerio para reunirme con los allegados a la familia y con la propia Carson, que esperaba me reconociera y valorara el gesto de llevar mis condolencias, me crucé con los dolientes. Tal vez correspondieran a otro entierro, porque no reconocí a la escritora entre ellos. No era difícil distinguirla con aquel atuendo masculino, el pelo corto, ese flequillo en la cara y el bastón en el que se apoyaba. Seguí adelante, por el camino de tierra entre lápidas discretas, demasiado uniformes, en ese país ordenado hasta para morirse. A la sombra de un sauce, Carson estaba con ella misma. No debía interrumpirla. Junto al camino, el montón de tierra fresca indicaba que ahí estaba el cuerpo de Marguerite Smith. Pero Carson me vio. Era momento de acercarme.

—*I am sorry for your loss.*

Me gusta el sonido de esa frase en inglés. Es corta, justa. Más suave que *pérdida. Lamento tu pérdida* no encaja con el momento. Mi cabeza desquiciada, otra vez mitad en el papel, mitad en el lugar. Me dejó abrazarla cuando me reconoció y dijo que no me esperaba. Yo me disculpé por haber llegado tarde.

—Desde México cualquiera llega tarde. —Intentó sonreír.

Como si hablara para ella misma en un monólogo que pudo haber escrito con su amigo Tennessee Williams, mientras contemplaba la uniformidad de la muerte, en aquel silencio ceremonial (yo aún tenía a mis padres y me parecía impensable su muerte a los treinta y ocho años), soltó:

—No solo estoy enterrando a mi madre, estoy sepultando su cuidado. La fiebre reumática que me dio de niña me legó una salud muy frágil. Tener a mi madre cerca no nada más era hacerme cargo de ella, sino que ella me cuidara a mí. Después de la muerte de mi padre, lo que yo requería le dio una razón para ser una viuda tranquila. Cuando pude, le compré la casa donde vivimos, y tuvo una mejor vida que en Columbus. Yo también. Ya la verás. Pero no quiero estar con tanta gente ahora. Mi hermana se está encargando de los platillos en la mesa, de que no falte el ponche ni la ginebra, o el whisky, o las cervezas. No tengo pulque. —Se rio.

No se me hubiera antojado beber pulque en los momentos del pésame, tampoco tequila. O tal vez mucho tequila. Pero no le iba explicar que en los cincuenta el tequila era bebida de rancho, de película mexicana.

—Te puedo dejar sola —la interrumpí.

—Mi madre ya me dejó sola, no me hagas lo mismo —intentó bromear—. Y digo «sola», porque la escritora que soy tiene que ver con la madre que tuve. ¿Te das cuenta? Ayer conjugaba el verbo tener en presente, hoy en pasado. Uno sigue teniendo a esa madre. Pero esa madre está bajo tierra, pálida, la piel pegada a los huesos, los hongos, los gusanos, las cochinillas presagiando el banquete después de que horaden la carcasa de pino y sorteen la estopa y el satín hasta llegar a la carne que colmará su inacabable apetito por un tiempo tan largo que quizás mueran también junto a ella. Era quien me animaba a leer y a que le leyera mis primeros cuentos. Me pedía la revista donde había sido publicado algo mío. Era ella quien, cuando me veía abatida por el frustrado matrimonio con Reeves, me refrendaba su amor incondicional. Ahora todo eso se ha ido. Y mi cuerpo se va a tirar en una cama como lo hace cada tanto y necesitaré de alguien que se siente a mi lado y me acerque el caldo, el whisky y la conversación. Que me siga diciendo Lula, porque fui su Lula. Más corto y suave, menos apropiado para una escritora, pero muy canción de cuna. *Lullaby me to sleep.*

Qué podía yo responder frente al desarropo de esa ausencia que comprendía yo tan bien, cuando mi madre había sido mi interlocutora. Mi lectora más fiel. Con la redecilla cubrí mis ojos... Esos años de tenerla no volverían. Absurdamente la quise consolar:

—Tienes muy buenos amigos.

Después de un rato de mirar el túmulo de tierra, reaccionó:

—Y me están esperando.

Se tomó de mi brazo con la mano libre y echamos a andar. Las lápidas grises daban cuenta del mundo que había sido. Dos fechas son el resumen más corto posible de una vida. Esa lectura rápida que me iba llenando de fantasmas se tropezó con un nombre. Beth Mildew. Aparecía solo el año de su nacimiento. Me detuve sorprendida y señalé la lápida gris rosácea. No podía haber un entierro sin fecha de muerte, y Carson sabía por qué me había detenido.

—Mientras sea parte de mi escritura, está viva —argumentó contundente.

Respiré profundo, como si me hubiera cargado de una verdad que no comprendía. Las cuartillas donde escribíamos eran rectangulares como las lápidas, pero no escribíamos para la oscuridad de una sepultura. La escritura daba vida eterna.

46

Entraba luz por las ventanas, es verdad, y eso ayudaba a trabajar. Katherine me lo explicaba y yo lo comprendía, aunque había estado en situaciones donde para escribir solo era necesario que la silla fuera cómoda, la altura de las manos sobre el teclado, adecuada, y hubiera silencio para concentrarse. Faulkner decía que para escribir se necesitaban muy pocas cosas: lápiz, papel y no tener un trabajo que te absorbiera la cabeza. El pensamiento. Alguna vez trabajó como recepcionista de un hotel barato, me imagino en un hotel de paso. ¿Qué otra cosa hay que hacer ahí que dar las llaves, el jabón, la toalla y cobrar? Y, si quieres imaginarte quiénes son esos dos tipos, tipas, heterotipos —como diríamos ahora— que acaban de entrar, hasta historias cosechas. Katherine se había ido a Connecticut, a aquella casa solariega en un segundo piso porque era preciso que acabara la novela. Tenía un pacto con su editor. Su nuevo editor.

Me senté en el sillón de orejas porque me gustaba que te detuviera la cabeza y te envolviera como si estuvieras encapsulada.

—México, ¿qué haces ahí apoltronada? —me retó.

Estaba tan cansada de pensar qué artículo de moda me ponía para transportarme en el tiempo que no se me había ocurrido más que meter a la bolsa una muñeca Barbie de las primeras, de las de colección. Ignorancia mía, pues la inventó Ruth Handler, la esposa de uno de los socios de Mattel, en 1959. Debe haber sido el brazalete de falsas perlas que llevaba en la muñeca lo que funcionó. Ahí estaba.

—Necesito que me ayudes en la cocina. Todo el mundo que prueba mi paté de hígado de pollo no resiste saber la receta, y tú vas a tenerla de primera mano. Deberías estar emocionada y con una libreta de apuntes.

No me atreví a abrir la bolsa y seguir sus órdenes: ¿y si se asomaban las piernas torneadas y gastadas de esa Barbie que conservé? Pero me acerqué para ver cómo troceaba aquellos hígados de pollo a los que había estado habituada en mi infancia. Tropiezos, les llamaban a la española en mi casa. Menudencias, decían a la mexicana cuando los tenía el consomé o la sopa de fideo. La vi lavar las vísceras avícolas en el laboratorio de alimentos, cuando hubiera preferido estar en el de historias. Intentaba espiar su lugar de trabajo pero Katherine, absorbente, me dio un mandil y me puso a pelar ajos y verter una copa de brandy. Decía que había aprendido a hacerlo en París. Que si por ella fuera abandonaría la absurda tarea de construir historias que solo abonaban a la vanidad. Porque ese momento en la cocina y recibir gente le producían un enorme placer.

En algo tenía razón. La escritura no solo era solitaria en el proceso, sino en lo que pasa después. Es incierto el lugar al que llega, a veces ni siquiera tienes la oportunidad de ver la ola que regresa, el lector que se bañó con tus palabras es un encuentro fortuito. Me estaba llenando de pesimismo cuando escuché las voces de niños afuera de la ventana de ese lugar tranquilo.

—Te das cuenta que aquí no pasa nada, tan solo la irrupción de la alegría infantil. —Notó Katherine mi curiosidad—. Dirás que sirve para la concentración —me decía como explicándoselo a ella misma— y eso es lo que vine a buscar aquí. Alejarme del bullicio social. Pensar en este barco cargado de mis personajes en medio de la Segunda Guerra. Nacionalidades, ética, naufragio. ¿Le va a interesar a alguien? México, pásame la pimienta. Hay que triturarla en este mortero.

Mientras escuchaba sus instrucciones veía por la ventana a esa niña de vestido rojo, como una pequeña caperucita, jalar un vagón con algunas muñecas y llamar a su hermano, al parecer un poco más grande que ella, para que le ayudara a desatascar una de las llantas que había quedado ladeada entre las piedras.

—Desatorar —dije en voz alta.

—Solo hay que batir en la licuadora —respondió como si estuviéramos hablando del paté—. Antes había que hacer todo este triturado a mano. Pero la tecnología nos está facilitando ciertas maniobras. Ojalá pasara con la escritura.

Yo sabía que ahora sí había una licuadora de palabras a la que le pedías una historia sobre lo que sea y se producía un texto. La inteligencia artificial era el paté literario. Me aterraba. Confiaba en que la búsqueda que siempre supone el arte nunca podría resolverse con una licuadora. Contadores de historias, había muchos que podían intentar escribir una novela.

—Pero a mí la quietud solo me sirve para cocinar, comprendes, México. Me aburro después de dos horas de estar frente a la máquina de escribir. Tengo una urgencia de vida, de lo inesperado.

Volví a mirar por la ventana porque la niña lloraba. El hermano no le hacía caso, los hermanos mayores tienen esa forma de molestar y de querer. Si lo que yo veía era todo lo que pasaba, ¿cómo podía estar Katherine en un barco transatlántico en esta casa soleada y quieta? Un invernadero para la creación. Un congelador.

—Después de hornear habrá que meterlo al refrigerador, una vez que esté frío. —Me siguió explicando mientras servía dos copas del vino blanco frío y me indicaba que volviera al sillón orejero—. ¿Tomaste nota, México?

Estaba yo un poco harta de la manera en que actuaba, como si fuera mi mamá o mi jefa, aunque mi mamá nunca se portó así. Y nunca se paró en la cocina.

—No quiero hacer paté —me rebelé.

—Yo no quiero hablar de escribir —reviró despechada mientras tomaba una almendra del cacharrito que había puesto frente a nosotros—. Estados Unidos es muy aburrido —insistió—. He perdido la cabeza en otros lados: París, Alemania, México. A lo mejor hay que perder la cabeza para tener de qué escribir. No he podido repetir mis hazañas tempranas porque yo no soy esa. Y Stephen me tiene sentenciada, trasladé los derechos del contrato con él y hay que entregar.

Hablaba para ella. Y me daba así la oportunidad de yo hablar para mí.

Estaba sorprendida de que mi primera novela escrita hacía un cuarto de siglo hubiera vuelto a ser publicada y que tuviera más lectores que mis novelas recientes. ¿Sería que era una historia más obvia y que luego me ha dado por experimentar con puntos de vista, con lo no dicho, ser menos anecdótica, más inclinada al cuento en la novela, sus silencios? No entendía.

—A lo mejor solo se pierde frescura —respondió para las dos.

—Es que el cuento lo puedes acabar en un menor tiempo —le dije sabiendo que a las dos nos gustaba el género breve. Y que ese fue nuestro comienzo.

Entonces se rio:

—Mira, yo soy una experta en comenzar, llegar al clímax y terminar. Soy experta en desenlaces amorosos. El cuento parece ajustarse a eso. Pero la novela me pide que descubra. No controlo. Se parece más a la enfermedad. Y yo huyo de la enfermedad —dijo con gravedad.

Le daba pulmonía con frecuencia y era hospitalizada a menudo porque aquella influenza de joven la dejó frágil. Entonces se me ocurrió una frase de esas obvias, un tanto absurdas:

—Pues hay que dar la batalla con la escritura porque es lo único que está en nuestras manos.

—Ojalá solo estuviera en nuestras manos. —Las extendió largas, exquisitas, pulcras hacia las almendras rostizadas—. Está en nuestra cabeza y nuestro cuerpo entero. Se escribe con el pubis y el estómago y los pulmones y el cuello y los ojos y las encías.

Se puso de pie, sacó la botella nuevamente y rellenó su copa, yo iba más lenta.

—Chardonnay —me dijo—. Tiene más sabor por sí solo. Los otros blancos acompañan la comida.

Nos quedamos en silencio. Pensé que me gustaría saber más de vinos, no solo beberlos. Me había propuesto tomar algún curso, también pensaba que eso me salvaba del dilema de no saber de qué escribir. ¿Por qué no podía aprender de vinos y dejarme de tormentos? ¿A quién le importaba mi duda? Solo a mí.

Las risas de los niños llegaron hasta nosotros, es probable que la carreta por fin haya sido movida hasta el centro del jardín, donde la niña podía sacar a sus muñecas y jugar con ellas. Entonces se me ocurrió algo descabellado: saqué a la muñeca de traje de baño a rayas negras y blancas, con ese pelo esponjado marrón, y la coloqué a horcajadas en el brazo del sillón. Katherine me miró atónita, como si yo tuviera algún desquiciamiento mental.

—Escribir era jugar, así empezó todo. Inventando personajes que tenían deseos, dificultades. Héroes, heroínas, amueblar sus mundos. Ponerles voces, formas de hablar. Maneras de conseguir las cosas. —Mi tono era delirante.

—A lo mejor tendríamos que recordar lo que decía Cheever, que escribir ficción es experimentar; si dejamos de hacerlo, dejamos de hacer ficción. —Katherine se sumó a mi delirio.

Tomó la muñeca y la desvistió asombrada por ese cuerpo imposible de senos prominentes, caderas estrechas y cintura brevísima.

—Es una novedad —mentí—. No más bebés. Son muñecas señoritas.

Sonó la alarma del horno, pero antes Katherine levantó su copa invitando a que la imitara:

—Brindemos por las señoritas. Tal vez podamos volver a jugar.

Las dos sabíamos que eso era imposible, pues la conciencia de la escritura nos había arruinado. También el mundo.

47

Cuando llegué a la residencia artística frente al mar donde escribiría, concentrada, el proyecto en el que estuviera trabajando, resultó que no llevaba proyecto alguno. Ser invitada a alguno de estos lugares que proveen de las facilidades para contar con lo necesario para vivir y un espacio de trabajo con mobiliario adecuado, alejado de toda obligación, responsabilidad y asunto que te distraiga de tu propio empeño creativo, sucede un año antes. Ya había estado en este lugar entre el manglar y el mar, una casa de madera del siglo XIX restaurada que me permitía disfrutar de amaneceres y atardeceres según se mirara al este o al oeste. Había aceptado la invitación a trabajar en esa costa porque era plana y el mar del Golfo, manso. Proveía el silencio durante el día, caminatas en la playa o a la vera del manglar, y por la noche el intercambio con algunos de los artistas alojados: fotógrafos, escultores, coreógrafos, otros escritores. No más de seis personas porque no había espacio para ello. Un año atrás saboreaba el momento que ya había llegado.

Después de acomodar el tablero de mi computadora, el atril para que la laptop estuviera a una altura apropiada y no forzara el cuello, y sentarme en la silla ergonómica con una libreta Moleskin amarilla, observé por la ventana. Tenía frente a mí los arbustos que mediaban entre el estudio y el pedazo de playa junto al mar, y una pantalla vacía. Un tiempo elástico como el que me daba el lugar, deliciosamente largo cuando uno se abandona al mundo de palabras que te absorbe y que una circunstancia como esta te permite vivir, ahora era una tortura. Una especie de hoyo negro que me succionaba horadando mi ansiedad y mi futuro incierto. ¿Cómo estar en la vida sin la escritura? Sobre todo sin el presente de la escritura. En la repisa del tiempo que me precedía estaban los libros escritos, pero estar viva era sentarme y fraguar, como cuando era niña e inventaba juegos que llenaban el día. Vivir se conjuga en presente. Escribir también.

Los administradores del lugar nos advirtieron del aviso de tormenta tropical. Debíamos tener provisiones suficientes por si se anegaba la carretera. Ellos sabían de huracanes, de este tipo de tormentas, de geografías complicadas como es una franja de tierra delgada entre el Golfo de México y un intrincado manglar en el continente. Ellos sabían qué era vivir en un cayo más allá de su belleza. Quizás por eso lo dijeron con calma. Yo sentí un alivio de ir al supermecado con los otros dos artistas alojados en el lugar. Dejaría de pensar qué diablos hacía ahí. En el coche comentamos entre bromas que no nos veríamos en unos días, pues qué tal si pegaba la tormenta y nos quedábamos varados en nuestra propia casita, así es que era el momento de platicarnos qué estábamos haciendo y cómo avisaríamos al otro si necesitábamos ayuda y, si se iba la luz, cómo haríamos con el calor insoportable, porque dejaría de servir el aire acondicionado y la humedad y el viento nos empaparían hasta los huesos. Uno de ellos contó que su proyecto era moldear fragmentos del cuerpo humano en la arena y después colocar un acrílico sopleteado para hacer piezas transparentes tamaño natural que ensamblaría e iluminaría en una suerte de arte quinésico. La otra mujer era una poeta neoyorquina que había venido a buscar en la tranquilidad del paisaje marino el espacio para armar un libro que estaba prácticamente terminado. El tema eran las esquinas. De las calles, de los muebles, de los labios, de los ojos, el uso esquinado del verbo o adjetivo. Le conté de las vírgenes en algunas esquinas de los pueblos coloniales de México que avistaban y protegían del peligro a las calles que confluían. Me quedé maravillada de las ocurrencias y las búsquedas de los artistas. ¿De dónde venían? ¿De qué estaba hecho ese momento de iluminación? Si te preguntaban «¿En qué se inspira?», te chocaba la palabra pero en realidad era porque no sabías cómo responder. Cuando llegó mi turno, justo en el momento en que cruzamos el puente sobre el manglar que unía la franja arenosa con tierra firme, contesté con una evasiva propia de los narradores.

—Da mala suerte contar de qué estoy escribiendo. Se sala. —Lo último lo dije en español porque no sabía cómo se expresaba aquello en inglés—. Es una novela. Tengo un borrador en mal estado, como siempre son los borradores, pero hay una ruta trazada. Lo voy a revisar.

Respondieron con interjecciones de decepción.

—Bueno, ¿qué tipo de libros has escrito? —me preguntaron.

Subrayé que nunca escribía el mismo tipo de novela. Que me interesaba un riesgo diferente. El escultor de arena se giró desde el asiento del copiloto y me dijo por lo bajo:

—Creo que estás en problemas.

El silencio ocupó el auto, luego siguió el camino que cada quien tomó en el supermercado para hacerse de su respectivo avituallamiento. Agregué dos botellas de vino, una de blanco y una de tinto. Y me prometí que solo tomaría una copa en la noche si había logrado destrabar la inacción. Cuando salimos había empezado la lluvia. Al regresar comenzaba a arreciar el viento. Nos despedimos con la propuesta de cenar juntos en cuanto el clima hubiera mejorado. Cada uno propuso una especialidad culinaria para ese momento. Nos dimos nuestros teléfonos y nos retiramos a los espacios que nos habían asignado. No me había tocado la casa grande como en otra ocasión, sino la pequeña adosada a la de la poeta, las dos muy cerca del mar.

Quienes venimos de tierra sísmica no conocemos el proceso lento, que se va agudizando, de una tormenta; primero solo dobla las palmeras y luego deviene en una lluvia copiosa imparable, horizontal, revelada a veces por la cegadora irrupción de un relámpago. Las alarmas sísmicas solo permiten asimilar lo que va a suceder sesenta segundos después, es todo lo que tienes para reaccionar, ponerte en un lugar seguro. No hay tiempo de vivir lo tumultuoso, el temblor es súbito. La tormenta crece y va instalando el temor por su intensidad y alcance. Los tres que estábamos ahí de repente nos mensajeábamos: «Hold on», aguanten. Unas cuantas palabras apenas para saber que uno no estaba solo, mientras el tronido de los relámpagos y la persistencia de la lluvia se coludían con el aire y el hervidero del mar. Surgía un clamor, como el de aquella bestia del cuento de Bradbury que aúlla hacia el ojo del faro: «Aquí estoy». El mar encrespado recortaba la cara más violenta de ese horizonte que en otro momento veíamos con deleite. Intenté leer pero las ventanas que miraban lateralmente hacia el océano y que se humedecían con el agua que entraba por las cornisas (otra esquina para la poeta) me obligaron a colocar toallas que absorbieran el agua. La espuma crecida bramaba, podría sortear la duna de arena y reventar los vidrios. Ya no teníamos más aviso de los encargados ante el enigma de qué hacer si la inundación nos obligaba a flotar en nuestras propias habitaciones. No se me ocurrió más que proteger algunos de los alimentos que no necesitaban refrigeración en bolsas y ponerlos en una parte elevada. Más toallas para las ventanas. Necesitaba tapones para los oídos porque la fuerza y el temple decidido del mar exhibían su potencia.

Entonces tuve la certeza, la única, de que no había otra cosa que hacer más que esperar. Tenía que aceptar la condición de náufrago con cama, silla, utensilios y víveres para cocinar, agua en bidones, una mesa y una libreta. Y como si esa inevitabilidad me abriera en carne viva a una sinceridad, supe que lo que tenía que hacer era confiarle a alguien que no sabía de qué escribir. Que había llegado un punto en mi vida en que no tenía una historia que me mereciera la pena el trabajo. Que no quería renunciar como Roth a volver a escribir una novela porque ese era un asunto para años más jóvenes. Si hubiera estado el escultor a la mano le hubiera dicho que efectivamente estaba en problemas. Que había venido a una residencia a escribir y no tenía de qué escribir.

Acabé por dormirme agitada entre el retumbar de los rayos y la aceptación de la magnitud de la tormenta, que habría de menguar.

La luz de la mañana reveló las consecuencias de una lluvia que seguía cayendo, aunque el viento era más suave y la espuma del mar menos insolente. Las frondas de las palmas yacían por aquí y por allá, y algunas flotaban en la súbita laguna que se había instalado entre las construcciones que habitábamos. Me hice un café y pregunté a los otros compañeros si estaban bien. En el estudio, el cuaderno amarillo junto a la computadora, que no tuve la precaución de proteger, estaba sano y salvo. Me eché a llorar, aliviada. El hombre del escarpado olía fuerte, su piel sudaba brillosa y parecía un animal asustado por la falta de respuesta. Solté mi cabeza en su hombro ante lo evidente. Mi padre había resbalado hacia el mar. No como un clavadista. Empezó a caminar en círculos, olvidado de las luces que ya apuntaban hacia el escarpado para que empezara la función. De pronto escuchamos un lejano llamado y, aunque el hombre me quería depositar en una roca para ayudar a mi padre, no se lo permití. «Ahí vamos», anunció. Y ese plural me sosegó.

Tomé mi cuaderno y escribí la idea: la novela se trataría de una escritora confesando que no encuentra una historia que la apasione. Pidiendo ayuda.

48

Pensé que serían renuentes. Después de lo que había pasado, ¿por qué querrían volver a la residencia artística? Inventé que les iban a dar un reconocimiento a los escritores más notables que hubieran pasado tiempo creativo en el lugar. Como no cualquiera llegaba ahí muchos lo merecían, argumenté, pero ellas ya tenían un destacado lugar en las letras de su país y faltaba que el lugar donde habían escrito aplaudiera sus logros. Ningún escritor puede resistirse a ello. Por otro lado, era creíble que para hacerse de fondos convenía que la residencia las presumiera. ¿Que por qué era yo la que les daba la noticia? Porque yo también había estado en esa residencia, cuando se abrió internacionalmente y fui aceptada, y porque sabían sus directivos, les dije, que yo estaba en contacto con ellas.

No les oculté que otras dos recibirían aquella presea, por eso me pidieron llegar cada una por su cuenta. Su apetito por ser miradas fue superior al acontecimiento del que habían huido. El ego gana cualquier batalla. Si se hubieran puesto suspicaces, les habría extrañado no recibir una carta oficial, desconocer que existiera ese reconocimiento, tal vez hubieran ido a la biblioteca a indagar quién lo había merecido antes. El remate de mis palabras las dobló por completo: «Este año será para escritoras». Escritoras mujeres, tuve que decir, porque en inglés *writers* no distingue el sexo.

No les darían alojamiento, les advertí. Podrían quedarse en un hotel de Saratoga. Ya sabían el camino, tomarían taxi desde la estación si es que llegaban en tren, yo las estaría esperando en la residencia. Lo único que tuve que hacer fue adelantarme ese mismo día en el tren de la mañana, llegar a la oficina central y decir que les tenía una visita sorpresa. Tres de las escritoras que habían estado en una o varias ocasiones ahí escribiendo obras premiadas y destacadas, reconocidas mundialmente —admito que ahí exageré porque todavía no ocurría del todo—, querían volver para pasar el día. Tenían mucho que agradecer a su estancia en el lugar. Como la directora era nueva, no tenía idea de lo que las había catapultado fuera del lugar catorce años atrás, cuando las tres coincidieron.

—Les haremos una comida especial desde luego. —No pudieron resistir aquel honor.

—¿Y yo podría decir unas palabras respecto a sus logros? —pregunté. A veces me daban resultado las provocaciones: la directora dijo que le correspondía a ella.

Asentí gustosa y luego hice una petición en tono inocente.

—Cada una me ha dicho lo importante que era pasear junto al lago en sus momentos de bloqueo o cuando necesitaban descansar, por lo que he pensado que sería bueno tener un grupo de sillas a la vera del agua y quizás una jarra con limonada para que se refresquen y recuerden. Mi intención es entrevistarlas y hacer una nota para el periódico.

La directora no pudo resistirse a la mentira de la nota porque la residencia artística nunca dejaba de necesitar donantes. Los artistas la solicitaban durante todo el año y siempre había muchos rechazos. No todos eran por falta de espacio o de méritos. A veces era la falta de dinero para dar de comer o mantener en perfecto estado las casas. Solo me hizo un pequeño señalamiento:

—Me sorprende que no hayan incluido a Patricia Highsmith.

—Tiene razón —le dije—, quizás hay una brecha generacional. —Ella no sabía lo que yo sí: la escritora de novela negra heredaría sus regalías a la residencia, que le había provisto de un gran escenario para dedicarse a escribir. Y no tenía descendencia.

Cuando pasé un mes en el lugar, habría deseado la lista de quiénes habían dormido en la habitación que me correspondió, con un enorme ventanal que miraba al jardín flanqueado por cipreses. Parecía un jardín para jugar críquet en el pasto verde jugoso. ¿Habría puesto su cabeza con esas tramas impredecibles la escritora tejana? ¿O habría sido Carson con esos personajes solitarios? Seguramente había sido Capote, con su malicia traviesa, ese tejer chismoso y calar hondo, sus riesgos y fragilidad disfrazadas de soberbia: lo que dejó ahí impregnado en las plumas de pato bajo las fundas. Su sudor nocturno, quizás hasta su deseo de hombres, su dolor de orfandad, algo que hizo posible que estuviera yo enredada entre tiempos. Engañando a las tres escritoras.

¿Pero qué edad iba yo a tener cuando estuvieran las tres juntas? Decidí camuflagearme lo más que pude: pelo bajo una mascada, lentes oscuros, guantes de tela para ocultar las manos, boca pintada de color brillante, pantalones pescadores escondiendo piernas.

Sin saberlo, las tres llegaron en el mismo tren en vagones diferentes. Lugares dispersos. No se habían llamado para ponerse de acuerdo, ni siquiera Katherine y Eudora, que se apreciaban, aunque ese par abordó el mismo taxi. Carson las debe haber visto a lo lejos y esperó en el café de la estación, pues llegó media hora después. De todos modos, Katherine, Eudora y yo esperamos en el salón recibidor a la tercera homenajeada. Eran las cuatro de la tarde, así es que tendríamos tiempo antes del homenaje y la cena, tiempo suficiente para que los caballos se soltaran. Katherine le recordó a Eudora lo renuente que había sido para llegar a su casa en Baton Rouge cuando ella vivía con Edward:

—¿Cómo podías rechazar la invitación de una escritora y un editor a comer con ellos? Todavía no comprendo, Eudora, que te costara tanto trabajo aceptarla.

Las miraba como en un partido de pimpón, la mesa como la cancha literaria. Una aguerrida, la otra taimada.

Eudora se rio con esa dentadura desbocada:

—Yo tampoco. Soy tímida.

—Ningún escritor es muy tímido —contestó Katherine—. Y si lo es, lo supera porque va a salir al ruedo.

Se habían puesto muy taurinas y simpáticas, y venían vestidas de ceremonia, cuando vimos a Carson descender del taxi y echar a andar hacia la recepción. Inventó que la habían llevado sus amigos de Nyack.

—El evento es a la hora de la cena, por lo que la directora ha pedido que se relajen y paseen antes —las invité a salir.

Carson no tuvo que fingir para distanciarse de las otras dos, que seguían parloteando como si no hubiera llegado. Su paso con bastón hacía lenta la caminata, y yo decidí unirme a ella.

—Espero que Flannery no esté incluida en este reconocimiento —me dijo con esa sonrisa ladeada.

—Pensaron en ella también, pero después de los problemas que hubo decidieron que no era conveniente. Hubieran tenido aquí a la prensa poniendo el dedo sobre la acusación a la directora de alojar a una espía comunista.

—Qué tiempos los del macartismo —suspiró Carson—. Nos envilecieron.

Katherine y Eudora esperaban a la orilla del lago mirándonos de manera severa. Carson fue la primera que se dejó caer en una de las sillas.

—¿De verdad esperan que nos sentemos aquí? —dijo Katherine molesta.

—El agua siempre es una vista agradable —pretexté.

Eudora no dijo nada, se sirvió un poco de la limonada que esperaba en una cubeta de hielo y se sentó junto a

Carson, evitando así que Katherine y ella estuvieran juntas. Yo escogí la silla de un extremo del medio círculo, un tanto alejada para que no sospecharan de mi ambigua edad.

—Qué bello lugar —fingí—. Más de una vez nadé aquí cuando estuve invitada.

No hubo comentarios. Dejé que el silencio barrenara sus conciencias. Me quité los zapatos. Busqué una roca cercana y hundí los pies en el agua.

—No deberías hacerlo —me advirtió Carson.

—Está deliciosa —contesté.

—A mi pierna paralizada no le va a gustar —se mofó Carson de ella misma.

Eudora pretendió hacer un esfuerzo por recordar:

—Creo que alguna vez nos vimos aquí las tres.

—¿De qué se trata, México? —Katherine se puso de pie, desafiante, como si quisiera empujarme al agua.

—Yo no lo recuerdo —se escudó Carson—. Está haciendo mucho calor, preferiría ir adentro de la casa.

Entonces del bolso grande que traía extraje una toalla amarilla y la coloqué sobre el pasto. Las tres la miraron perplejas. Podíamos oír el graznido de algunas aves, el rumor del calor, el roce del viento sobre el agua. El silencio se hizo sólido y agrietó el aire. Katherine explotó:

—No entendemos por qué estás aquí, ni siquiera eres de este país. Tal vez tú eres la verdadera espía.

—A mí el agua me está mareando —dijo Eudora al tiempo que se ponía de pie.

Entonces me tiré al lago con todo y ropa: hundí la cabeza y tardé un rato en salir.

—Ya basta, ya basta, confiesen, aquí debajo del agua late su pobre corazón.

Aquel momento imitando *El corazón delator* de Edgar Allan Poe había pasado por mi mente, pero no fue lo que sucedió. Se acercaron a mí, rodearon la toalla amarilla. Eudora encontró una roca, Katherine asintió con la cabeza, con su pie bueno Carson pisó mi mano y, cuando estaban a punto de soltarla, levanté las manos, el teclado y eché a correr a la administración.

49

Cuando me acerqué al escritorio en la oficina de admisiones, se apelotonaron detrás de mí. Estaban encendidas. Me dijeron calumniadora. Yo intenté recuperar el aliento y explicar a quien encubrió el innombrable suceso que simplemente las había confrontado con la verdad. Dejaron morir a una joven escritora, por envidia, por descuido, por negligencia, por lo que sea, y no se habían hecho cargo de ello.

Carson dijo que estaba fuera de mis casillas. Katherine, que no era posible que admitieran gente como yo, pues sería un desprestigio para el lugar y para ellas. Sus nombres las respaldaban. ¿Quién era yo, después de todo? Solo Eudora se mantuvo en calma y me pareció que tarareaba «Honeysuckle rose».

Pedí a la administradora que me mostrara el expediente de aquel agosto de 1941, quería los nombres de los que estuvieron ahí, la foto tradicional. Carson, impaciente, salió a fumar bajo los árboles. Después de hurgar en los archiveros, la mujer de cara áspera pero curtida en paciencia —quién sabe cuántos exabruptos, accidentes, hasta muertes habría presenciado— me extendió el folder con la admisión del verano de aquel año.

Beth Mildew no aparecía por ningún lado.

—Dices que era una joven que no publicaba aún —argumentó—, normalmente pedimos alguna trayectoria o recomendación.

—Padre rico, donador tal vez de recursos para este lugar, madrastra que quiere deshacerse de la chiquilla consentida, que habla de autores y deseos de escribir..., seguramente les interesaba su ingreso —me defendí.

Eudora, con su porte largo, me miró a los ojos:

—Es una buena historia, ¿por qué no la escribes?

Notas para una biografía de Lavinia Melín
La otra orilla del lago

Lavinia Melín entró en una de esas tiendas de licores y delicatesen que tanto disfrutaba. Para la ingesta cotidiana usaba los medios virtuales, así el pedido llegaba a la puerta de su casa. Caminar por los supermercados y elegir productos como yogurt y pan de caja era algo que se podía ahorrar. En cambio, las etiquetas de los vinos, la asesoría de un conocedor, mirar el color y textura de los comestibles la emocionaban. Dispuesta a la aventura, compraría un muy buen vino que no conociera, un *foie* en esas lajas pequeñas de importación, una baguete crujiente, mantequilla importada, un frasquito de caviar y una barra de chocolate amargo. A las seis de la tarde en su estudió eligió la voz de Cecilia Bartoli como compañía entre los libros y el descorche. La Navidad anterior su hijo le había regalado aquella copa que apreciaba mucho. El vidrio tenía pequeñas grietas labradas y el borde era una línea de azul cobalto. Nick ahora vivía muy cerca del azul Misisipi, en San Luis, Misuri, la ciudad donde ella conoció a Jimmy. Vertió el Carmelo Rodero en la copa. El borbotón del líquido era una entrada sonora al ritual.

Lavinia alternaba el trozo de pan con *foie*, el trago de vino y las arias melancólicas hasta que cambió a su playlist de jazz y, después de Thelonious Monk y Chick Corea, acabó escuchando a los Rolling. Ellos no se habían dado por vencidos. La muerte les había robado a algunos pero seguían rodando. La vida y la muerte. A lo largo del tiempo uno iba jugando a las venciditas. Y con los años el músculo de la muerte tenía más garra. «Paint it Black»… Mordió la galleta con mantequilla y caviar. En sus papilas reventaban los intensos minerales del mar. La vida y la muerte. Su alrededor comenzaba a despoblarse. La esposa de su hermano. El esposo de su amiga escritora. Sus padres y la señora que había trabajado en casa de sus padres. Con media botella encima intentó pararse a bailar. Mejor se sentó porque perder el equilibrio al borde de los setenta años podría ser una sentencia de muerte. Era como perder el equilibrio en el escarpado sin su padre. A su querida amiga la habían operado de la cabeza, un fuerte dolor delató las gotitas de sangre que eran expulsadas con lentitud desde dos viejos hematomas en el cerebro que la iban volviendo más distraída a los ojos de los demás. Lavinia volvió a poner la copa a nivel. Tres cuartos de Carmelo Rodero apapachaban el paladar, envolvían el esófago y, al llegar al estómago, la conciencia fisiológica mudaba por un estado flotante. Se había hartado de pensar que ser un escritor era siempre estar escribiendo. Por primera vez se admitía aquello. Gambusina, buscadora de palabras. De desaparecidos en un lago, en el mar, en los recuerdos de la infancia.

Los vecinos dicen que escucharon aquel grito a pulmón: «¿Hay alguien en el otro lado?». Y que cuando tocaron a la puerta, Lavinia se asomó por el balcón, curiosa, se le veía animada, y les dijo que no necesitaba nada. Cuando se estaban retirando pareció recordarlo: «Ah, sí. Lectores. Alguien allá que me acompañe». No entendieron. Pensaron que era una locura de escritora porque de por sí era rara. Eso de encerrarse a poner palabras, hacer libros, y volverse a encerrar a hacer lo mismo. Y luego algunos libros ni se entendían. Lavinia volvió a sentarse frente a la copa en su escritorio y pensó de nuevo en la vida y la muerte. Pero no la de ella, la vida tenía fecha de caducidad. Pero un texto no podía nacer muerto, no podía ser un no nacido. Si quería dar la batalla en las venciditas de la vida todavía necesitaba parir.

Los textos deben vivir más allá de uno, le explicó después al pintor. Sabía que era una obviedad. Le dijo incluso que ella era un lugar común. Una frase trillada. A punto de terminar la botella estiró el brazo para tomar el libro de Capote. Tenía alineados a los escritores sureños en una misma repisa, al jalarlo los demás perdieron equilibrio y se volcaron desparramados en el piso, uno sobre otro. El hombre iba descalzo. Lavinia lo supo porque no sonaban sus pasos sobre la tierra. Tardaron en llegar a donde la voz apagada los guiaba. Eso le pareció, aunque, cuando divisaron a su padre enrollado como una cochinilla, Lavinia sintió coraje en lugar de alegría. Miró hacia arriba y aquella saliente donde se habían detenido y su padre, vencido, empezó a temblar no estaba muy lejos. Un árbol había atajado el resbalón que las piedras prolongaron hasta caer al mar. Eso dijo el hombre mientras revisaba a su padre. Lavinia contempló los libros tirados sobre la alfombra, su derrumbe tenía cierta gracia. Esa impensable orgía de escritores hacía de las suyas frente a sus pies. Echó las últimas gotas de la botella entre el meñique y el de al lado, cuyo nombre ignoraba, igual que el de los otros dos a los que también roció, y un poco más en el dedo gordo. Qué diferentes eran las funciones de los dedos de los pies, todos necesarios para el apoyo, a las de los de las manos, tan elocuentes: el índice y el anular. Extendió los libros sobre la alfombra de su estudio y recostó la cabeza en la portada de uno. El pintor le había contado que *Luz de agosto* yacía bajo su oreja. Le echó una cobija encima y veló su sueño excedido de copas. Un sueño lacio, dijo ella en la madrugada cuando *El negro artificial y otros escritos* de Flannery O'Connor le lastimaba la cintura y los *Cuentos completos* de Katherine Anne Porter se le encajaban en el muslo.

En aquella vacación de sus ocho años, habían vuelto a La Quebrada los dos para desde la terraza ver al hombre del torso desnudo volar como un ave oscura y clavarse en el agua. Lavinia recordó la fuerza de sus brazos mientras bajaban para encontrarse con su padre, que no había rodado hasta el mar. Esos mismos brazos que enmarcaban su cabeza para herir el agua. Apretó la mano de su padre, como si los dos volaran con el clavadista en el preciso momento que el agua entraba entre las rocas.

Se levantó después de contemplar ese tumulto de palabras sobre el que durmió. Había sido reparador.

Hacer visible lo invisible no era una condena: eran sus venciditas. Porque el pasado solo alimentaba al presente, el presente era la punta de lanza de todos los días. Antes de levantarse por completo del piso, se sentó, luego se arrodilló. Debajo de una rodilla, la portada lustrosa de un libro la distrajo. *La otra orilla del lago.* Su autora, Lavinia Melín.

Metió el dedo en el frasco vacío de caviar para sacar todavía alguna de las burbujas negras. Las posó sobre su lengua. Estaba segura que nada le iba a escamotear los placeres. Mucho menos la esperanza. Ni siquiera la cruda realidad de un mundo que se desvanecía, donde las certezas no existían más.

50

Desperté con un peso en el pecho, pero no era lenguaje figurado. Como «Margarita, está linda la mar y el viento», yo tenía un guante, unos lentes, una bolsa y un bilé, y no los quería para hacerlos lucir en un prendedor. Me sacudí deseosa de desprenderme de aquellos objetos de época, cuando escuché el latigazo de un libro sobre el suelo. Me asomé a un costado de la cama y, claro, era *Música para camaleones* de Truman Capote. Quise leer de nuevo aquello: «Hasta que comprendí que el verdadero arte…», como si fuera un mantra. Lo abrí. Tenía una dedicatoria: «Lavinia, ponte a escribir. Tuyo, Truman».

Mis pies, garras acolchonadas, se alargaron y estilizaron los dedos, fortalecieron el tobillo e indicaron a mis pantorrillas, que pasaban de lacias a recias, que no andarían en cuatro patas ayudadas por las manos y muñecas, a las que correspondían otros esfuerzos, y que por sí solas tendrían que ser capaces de sostener el cuerpo entero, con la complicidad de los rodillas, que se aceitaban, y los muslos, que se henchían para que mis caderas cuenco se enorgullecieran de poder parir o de sentarse en la silla en escuadra con una espalda recta y segura frente al escritorio, donde los brazos y las manos ejecutarían su coreografía maquinal o espontánea, calculada o lírica, sobre el teclado o con la pluma al borde de los dedos en una libreta, extensión del corazón y el cerebro; y el cuello tan delicado, tan poca cosa, con la desmesurada misión de sostener la cabeza pensante, sintiente, memoriosa, loca productora de imágenes, de olvidos, de historias, de palabras, se estiró insolente.

Salí de la cama con la voluntad de la escritura para romper el silencio de tres escritoras cómplices de la ausente, más preocupadas del poder del texto que de su actitud en la vida. Les inventaría un dilema para estar cerca de ellas y poder sobrevivir a lo que desaparece y no vuelve, a lo que no se nombra, al territorio de palabras que hace más respirable el mundo para vivir en él o para morir con él. Las tomaría como pretexto y tema. Lo comprenderían.

Escribir me era un asunto de vida o muerte.

Carson McCullers murió en 1967, justo después de su cumpleaños número cincuenta, que celebró en el Hotel Plaza.

Katherine Anne Porter terminó su novela *La nave de los locos* y murió en 1980, a los ochenta y nueve años en Silver Spring, Maryland.

Eudora Welty murió en el 2001, a los noventa y dos años en la casa de Pinehurst donde había vivido desde niña, en Jackson, Misisipi.

Lavinia Melín publicó *La otra orilla del lago* y tres novelas más antes de morir cuando visitaba a su hijo y a sus nietos en San Luis, Misuri, en el 2032.